柳黄霜白時的背影

蓝予／著

羊城晚报出版社
·广州·

图书在版编目（CIP）数据

柳黄霜白时的背影 / 蓝予著. — 广州 : 羊城晚报出版社，2015.8

ISBN 978-7-5543-0221-7

Ⅰ. ①柳… Ⅱ. ①蓝… Ⅲ. ①散文集—中国—当代 Ⅳ. ①I267

中国版本图书馆CIP数据核字(2015)第182483号

柳黄霜白时的背影

Liu Huang Shuang Bai Shi de Beiying

策划编辑 朱复融
责任编辑 朱复融 黄捷生
责任技编 张广生
装帧设计 友间文化 黄新乐
责任校对 潘子扬 何琳玲
出版发行 羊城晚报出版社（广州市天河区黄埔大道中309号羊城创意产业园3-13B 邮编：510665）
网址：www.ycwb-press.com
发行部电话：（020）87133824
出 版 人 吴 江
经　　销 广东新华发行集团股份有限公司
印　　刷 佛山市浩文彩色印刷有限公司
规　　格 889毫米×1194毫米 1/32 印张10 字数230千
版　　次 2015年8月第1版 2015年8月第1次印刷
书　　号 ISBN 978-7-5543-0221-7/I・235
定　　价 32.00元

内容简介

这本散文集中，作者用谦卑而感恩的心写了近70个精彩的人物故事：有恩重如山的父母；有情同手足的兄弟姊妹；有给予无限关爱和帮助的老师以及彼此见证成长又竭力扶持的朋友们，当然还有一些萍水相逢的陌生人。他们的故事时常让作者感动泪流、肃然起敬，还有些朋友人生坎坷、英年早逝，也令之喟然长叹。

作者从故乡到异乡一晃已20年，仿佛十分钟的年华一瞬间便老去了，遥远的记忆重又回头，似乎霍然醒转就走到了四十不惑。人到中年是有足够的往事可资可忆，它是人生永不消逝的精神财富。作者愿意用笔真情书写亲人、一师一友以及在异乡陪伴自己走过逆境、顺境又一同感受苦喜悲欢的朋友们。

序一

海边的蓝予

何鸣

我是4年前认识蓝予的。

之前就听说编辑部要来一位新同事。我心下就想，一个并不年轻的人，要调到我们这样的媒体单位工作，是需要一番勇气的。况且，还是女人。

等到见着真人，我真心夸她：“你长得很漂亮哦。”

但我的夸奖在此后不久就显得有些苍白无力了。

中国人向来含蓄内敛，尤其在夸奖别人的时候，总是有些舍不得。怕说过了头讨人嫌，不说，又显得没态度。自从蓝予来到我们编辑部，赞美声就时常响起在34楼。而这赞美，多来自于蓝予之口。大到一篇文章，小到一身穿着，在她那里都会得到由衷的美誉。我想，热衷赞美的人可能跟信仰有关。确实，蓝予是一个有信仰的人。而赞美，本身就是一种品德，一种心情，像一缕阳光、一股甘泉，可以带来快乐和慰藉。

大凡像我们这般已跨入中年的人，如果还要想继续交新朋友的话，实属不易。我的意思是说，不像少年时，人越大越世故，友谊也可能会不单纯。我的朋友，除了同学、闺密，在深圳，大部分都是由同事发展而来的。和蓝予成为朋友，真的取决于她的“另类”。或者更自私一点地说，我希望我的朋友圈多一点“花色”。

蓝予的“另类”可能跟她的家教有关。我曾有幸去她家里吃过她父母做的饭。茶余饭后闲聊之间，才知道那是一对多么热情开朗的老人家呀！都是接近70岁了，蓝爸爸会开车去钓鱼，然后做给大家吃；蓝妈妈爱跳舞，代表老年队跳出了国。老两口自己打理自己的小院，种菜，浇花，养狗，对生活充满激情。我想，蓝予身上也是留存他们基因的烙印，她热爱生活，常常感动，为一本书，一部电影，一段音乐，甚至为一句话，也会落泪，被我讥笑为“泪点极低的人”。

蓝予的“另类”，还有她的超感性。

有一次，我随她去了她的家乡湖南永州待了几天。那时正是油菜花和桃花争艳的季节，湘江大地真是美轮美奂。我流连于美景美食，短短几天竟是不够用的。最后一天，我硬是被蓝予拉去看她小时候住过的“飞机楼”，那一幢几乎淹没在荒草中的红色两层小楼，像被大时代抛弃的无数烟云，孤零零地立在那儿，听闻不久也将被拆。我们扶级而上，正感慨她少时住过的那间门牌还在，蓝予竟猝不及防地扑在我的肩头痛哭起来。我正诧异间，蓝予一句“没想到我们都已经是40岁的人了”，惹得我眼眶发热。我承认，有时候我们总是不愿面对自己的年龄，岁月太长，人生太短，回得了过去，回不了当初。彼年豆蔻，谁许谁地老天荒。回忆是最美好的时光机，而这回忆，又常常流淌在蓝予的笔下。

蓝予的超感性落实在生活当中，不免会有些拖累。比如我们三五个正在聊着宠物，她会红着眼睛一转身离开。原来，她养的小狗“宝贝”已经10岁了，眼看着越来越依恋她，彼此陪伴的时间也不会太长，她感慨于此，常叹生命之微茫，人世之忧伤。而这样的例子在蓝予身上还有许多。

蓝予还喜欢“结伴”，这也是她“另类”的表现之一。旅游、吃饭、看电影、逛街，甚至拔牙，她也要找一个伴一起去。我可不可以这样理解，蓝予是一个惧怕孤独的人，也是愿意沉溺孤独的人。当她惧怕孤独或是沉溺孤独的时候，都需要文字来填空。而此时，文字可能就是她的救赎。

蓝予的新书《柳黄霜白时的背影》，是一本人物集。在这本散文集中，她写亲人、朋友及陌生人，写了70多个精彩的人物故事。她的往昔和眷念，她的牵挂和祝福，每一个字都被太阳照耀过，拖着时间的影子。记得，她曾在上一本集子《心灵的故乡》中写道：“我常问，我是谁，或许是唐时一棵树，宋时一尾鱼，元时一燕雀，明时一缕风，清时一枝梅……”而在今年的微信中她又说：“梦醒，惊觉，我只是享受当下的快乐笨笨……”蓝予认为快乐的事，除了写作以外，应该还有更多，比如画画。她对自己有更多的期待。

蓝予也是这一两年开始创作中国画的。她开始临摹的起点很高，又极有悟性，更重要的是她的坚持。她画山水，画人物，画动物，总是能挑战不同的画法，每每画出来的都有新意，常常令人惊羡。我常对她说：“如果你早专攻绘画的话，现在一定已经是个大家了。”而这个评价，并不是我一个人这样说。每当听闻此言，她总是摇头摆手，说写作画画皆是因为喜爱。这样的平和心态当然能出好作品。

蓝予曾拿着一幅一个女人在海边徜徉的照片给我，嘱我照此画一幅画送她。我搁置了好长时间才画出来，起名为《海边的蓝予》。我记得我画这幅画的时候，脑海里响起的是理查德·克莱德曼的钢琴曲《水边的阿狄丽娜》的旋律，蓝予，这个灵性的女子，从湘南到岭南，不正是那个古希腊神话中的“阿狄丽娜”吗？只是，并非旁人，而是她自己塑造了蓝予。

2015年6月于深圳

（何鸣，女，中山大学文学学士，诗人，深圳作家协会理事。著有诗集《过河看望一座城市》、《诗浅花浓》，散文集《目送芳尘去》。现供职于深圳特区报社，主任编辑）

序二

蓝予，我看着你成长

蔡秀文

蓝予是我的妹妹。

从相识相熟的那一天起，她就认定我是她的姐姐，能有这个善解人意、多才多艺、风采卓然的女子做我的妹妹，自然是我的福气。

我们因文学结缘，因个性相惜走到一起。掐指一算，与蓝予相识已是9年过去了，端的是浮云匆匆，岁月蹉跎。不过对蓝予而言，这9年是那样丰盈充实，斩获多多。我初识她的时候，她是深圳市作协会员，2008年，加入了省作协，2013年，又加入了中国作协。我初识她的时候，她出过一部散文集《得闲来叹茶》，随后出版了《人与动物的距离》、《转身回眸》、《心灵的故乡》，眼前她发给我的《柳黄霜白时的背影》电子版，即是她的第五部散文集。我惊异于她对文学的执着，惊异于她的高产。她笔下的题材永不枯竭，信手拈来。她的《转身回眸》前年还摘取了深圳青年文学奖。这之前，她多次站上不同的领奖台，可谓成果斐然。还有，我初识她的时候，她是某央企的白领，四年前，她居然敢在不惑之年，跳槽到当下说不好未来的纸媒工作，其实我知道她到报社工作，只为了在文人墨客集中的地方，有更多的机会向他人学习，提升自己。

虽然我年长她十几岁，但她有什么话都愿意向我一股脑地诉说，从不偏狭地理解我的坦诚；她充分尊重我的艺术判断，愿意接受我许多谈不上准确的批评与建议。

蓝予性格开朗、活泼，小事会犹犹豫豫，大事敢作敢为。她有情有义，记得在我突然遭遇经济重创时，在自身也有债务的情况下，她居然向朋友借来了2万元来给我救急，前后共两次。这种雪中送炭，我终生不忘。我还想举个小例子，2006年，我们都在广东的“精彩网站”开了博客，一个某省的女博友得了白血病，有人倡议捐款，我与她积极响应，其中我们认识的一个朋友也表示捐款，可过几天蓝予看见捐款名单上没有这个人的名字，就抓起电话当着我的面催人家：“你都说捐了，一定要捐呀！如果你手头紧张，我可以先替你垫上！”她的善良，她的认真，让我当下感动不已。世界需要热心肠，蓝予就是热心肠！

蓝予一直是善良周到又懂感恩的人，为人慷慨大方，别人帮她或大或小的忙，她都铭记在心，尽可能地回报：请吃饭、送礼物、请出去旅游。她待人体贴，请谁吃饭安排谁作陪都考虑得十分周到，保证让被请的人吃得开心，聊得开心。那一颗感恩的心让我，让我们温暖不已。蓝予是一个有信仰的人，因为有信仰便有敬畏，才能有所为和有所不为；因为信仰，她更懂得人自身的有限性。前些年，我时而看到她的泪水，听到她委屈的心事，可随着她对信仰的一步步深入，她的内心宽阔起来，脸上挂满了喜乐，聊起天来，全是对别人的理解和感恩。

蓝予多才多艺，朗诵、唱歌、绘画，样样表现得出类拔萃。她的经历丰富，在厂办工作过，在家乡电视台做过节目主持人。她大量地阅读文学名著，喜欢上了写作。1993年，20几岁的她从湖南调来深圳后，一直努力地工作着，勤奋地学习着，勃勃地进取着。深圳是一个可以改变命运的地方，也是文学的天堂。蓝予在这里开始了她的创作生涯，也是凭着她的一支笔，成为一家央企的高级白领，生活水平起码超越了小康，这是她用汗水与心血打拼来的。

蓝予真真是上得厅堂、下得厨房的女子。有着鲜花一样美丽外表的她还心灵手巧，有一手好厨艺，家里总是一尘不染，物品摆放有序。母亲、妻子、女儿、姐姐、朋友、编辑、作家……对于自己每一个社会角色她都会认真对待，并且做得特别到位。蓝予是最孝顺的女儿，她不仅无微不至地照顾父母，而且还每年带他们出游。记得，2012年岁末，她真诚地邀请我和她的父母一同去海南旅游，我们一路上不停地说着话，无比畅快。记得她的母亲都“嫉妒”地说：“你和蔡姐姐怎么有那么多说不完的话？”其中一个夜晚，我们夜宿在有着东南亚风情的华侨之乡、咖啡之乡的兴隆镇。那天是蓝予父亲的生日，她在太阳河边为父亲订了一桌美味佳肴，河面上的楼阁小桥彩灯辉映，有一种琼楼玉宇之感，满天的星星透过椰子树的叶片，挥洒着斑驳的夜色，真是宛若仙境。蓝予端起酒杯，说着美好的祝福语，那深情的目光注视着亲人，也注视着我，幸福的父母陶醉了，脸上的表情是那样幸福而满足，我也陶醉了，为融入她的温馨之家陶醉。这个难忘的兴隆之夜，就这样永远地留在了我的记忆中。

蓝予喜欢看电影，逛书城，旅游，和朋友聊天。尤其值得一提的是，她还有着不一般的绘画天赋。文学创作之余，总会挥毫作画，看她的山水画如独临深山，独饮清泉，给人一种心灵上的慰藉。那些画面意境悠长，如梦似幻：那树丛、河流、山峦、幽径，种种景物相加，令人无限神往。我和几个朋友都认为她的绘画天赋当在文学之上，过些年，蓝予说不定就是知名画家了。

跑题了，还是回来说说蓝予的这本新书：我一页页读开去，宛如与蓝予围坐一室，啜酒品茗，感觉是享受的、快乐的。正如写作的人常说的，散文家没有秘密。一个写散文的人所有的人生秘密，都会出现在文章中。蓝予没有游离日常生活经验之外的玄想与冥思，她笔下呈现的人物都是她的亲人故旧，故事都是她日常所见所闻。通过这些文字可以窥见蓝予“自家的后院”。她的“叙述”浸透了一个人的坦诚，她向我们转述她所经历的往事，她写的一些朋友，有的也是我的朋友。我看到她的描述，感到熟悉、亲切、温暖，并产生强烈的共鸣。

在“亲情相伴”一辑里，她写亲情的篇什打动人心：父亲、母亲、弟弟、弟妹等细节生动，形象鲜活立体，具备打动人心的穿透力。

在“时光的香味”一辑里， 她写朋友直抒胸臆，充满了人性美和人情美。让人感觉有一种花一瓣一瓣地绽放，一缕一缕地吐着香气，不浓不淡，似曾相识，让你有一种说不出来的喜欢。

在“百味人生”一辑里，她以一颗悲悯之心来写身边的小人物，从平淡的生活中触摸到惊心动魄的情感，用心灵的温度融化了看似平淡的外壳。

在“暮色怀人”一辑里，她写生死离别的朋友最催泪。有的故事，我都不忍卒读。是的，平常的分离只是失落，生死离别让人痛彻心扉，她把那些早逝的朋友“呈现”在当下和未来的时间里，我想，那些已经离开这个世界的灵魂，通过蓝予的叙述，或许能够晒到我们这个世界越来越明亮的阳光吧。

在“风起的日子”一辑里，蓝予敢于揭示岁月苦难的疤痕，她写的几个悲剧人物以及他们艰涩的人生，那些悲欢离合，更像一个微缩的社会标本，让人不觉感慨人世的沧桑。从这样的笔调中，绝对可以看出蓝予有写小说的潜质。举个例子，在日常生活中观察一个人，我比较迟钝，蓝予却洞察敏锐，往往在第一时间就能对陌生人做出几分判断。事后证明她的判断基本上是正确的。

还有“与女人有关”一辑里，她用平易的日常诉说娓娓道来，你听得入神，有时觉得絮叨，不过情之使然，却也烦襟为洗。

……

如果让我谈这部集子有什么不足的话，我认为个别篇章有些小题大做，比如描绘女人情感故事的文章，笔法、结构有些雷同，那些大同小异的故事偏偏又浓墨重彩，浪费了时间和精力。还有个别篇章是大题小做。比如《下一代化解老辈40年恩怨》，文中的主人公婷子就是作者本人，当初她给我讲述这个故事时，我就感动不已，让她把这个感人的故事好好写出来。没想到她把这个故事换成第三人称，那些催人泪下的情节，在这篇文章里是轻描淡写，令我多少有些失望与困惑，真是浪费了这个好题材。还有就是语言欠凝练……当然，这些小毛病都是瑕不掩瑜。

真诚希望蓝予在今后的创作中，注重题材的开掘，突破自己当前这种创作藩篱，在思想内涵的纵深上努力改进。有个名家说过："真正的文学作品，是从我走向我们。"愿蓝予向"我们"迈进！

我很乐意在这个炎炎的夏日为蓝予妹妹写出这样的读后感，并借此祝贺她的散文集《柳黄霜白时的背影》出版！

2015年7月于深圳四季花城

（蔡秀文，女，中国作家协会会员，深圳市福田区作协副主席。曾从事编辑工作多年。著有散文集、报告文集多部）

目录

c o n t e n t s

第一辑 亲情相伴

第二辑

时光的香味

第三辑

暮色怀人

第四辑 百味人生

第五辑 风起的日子

第六辑 与女人有关

第一辑

亲 情 相 伴

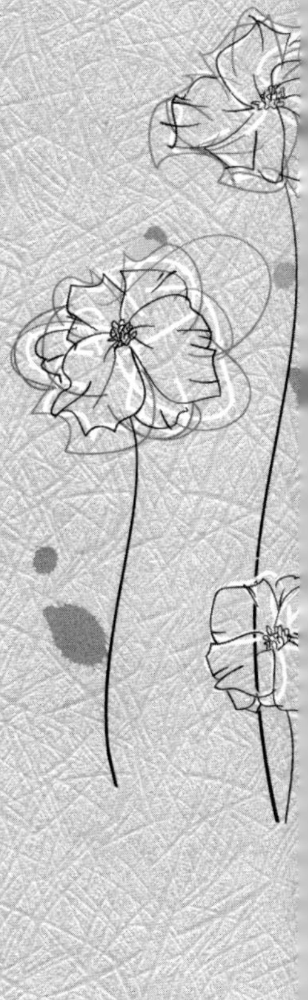

父爱如山

听母亲说，父亲年轻时，爱好广泛，喜欢吹拉弹唱，喜欢打扑克牌，还喜欢喝酒和钓鱼。成家后，爱好减半，仅保留钓鱼和喝酒爱好。如今，随儿女们来到深圳生活后，年老的父亲又喜欢上了跳舞和养生，当然他最钟爱的还是钓鱼。

清波垂钓

在我们小的时候，父亲钓鱼不是享受，而是有“任务”在身：他需要多钓鱼以改善我们清贫的生活。父亲每次都没让大家失望，总是满载而归。我清晰地记得父亲钓鱼的形象：一根钓竿、一个斗笠、一双草鞋、一张自织的渔网和一件缝缝补补的背心。那都是父亲的宝贝物品。

始终无法忘记，父亲钓鱼受伤的事。1974年，一个青黄不接的年月，因没有收早禾，家中好几天买不到米，当时国家不允许农民到市场卖米。我们家足足喝了两天的稀饭。当时，父亲母亲的工资很低，家境十分窘迫。那年我才5岁，一点都不懂事地与弟弟们一起叫嚷着要吃大米饭。父母看在眼中，急在心里。

一天，父亲下了早班，背起那张大渔网就去十几公里以外的河边捕鱼。临出发前对我们姐妹几个许诺：晚上等我回来给你们煮鱼肉饭吃。

夜色终于在我们企盼的眼神中降临，父亲准时踏着夕阳的余晖回来了。长得高大的父亲，平时走路颇有点军人的气质，可这会走起路来却一跛一跛的，看上去特别扭。可年幼的我，并没在意这些，见到父亲归来便雀跃不已。那天母亲上夜班，煮晚饭的活儿都落在父亲的身上。父亲的确能干，不一会儿，我们三姐弟就吃上了热乎乎、香喷喷的鱼肉饭。望着我们狼吞虎咽的样儿，父亲黝黑的脸上泛出了一种满足而欣慰的笑意。后来，我才知道父亲那天为什么走路会一跛一跛的。原来父亲光着脚板在捕鱼收网时，左脚板不小心踩在了沙滩上的一个烂玻璃瓶底上。顿时，鲜血直流，父亲将那件跟随他多年的背心撕成布条包扎好伤口，一心想早点让孩子们吃上鱼肉饭。顾不上去医院，拖着一条受伤的腿急忙地跛着往家赶。

其实，所谓的鱼肉饭就是先将鱼煮熟后，再将鱼刺一根一根挑出，最后放点米混合煮成。我不难想象父亲是怎样忍着痛，去细心做这顿鱼肉饭。它融合了父亲多少对孩子的爱啊！

我后来经常对父亲提起这件事，面对这迟到的心疼，父亲总是不以为然地说，你们能吃得高兴就是我最大的满足和快乐。

如今，退休的父母定居深圳后，父亲每周外出钓鱼两次，早钓、晚钓、雨钓、海钓等项目，只要有机会，他绝不错过。近几年，父亲积极参加老年钓鱼协会举办的钓鱼比赛，居然宝刀未老，每次比赛他的成绩都是名列前茅，我们子女都为他感到骄傲。

我从没钓过鱼，也体会不了钓鱼的真正乐趣。我从海明威的小说《老人与海》中，从电影《金色池塘》中，倒领略过钓鱼的奇妙乐趣和壮观场面。与爸爸交流时，父亲笑着并很权威地告诉我这个门外汉，我们中国人钓鱼所追求的多是闲适和乐趣。何谓乐趣？清幽、闲适、从容，乐在山水间。

有一段时间，我的心情很郁闷，他便劝我多到大自然走走看看，最好能拜他为师，跟他学钓鱼。我有些心动了，我答应父亲，有了空闲时间将随父亲去享受清波垂钓之乐。

跳舞跳到央视

父亲今年70多岁，国字脸，五官轮廓分明，身高1.71米，不胖不瘦，腰杆子特直，走起路来雄赳赳气昂昂。虽说已是一头华发，却另有一番成熟的魅力。

影册中，父亲那张20岁时的黑白照片一如明星照，据大伯说，就他这张招牌像曾被他的那些女同学拿去冲洗，都不知冲洗了多少张，最后底片洗到报废。可想父亲年轻时的魅力可是了得。

虽说父亲当年那么“靓仔”，但他并不骄傲，他踏踏实实、勤勤恳恳地挑起全家生活的重担，面对困难，从不怨天尤人，总想办法面对。比如，亲自到郊区弄一个菜园子，种上青菜、茄子和西红柿等。为了更好地改善生活，又在菜园边砌上一个小屋，买来几只长毛兔喂养。父亲经常下了早班顾不上休息，又扛起钓竿和渔网，到河里去弄些鱼虾回来给家人换换口味。别人家特别羡慕我们家常常有新鲜果蔬和新鲜鱼虾吃。

不知不觉中，儿女们都长大，也做了父母，这时父亲的头发渐渐花白了。我看在眼里，心酸酸的。所以过马路时，我经常有意无意间想牵他的手，这时父亲明显有些不悦，他认为他没老，用不着我们这样小心翼翼的。

前不久，老爸老妈一同走进老年大学，学习声乐和舞蹈。半年下来，嗬，还真不能小看他们！特别是他们在跳探戈、恰恰和牛仔舞时有板有眼，或优雅，或奔放，或粗犷。宝安区老年协会多次邀请他们表演和比赛，时不时就会捧一两个大奖回家。令人高兴的是，父亲他们老年舞蹈队连续两年被中央电视台邀请参加演出。父亲常在儿女面前自夸他还很年轻。在他59岁那年，父亲提出想学开车，当时，我想都没想就一口拒绝，理由是：老爸您这么大年纪了，就别再赶时髦了。一向乐观自信的父亲拉下脸，很生气，足足憋了两天对我不理不睬的。这下，可把我急坏了，我担心他老人家会憋坏身体，就主动向他“认错”。他对我振振有词：我这么年轻，你们长大了就无情地“判决”我老了。我不服！真没办法，做女儿的我只好投降。为了表示我对他的大力支持，我出资出力帮他报名学习驾驶。虽然内心有些提心吊胆，但父亲很厉害，顺利地通过训练和驾照考试并及时拿到驾驶执照。从此，我不敢再小看他了。如今，他已乐颠颠地开着我为他买的快乐王子小奥拓车。除了经常载上老妈去逛逛街，会会朋友，有时父亲还主动挑起接孙子、孙女放学的活儿。

最令我佩服的是，那年十一国庆期间，父亲竟然兴致勃勃地开着小奥拓不远千里回湖南去会他那些老友。这可是他创下的第二次纪录了。

一流的厨艺

父亲不仅搞副业有一套，厨艺也是一流。少年时，曾想过以后嫁人就嫁父亲这样的人，有才有貌有责任心。后来父亲当上车间主任，他仍是一日三餐掌大勺。用父亲的话来说，整上一桌饭菜，看着一家人慢慢享用，那是他最高兴的事了。当时，厂里有人笑父亲怕老婆才亲自下厨，此时父亲总是笑呵呵地说，我爱喝点酒，别人做的菜不太合口味下不了酒呀！其实母亲做的菜也差不到哪里去，父亲是心疼妻子太劳累。

说句心里话，从小吃父亲炒的菜长大，刚到深圳上班吃盒饭还挺不习惯的。记得我刚怀上儿子时，胃口相当差，简直吃什么吐什么，人一下子瘦了七八斤。突然特别想吃父亲炒的菜。在那个特殊时期，我的嘴馋得厉害，一旦有这个念想后，整天我都在咽口水。我忍不住给远在家乡的父母打电话，并顺口说出好想吃父亲炒的菜。其实，我只是说说而已。当时，父亲还没退休，是单位的骨干力量。我做梦也没想到，通完电话的第三天，父亲安排好家里和单位的事后，马上连夜坐火车奔向深圳，足足坐了一整夜的火车到广州，然后又转乘去宝安区的高速大巴，一到我的宿舍，没顾上喝一口水，就马不停蹄跑去市场买菜。这时的父亲一门心思就想为宝贝女儿做上一顿可口的饭菜，让我好好解解馋。就为了给我做菜，父亲郑重地向单位请了一个星期的假，父亲工作几十年，头一回请这么长的假。就这样，整整一周，我一下班就能美滋滋地吃上父亲做的菜。一周下来，我竟然胖了好几斤。

提起父亲的好厨艺，我是无比的感恩和自豪。但凡到我家做过客的朋友们，只要品尝过他煮的梅菜扣肉煲和蒸鱼头王，都纷纷给父亲的厨艺点赞。

喝酒中的豪迈人生

自打我有记忆起，我就知道父亲爱喝酒且爱行酒令。父亲不是一个爱说笑的男人，但与他那些酒友在一起喝酒行酒令时，却显得异常潇洒，神采飞扬，所以，我特别爱坐在一旁痴迷地看着，觉得喝酒的男人们不仅豪气而且帅气。

记得，以前逢年过节，年轻的父亲就邀一桌他的好朋酒友叙旧猜拳。只见他们张嘴便来词："一个螃蟹八只脚，两只眼睛这么大的壳，壳、壳、壳往后拖。全福寿一、二、三，来呀来，这杯酒啊……该你喝……"这时，只有七八岁的我马上搬来小凳子认真地坐在酒席旁，痴痴地看、痴痴地笑，也痴痴地听。当时对这些大人们佩服得五体投地，惊叹他们个个嘴上朗朗有词，人人手指变化无穷。

有时候，满桌的人都默默无语，只见一双双年轻有张力有弹性的手在不停地"飞舞"着，舞一阵，就有人喝一杯，直让我看得眼花缭乱，觉得特好玩，却不知其所以然。后来才知道这是家乡行令法的"闹"、"静"、"清"中的"静"，它规定双方都不能发出声音，仅靠两人的手指数，采取"先加后减"或"先减后加"，此为"哑拳"。多半在酒楼吃饭时，为了不影响别人所采取的行酒令。而与其相对应的是所谓的“闹”，它有“砍茅柴、兄弟拳、高兴拳”，其拳法以两人一组为代表，然后再相互猜上好几个回合。充分体现了集体“拼杀”的力量。

在“闹”、“静”、“清”三种猜拳行令法中，最有意思的要数这所谓的“清”了，它严格规定了行酒令的双方所说的每句话中都要以四个字为标准，若增、减一字都要被双倍罚酒。其内容非常精彩：“一定成名、二龙戏水、桃园（三）结义、四红四喜、五子登科、六步高升、七巧成图、八福大寿、九经常花、十全十美。”往往刚刚喝酒时，大伙儿都清醒，字是字，句也是句。一旦气氛到了热情四溢之际，整桌人都全体起立了，而且个个面红耳赤，脖子粗、嗓子哑，脚有点飘飘，舌头也有点硬，眼睛倒醉蒙蒙的有点含情，可每每一叙城南旧事时，这些真汉子们也会热泪盈眶，絮絮叨叨的，这个时候他们念的词已不是那个词，句也不是那个句了。喝到最后，人人落得一个“醉有应得”的形象回家。一瞧这情景，请客的那家主人肯定是非常高兴和欣慰的，因为觉得自己招待客人已尽心尽力了。

20多年过去了，我真的记不清有多少次听过、看过父亲他们精彩的猜拳和醉酒。但有一次却令我十分难忘。那年，工作一辈子的父母一退休后又要马不停蹄赴深圳为儿女带小孩。就在离开家乡的前几日晚上，父亲邀上他那些三四十年的酒友们到家里相聚，虽然个个都是白发染双鬓的老人了，但他们还是那么大声地投入地猜拳，嘴上照样是妙语成珠，那双有着岁月皱褶和老人斑的手指仍是那么的灵活多变，感觉到在他们身上还有着年轻时的那股朝气和活力。那晚，他们叙了很长很长时间的旧，猜了很长很长时间的拳，也喝了很长很长时间的酒，直到人人醉倒在家门口，可嘴里还喃喃有词："一个螃蟹……八……八……只脚，两……两个眼……"

如今，年迈的父亲依然爱喝酒，最近，他迷上自己烤米酒，他说喝自己制作的酒会更香更醉人。所以，每次一烤好，酒香飘出时，他马上拿出手机就在微信中，呼朋唤友到家里喝酒行酒令。往往这时，我仍愿意如孩童时守在桌边痴痴地欣赏着他们这群曾是年轻生动、意气风发、血气方刚的叔叔伯伯们，一直喝下去，醉下去，乐下去。直到永远。

母亲是块包袱皮

我在某杂志上看到这么一句话——“母亲，是块包袱皮”，不由得感到心灵有种共振，多么朴实、贴切的比喻啊！

母亲是伟大的，母爱的力量是无法估量的。有一个真实故事，说是在一次地震后，一个母亲怀抱婴儿被困在倒塌的建筑物下。时间一天天过去，救护队员尚没有找到他们。婴儿饿得奄奄一息时，母亲毅然地用石块割破静脉，让鲜血滴进孩子的嘴里，等人们终于找到他们时，母亲已经死去，婴儿的响亮啼哭正歌颂着母亲的伟大。这则故事让我感动，让我泪流满面。

我深深地爱着我的母亲。

与英俊的老爸相比，母亲的相貌虽然没那么出众，但端庄大方，她乐观、坚强、慈爱，她宽阔的胸怀一直温暖着我，鼓励着我，安慰着我，让我勇敢地走过坎坷，笑对人生。

母亲出生于永州市祁阳文明铺，我的外公外婆是做南货糖果店的。外婆13岁嫁人当童养媳，外公当时也只有16岁。外婆共生了10

个孩子，只存活姐弟5个。我母亲排行老大，下面有4个弟弟。

1958年那年，我的母亲突然得重病，急性白喉，生命都有危险。当时外公响应国家号召，从南货公司抽身出去到祁阳金洞大炼钢铁。为了生活，年仅30岁的外婆怀着六个月大的孩子用手推磨，平时都以大米、大豆和麦子来维持生活。根本没钱看病，于是，外婆将家中为数不多的铜锁都当卖，仍住不进乡镇府医院，只好背着9岁的母亲去乡下土医生处治病，感谢上帝，去了几次，母亲竟然神奇般地好起来了。从此，母亲乐观地认为，她这次大难不死必有后福。所以后来不管遇到什么大风大浪，她都暗暗告诉自己是有福的人，要坚持下去。

1960年上半年，母亲的外公因高血压去世，享年57岁。下半年11月，我的外公活活饿死，只有35岁。外公的早逝，我的母亲没办法读书了，只读了小学四年级。一家几口的生活重担全落在她稚嫩的肩上。

这时，有邻居好心劝外婆为了孩子改嫁，她没答应。外婆经常带上12岁的母亲和10岁的舅舅到深山野林砍柴，来回20多公里，12岁的母亲最多一次挑柴32斤。母亲是外婆的好帮手，每天主动干活，除了上山砍柴，她还和弟弟推大磨，一天推几十斤，关在一个小房间里，围着磨盘一天到晚不停地转圈，一天走下来至少走了几十里路，双脚常常打血泡。

为了赚点钱，外婆将国家居民的计划粮23斤，统统煮饭去卖饭，一斤米可以做五钵饭，带点菜，一元卖一钵，由于没有摊位，母亲带上她的弟弟用篮子提着去卖，外婆为了赚一点钱，自己舍不得吃，一天只吃一碗饭，没有一点油腥，有时偶尔吃上粗糠头和麦子皮都算是幸福。由于卖这些零星的饭没有及时交所谓的税，累计罚款七八十元，这在当时简直就是一个天文数字。无助的外婆只好将家中的蚊帐等东西卖掉，然后再东借西凑，终于将税款交清，因此欠了一屁股债。生活苦不堪言，为了照顾孩子，为了还债，外婆终于答应改嫁。嫁到遥远的贵州，母亲的继父许诺每月固定给母亲10元，逢年过节绝不加钱。不久，外婆在贵州又生了两个孩子，他们那边的生活也很艰难。

留在祁阳生活的母亲，当年只有14岁，毅然地挑起了当母亲的责任，后来她硬是将两个幼小的弟弟（我的舅舅）拉扯大。当时，一个供销社交易所的负责人看到母亲可怜，特别照顾允许她来上班，每月工资18元，这可以大大补贴生活。每天的工作是打杂，烧开水、扫地。有时供销社开会时，母亲就当通讯员到大街小巷里喊人来开会。

14岁，其实还是一个孩子，可她却要照顾比她更小的两个弟弟，其艰苦程度难以想象。尽管如此，母亲没有怨天尤人，只是微笑地面对。母亲与父亲成家后，仍然保持着这种吃苦耐劳的品质。为了多挣点钱来改善我们的生活，她竟然“扎进”男人们干的粗活中，诸如：拖板车、挑煤渣、扛废纸和喂猪。尤其是喂猪很辛苦，猪食每天40担，一担七八十斤。共喂200多头猪。母亲一点也不娇气，怀有7个多月身孕的她还去搓又粗又大又笨重的麻绳来卖。

正是应验了那句话，“大难不死必有后福”。母亲嫁给父亲没几年，就顺利调进造纸厂加工分厂工作。采购、打浆、造纸和办公室保管员她样样都能干。不久就当了车间里的大班长，相当于厂长助理。母亲不怕苦不怕累，只要看到她的儿女们健健康康的，她就无比欣慰。母亲年轻的脸庞像盛开的鲜花，无比动人，深深地印在了我的心底。

其实，我对母亲是有一种内疚的。

有一段时间，父亲常在外出差，母亲既要照顾年岁已大，体弱多病的爷爷奶奶，又要照顾我们三个孩子。我排行老大，家中有好吃的、好玩的东西，母亲都给了两个弟弟，我只有靠边站的份儿。于是，我自怜地认为，母亲重男轻女。12岁那年，我被母亲从冷水滩市送到她的家乡祁阳县的一个乡村学校——龚家坪中学读书。因为她认为这所学校的教学质量好。

第一次离开父母身边，我开始寄读生涯。当时学校条件相当差，既没有电灯照明，用的是落后汽灯；又没有自来水，用水需到几里以外的井里挑水。而所谓的寝室是一座破庙改建，阴森森的。每到晚上，我总是躲在被子里哭，心中渐渐升起一种怨气，恨母亲如此狠心送我到这穷山沟来受苦。母亲因为家里脱不开身，不能常来看我，也难得写一封信，只是每个月托些亲戚到学校来送一些生活用品。那时的我有种被远远抛弃的感觉，认为母亲根本不爱我。也许是逆反心理，我开始变得很倔强，性格慢慢孤僻起来，对母亲的生疏和淡漠日益加深。我从不写信回家，心中只有一个目标，拼命埋头苦读，希望以后考上大学远走高飞，离开家，离开父母。直到有一天，我终于明白母爱的真正含义。

那是秋末乍寒的一天，温度陡然下降，我担心晚上没有棉被盖冻得瑟瑟发抖，而母亲还没有托人送过冬的物品来。晚饭后，我抱着一丝希望来到汽车站，站在小山坡上踮起脚尖伸长脖子，睁大眼睛搜索着来来往往的汽车。当我将末班车最后一个乘客仔细“筛过”后，心中彻底失望了，不由黯然泪下。我不知道自己是如何抹着眼泪回到教室的，整个晚自习我都傻呆呆地坐着。晚自习结束后，我无精打采地向寝室走去，只见寝室门口站着一个人，旁边还放着一个包裹。我定睛一看，是妈妈！心中一阵狂喜，恨不得冲上去拥抱母亲。可我却没有这样做，只是生硬地从牙缝中挤出一声“妈”，脸上完全是一副冷冰冰的模样。母亲见我回来了，脸上露出欣喜的微笑，马上迎上来一把抓住我的手说：“平儿，让妈妈好好看看，哦，瘦多了。平儿，最近学习怎么样……”我沉默不语，心里认为母亲是假心假意的关心。一进宿舍她就忙乎着帮我铺床、整理房间、打扫卫生。这时的我犹如一只呆鹅，根本没有女孩儿在父母膝下呈现的娇言软语，只要有厚厚的、暖暖的棉被盖，我便酣然入梦乡了。

母亲什么时候睡的，我一点也不知道，一觉醒来，母亲早已乘早班车回冷水滩市了。床边放了一张留言条：“祝好好学习，天天向上。”看完后我顺手扔在了一边。过了不久，从亲戚口中得知，上次母亲迟迟没来看我，是因为正赶上小弟弟的脚被单车撞伤住进医院了，而父亲出差还没有回来，母亲几乎天天要到医院去照顾小弟弟。那天好不容易安排好家中的一切，便急忙地从冷水滩市乘火车到祁阳县，这时夜色已暗，加之当时去龚家坪中学的车相当少，母亲没能赶上末班车，她担心我受冻，硬是一个人迎着寒风背着被子，从祁阳绕着山路整整步行了20多公里，走了好几个小时才到龚家坪中学……听着听着，我羞愧地痛哭起来，恨不得狠狠地扇自己一个耳光。在博大的母爱面前，我显得多么自私，多么的不懂事啊！

是啊，母亲的确是块包袱皮，是一块历尽岁月沧桑的包袱皮，以自己单薄的身躯抵御外面的风风雨雨，为儿女们撑开一片艳阳天！如今儿女们长大了，岁月的沧桑犹如一把利剑毫不留情地在母亲的脸上刻出条条皱纹，但她那亲切的笑容，依然在皱纹里绽开着，那么温暖，那么慈祥！

我们家的男子汉

我有两个帅气、聪明、能干的弟弟。一个小我两岁，一个小我五岁。小时候，每当看到小小的他们被高年级的同学欺负时，我就特恨自己不是一个高大且强悍的哥哥，不能出手帮他们，只会一边叫嚷着“松手，别打了”，一边掉眼泪。一晃，我们都长大了，共同走过人生岁月。其实，今生能给两个弟弟做姐姐是何等的幸福。

英俊的大弟

论智商，大弟是我们三姐弟当中最高的，动手能力特别强，小时候常常说要搞发明创造。果然，在他小学四年级的时候，他的某项小“发明创造”获过一个优秀奖。他的数理化学得特别棒，特别是数学，凡有附加题，他准能轻松拿下。在数学方面近乎白痴的我对他有十二分的嫉妒。如果照这样的状态他保持下去，没准我们家会出一个清华或北大生。直到今日，我都在为他惋惜，这么好的苗子，却不选择上大学。当年他都考上重点高中了，却毅然放弃，反而跨进中专的行列，任由父母和他的班主任苦口婆心劝说，他就是一意孤行。尽管我为他的选择深深遗憾，但我知道他不管干什么都能是佼佼者，因为他不仅聪明，还踏实能干，特别能吃苦。后来他在深圳白手起家，事业有成，就可以看出这一点。

凡见过我大弟的朋友和同事都会毫不吝啬地称赞一句：呀，你弟弟好靓仔。此话一点不假。1米80的大个子，挺拔而英俊，有人说他长得像刘德华，有人说他长得像金城武。正因为他帅，有些小靓女顾不上矜持地跑到我家来找他，他也经常带回一个个小靓妹说是让我们参考，一个月来，不仅忙坏了我的老爸老妈，也把我这个姐姐弄得眼花缭乱。我毫不客气地送给他一个“花心大萝卜”的绰号，以后任他带谁回来我都视而不见了。没想到，自从他遇上我的大弟媳小霞后，他整个人都变了，变得感情专一，认真，非常有责任心了。

大弟刚到深圳时，没少吃苦，在一家印刷厂当业务员，没有基本工资，只靠提成，没有任何人脉的他第一时间就买一张深圳地图，认真 “研究”深圳的每一条街道上有哪些公司，然后铺地毯似的一家一家上门找业务。有一次，发着高烧的他，吊针一拔，仍冒着六月炎炎的烈日去上门开拓业务。到了晚上，拖着疲惫不堪的身体就凑合地睡在办公室的办公桌上。有时，业务不理想时，为了节约开支，一周都是方便面充饥。但他在我们家人面前，从来不叫一声“苦”。正如那句老话：天道酬勤！经过几年的拼搏，仅有中专文化的他终于在深圳有了立足之地。如今，不仅买了房、买了车，而且还生了一个可爱的女儿，一家三口其乐融融地过上了小康生活。结婚20年，他与我弟妹的感情依然甜蜜如初恋。

幽默的小弟

“可爱而幽默”的词，我愿意用在我的小弟身上。或许是他7岁那年不慎被单车撞断腿的原因。小弟只有1米67，当他站在1米80大个子的哥哥和1米70高个头的姐姐面前，显得真是“娇小”。

不过，有句话说得好：浓缩的都是精品。自小，他就是一个特令邻居的叔叔阿姨和老师们喜欢的孩子。他聪明、机灵，嘴巴又甜，我特别喜欢他。而他也喜欢跟着我，我到哪他到哪，仿佛就是我的小尾巴。当然，我很愿意让他乐颠颠地跟在我的后面。我18岁时，他还是跟着我，这时我觉得有些不方便了，毕竟我有小秘密了，偶尔想偷偷赴约。小弟常不识趣地尾随并毫不留情地向父母报告我的行踪。早恋的故事就这样无情地被他搅黄了，我也被爸妈狠狠地K了一顿，心里很不爽。我骂他是“跟屁虫”、“叛徒”，然后，故意两天都不理他。一看这情景，他吓坏了，眼泪汪汪地找到我，然后十分认真地对我说：“姐姐，你原谅我吧，你理我吧，我不是想惹你生气，是我怕你谈恋爱后，就不要我这个弟弟了，所以……”听了这番话，我忍不住抱住亲爱的小弟哭了一场。

小弟人小鬼大，小脑袋里尽是小点子。小时候，父母特意扎一把用来教育我们的小竹条。家中有一个不成文且不太合理的规定，只要两个弟弟打架，当姐姐的我就和他们一起接受小竹条的惩罚，说是我没有管好他们，我心中满是委屈。趁父母上班去了，小弟犹如一个小大人似的将我和大弟召集起来，商量如何扔掉这个讨厌的小竹条，今后，让父母没有惩罚我们的工具。我和大弟一致同意。小弟又郑重其事地要求我们不准告密。可没过多久，他俩又“战斗”了，我们仨又要挨打，可这时，妈妈四处找不到小竹条。最后，她出高招：谁找出来谁就免打。好家伙，只见小弟马上响应积极地钻进床底下故意瞎摸乱找了半天，当他从床底下爬出来时满脸都脏兮兮，生气的妈妈一看这张小花猫脸，竟然扑哧笑了。正是小弟的机灵和滑稽，一场挨打就这样轻松地幸免了。

小弟的幽默感随着他的年龄增长越发淋漓尽致。尽管他身材不够高大，但他还是有着与大弟不同的帅气，他有一副嘹亮的歌喉，在我们家乃至他朋友圈中，他唱歌的水准与歌星们也差不到哪里去，可惜他没走唱歌的路。

长大以后的他正是用他的乐观、勤奋和幽默去克服一个又一个困难，他也在深圳立足，有房有车，与大弟同年也添了一个可爱的“小龙女”，小日子过得很充实和幸福。

亲爱的大弟与小弟，今生有你们，姐姐是知足幸福的。我们走过共同的岁月，也见证彼此走过的日子，其中有泪有笑有苦也有甜。我们三姐弟就像一根藤上的三只瓜，情浓于血啊！

我爱你们！将来的路还很长，让我们相互扶持！

姐妹情深

小时候，常常羡慕好友阿文有两个贴心的小妹妹，而我只有两个顽皮的弟弟，这让我郁闷。两个弟弟长大后，不再遗憾，更谈不上郁闷，因为弟弟们分别给我带回一个漂亮、能干且懂事的弟媳，一如我贴心的亲妹妹。从此，她们是我一生的好姐妹。

善解人意的小霞

小霞是我的大弟媳。18岁那年，她与我大弟恋爱、结婚到生孩子，一晃22年了，小两口历经许多风风雨雨，终于在美丽的深圳定居，过上有房有车有滋有味的生活。作为姐姐，我打心眼佩服小霞相夫教子的能力。

小霞皮肤白皙，五官俏丽，身材苗条。她那娇媚的圆脸上时常还会如少女般害羞脸红。我最喜欢她略略羞涩的笑脸和爽朗的笑声，散发着乐观的气息。她虽然长得漂亮，但一点都不娇气。

她和大弟一起开过餐厅、服装店、鞋店和美容院。令我刮目相看的是，她一边经营美容店，一边还在一家公司兼职。别看她年纪轻轻，美容院里美容师的小团队管理得有模有样，生意搞得红红火火。后来因为孩子出生，她毅然地将美容院转卖，在家全心全意当好贤妻良母。

我喜欢小霞，不仅是她的能干，而是她的善解人意。我们一见面聊天就停不下来。在我心中，她就是我的妹妹，丝毫没有感觉是弟媳而生疏。有时通电话，手机都打到发烧发烫，无形的电波传递给我一种生动的真实和世俗的快乐。在我烦恼时，她的电话就是一种安慰剂。每逢周末，她到市中心逛街，向我相邀，我只要有空就欣然前往，因为她比我时尚，随她去买衣服，完全可以提升我的审美。更何况在逛街的路上还可以东一句西一句闲聊，小霞随口的幽默，就令我哈哈大笑，虽然尽失淑女形象，但哈哈之后心情马上变得更清爽。

记得，有一次我和小霞从早逛到晚，秋日的黄昏中，我们从繁华的华强北坐车到莲花山下车，开始步行，渐入幽境，不远处的小楼里散发着温柔的光，我闻到沁人心脾的花香，有些微醺。我们都似乎在享受什么，默默地走着，走着……突然，小霞侧首对我说："姐，你知道吗？我在家是老大，只有一个弟弟。在我心中，你就是我的亲姐姐！"小霞，我的好妹妹，我何尝不是？我永远不会忘记小霞曾经对我的好。

记得，我刚生下爱儿两个月，一时请不到保姆，大弟让还是女朋友的小霞从家乡坐十几个小时的火车，赶到深圳来照顾我和儿子，当时的她只有19岁。最初我心有顾虑，她自己还是一个如花般的小姑娘，会不会很娇气？干那琐碎的家务能行吗？可当我看到她灿烂的笑容和麻利的手脚，顿时让我打消了心中的疑虑。她来这一个月，为我煮饭烧菜，帮爱儿洗澡洗尿片，一刻都不闲着。当时，爱儿睡倒觉，白天如小猪般酣睡，一到晚上他就特别精神和吵闹。每到子夜一点多，爱儿准时吃奶，吃饱后就不打算睡觉，老是咿咿啊啊地乱叫，如果没人理会他，他立马改变声调，从咿咿啊啊地小哼到哇哇哇地大叫。我休息不好，肝火特旺，牙痛难忍，半边脸肿大。体贴的小霞主动要求晚上她负责哄爱儿，只要我一喂完奶，就扔给小霞，然后倒下就酣然大睡。现在回想，真是太难为她了，还是个大孩子的她也不知道是如何哄孩子不哭不吵的？孩子满月后，父母希望我带上爱儿回家乡住上一段时间。于是，我和小霞便带上孩子坐上了回家的火车，恰逢暑假期间，火车票紧张，我们只抢到一张硬座和一张站票，原想到车上再补卧铺票，没料到连过道都站着旅客。我们无法挪动，只好凑合。凡抱爱儿的就坐着，另一个站一旁候着，足足十多个小时，我们轮流坐着抱孩子，这是一次艰难的回家之旅，但很顺利平安到家，这一切都全靠小霞一路的悉心照顾。弹指一挥间，我的爱儿已长大成了帅小伙了。

小霞为我所做的点点滴滴，永远珍藏在心中。

聪明精灵的小毅

小弟媳小毅与小弟同岁。当年，两个18岁的少男少女相遇后便热恋起来。我当时觉得他们都太小，很可能是一时贪玩“扮家家”吧。谁知20年都过去了，他们照样风雨无阻手挽手地相爱着，并一路相拥着走在幸福的路上。仿佛一瞬间，小毅成了漂亮妈妈，当起母亲的小毅照样有板有眼。

我始终忘不了最初她给我的印象，娇小玲珑的身材，乌黑的短发，圆乎乎的脸上有一双会说话的大眼睛，火辣辣的眼神煞是灵动。我知道单眼皮的小弟一直特别喜欢大眼睛的女孩，他是素有“电眼”之称的周海媚的粉丝，找到小毅后，终于如愿以偿了。小毅不仅可爱和美丽，而且打扮很时尚，总让人眼前一亮，惊喜不已。我站在她面前显得正统而呆板。当年我们还没有时尚的概念。但小毅倒是一个先知先觉的女孩子，下班后，她总是喜欢到她妈妈上班的图书馆里看书，那些时装书深深吸引她的眼球。有时，借回家中琢磨，从好几套服装中，吸取精华，再拼凑出一套有自己特色的服装图，最后拿到裁缝店去定做，果然，她穿出来，就让女同事们惊艳不已。我认识她20年，从来没有发现她有穿错衣的时候。如果你觉得小毅穿得好看的，我们也照猫画虎地做上一套，那味道全变。其实是小毅拥有与众不同的气质。我们只有好好欣赏的份儿。

总替小毅遗憾，如果她有机会去进修一下服装设计专业，没准现在是优秀服装设计师了。有一次，我随口说起这件事，她不以为然地笑着说：没什么遗憾的，现在我就是我们家的服装设计师！是啊，她那宝贝女儿的穿着打扮，绝对地让人眼前一亮。再看看“70后”小弟一身装束，就是一个青春逼人的“80后”帅小伙。小毅将自己的家变成时装小舞台，个个都是模特。

小毅在家是独女，我的小弟又是家中老幺。当年他们结婚时，大人们都有一些小担忧，作为姐姐的我也有小虑。很快，我们发现担心都是多余的。满以为娇娇女的小毅在婚后会娇纵，谁知，她的角色转化得非常成功，小弟发自肺腑地赞美道：小毅吃苦耐劳，是一个处处做到位的贤妻良母，他为找到小毅为妻感到由衷的幸福！

自结婚起，小毅与丈夫一起打拼。到深圳后，她先后干过文员、出纳和统计，后来一次偶然的机会，又成功地跳槽到一家大型企业。干财务从前台结算开始，做到组长，然后又到会计组学做账务处理。她努力上进，工作尽职尽责，非常有事业心。

都说，好女人是一所学校。每当我小弟在工作中碰到困难时，小毅总是给予鼓劲，还开动脑筋出谋划策。记得有一年，小弟他们单位的效益处于低谷时期，难免会在家里长吁短叹。有智慧的小毅先暖心暖肺地化解小弟的烦恼，然后，让小弟一起静下心去认真分析市场，看看出路在哪里。经过共同努力，小弟重整旗鼓，业务大有起色。小毅看在眼中喜在心中。后来，小毅一不做二不休，让小弟为她也印一盒名片，四处散发，她戏称天女散花，她说，没准哪一张名片就会带来商机。根据深圳黄页提供的广告，她试试运气一一打去电话，真是天道酬勤，没想到还成功找到3家公司，于是她整装上门谈业务，有时谈到非常专业的内容，马上再请出自己所谓的“老板”老公，接着出马谈业务，一切都水到渠成。每每提到这些，小弟就对小毅赞不绝口。

我替两个弟弟高兴，他们是有福气的，拥有聪明贤惠又能干的贤内助；我更是幸福的，今生有两个知心的好妹妹相伴走人生，那平淡中的不离不弃，就是最贴心的温暖！

我们家的“小龙女”

我们家有两个冰雪聪明的小龙女：嫣嫣和乐乐。小时候，她们同台表演时，观众都以为这是一对可爱的双胞胎姐妹。

其实，她们一个是我大弟弟的女儿，一个是我小弟弟的女儿。同在龙年所生，同样长得漂亮，同样颀长的身材，同样爱穿白衣裙，犹如两个小天使。我这个做姑姑的为有这样两个美丽的小侄女感到骄傲，没有女儿的我，就把她们当作自己的女儿了。

“小龙女”们都有着和赵薇一样灵动的大眼睛，乌黑的眼仁如一湾清亮的溪水，说话时，神情甜美。当追求美好的愿望时，她们的眸子闪着炽热的光，那么动人。她们都爱唱歌，姐妹俩时时哼着歌曲像小鸟般轻盈地穿梭在每一个房间。

舞台上，姐妹俩像天使，又像飞翔在阳光下的白鹭，秀丽、轻盈翻飞着，她们舞动长袖迎风飞举，无数的花瓣在周围飘洒，画图唯美，令人陶醉。她俩都在宝安中学读书，各方面出类拔萃，均获“十佳歌手”称号。

先说说我家“大龙女”嫣嫣。她是那样的天真无邪，从小能歌善舞。分别于2006年和2009年收到中央电视台邀请，参加北京戏曲联欢晚会，除夕时，在中央三台播出。嫣嫣6岁那时，第一次去北京，由老师们带队，家长都没有随行。在录制现场，这些小演员们一遍又一遍地彩排，嫣嫣在这7天里，可没少吃苦，当时伙食也不好，经常吃方便面和盒饭。嫣嫣虽小小年纪，却不叫苦不叫累，一个动作几十遍地苦练，自始至终，她都没在老师面前叫过一声“苦”。

最有趣的事是，在录制现场，因为台下没有观众在观看，可爱的嫣嫣望着这空空如也的观众席，还以为这只是一次普通的彩排。所以在演出的时候，她脸部因化了浓妆，突然有些痒，她就不经意去挠了一下。没想到这小小的动作在舞台上显得那么明显和突出，后来，收看电视台转播时，大家发现这个无意的小动作并没有被处理掉，而是全程播放出来。和我们一起收看转播的嫣嫣羞得小脸像一个漂亮的红苹果。

9岁时，她再次受邀参加北京舞蹈展演。因时间比较充裕，她不仅和同伴们顺利地完成了表演，而且还在老师的带领下，游览了一些北京的名胜古迹，品尝了很多北京的小吃。“大龙女”不仅舞跳得好，古筝弹得也棒，而且一手书法也写得漂亮。过年时，她热心地写对联送给亲戚和朋友们。用她自己的一句话，每次站在家门口一看见自己写的大字，心里好有成就感。

我家的“小龙女”乐乐与“大龙女”不相上下。她是属于长得古灵精怪，超级可爱的那种，笑的时候特别甜美，像一朵花忽然蓬勃地绽放。乐乐从幼儿园开始，就开始学跳舞。二年级时，她的音乐老师刚好是当时京剧队的带队老师，一次音乐课后，如伯乐发现千里马一样地发现了乐乐，动员她参加京剧队。乐乐当时只觉得可能好玩，就乐呵呵地答应了。

从此以后，每天早上，她比别的同学早起40分钟，放学又要比别人晚40分钟。训练十分辛苦，但乐乐特别刻苦，用十二分的认真劲去揣摩和领悟老师的每堂课，终于可以运用自如地开腔，能用共鸣腔来掌握每一个唱腔。一个爱哭鼻子的小女孩最终练成队里的主力。渐渐地，她对京剧的热情越来越高，并在各大比赛中崭露头角。正因为这份倔强的坚持，她站在区里选去参加全国小梅花京剧比赛的初选台上，随后通过层层选拔，如愿以偿代表深圳参加了在江苏盐城举行的全国小梅花京剧比赛，荣获金奖。

乐乐时常对我说，她非常感谢京剧，它如良友，陪着她走完了小学生涯，其间，让她见识很多大场面，使她从一个沉默内向的女孩变得阳光开朗。最为重要的是，在学京剧的过程中，让她学会了不管遇到多大的困难，都不会轻易放弃。

后来，进入初中，学校没有京剧队了。说心里话，我很喜欢听乐乐唱京剧，她有优势，从身段到表情很到位，扮相很俏丽，还有几分活泼可爱。即使有几分扭捏也是天真的温婉，清亮的嗓音柔和地变化，实在甜得醇美。她没机会继续走京剧之路，我心里很是有些遗憾。

如今，两个小“龙女”都是亭亭玉立的中学生，她们走路时常会低着头，很少跟人说话，偶尔抬起头却是惊鸿一瞥，笑起来以手掩口，一派娇羞、典型的青春期美少女的样儿。

她们姐妹情深，只要一放假，两个人就黏在一起，叽叽喳喳地有说不完的悄悄话，让旁人好生羡慕。她们就像春天里可爱的小燕子。很快，就要展翅飞翔了。因为今年9月，小“龙女”们就成为高中生，更繁重的学习任务在等着她们完成。

我衷心祝福两位小侄女努力学习，全面发展，尽情放飞自己瑰丽的梦想。更广阔美好的世界在等着你们“海阔凭鱼跃，天高任鸟飞”呢!

儿子，你是我一生的牵挂

儿子，是我一生的牵挂！

培儿早在腹中的时候，我便拿书按图索骥地对他进行所谓的胎教，希望他更加聪明。一路走来，没发现他有“更聪明”的蛛丝马迹，倒是他的善良和体贴，令我欣慰，令我幸福，令我感恩上帝。

一

记得，培儿3岁半的那年，我从《深圳特区报》的中缝处看到一则寻人启事：一个3岁的小男孩走丢了。照片上小男孩的灿烂笑容一如爱儿，内心顿时一阵发紧。回到家中，我马上对培儿的外公外婆嘱咐万千，随即又对培儿进行“引导教育”：“宝贝，如果有不认识的叔叔阿姨给你糖吃，给你饮料喝，你可千万别吃，别喝，更不要跟着陌生人走。不然，就会像这个小弟弟一样被坏蛋卖到很远的地方去，再也见不到爸爸妈妈了，也没有酸奶好喝，多可怜啊！”培儿瞪大眼睛听着，似懂非懂地点着头。

不久，我将这件事淡忘了。那天下班回家，我买回一箱酸奶放在培儿的房间里。不一会儿，培儿双手捧着一打酸奶走到我面前说：“妈妈，我要把这个酸奶送给小弟弟喝！”我莫名其妙：“哪个小弟弟？”他顺手指着桌面上一张报纸的中缝说：“喏，那个就在这儿的小弟弟。”我马上反应过来，原来培儿指的是寻人启事上的小男孩。面对培儿的善良，我感到汗颜，作为大人的我何尝想过关注小男孩以后的命运？

周末的一天，我着手整理放杂物的小桌子，惊愕地发现抽屉里竟然有5只小乳鼠，肉乎乎粉嫩嫩的。我轻轻地告诉培儿：“这是老鼠的孩子们。”培儿试探着想用手去触摸小乳鼠，并央求道：“妈妈，让我来喂养它们吧，我拿饼干和糖果给它们吃。”我一听，马上制止：“不行！这是老鼠，它们是坏蛋。”说完，我迅速用小盖子装着乳鼠们扔进楼下的垃圾筒内。当我返回时，发现培儿泪眼汪汪地望着空空的抽屉发呆，一见我便说：“妈妈，你不是说要保护小动物，爱护小生命的吗？”“妈妈刚才扔掉的是老鼠，是坏动物。”“妈妈，它们不是老鼠，是小鼠……”培儿仍然辩解。

面对培儿那颗清澈见底的童心，我真的哑然失语。是啊，在这纷繁复杂的世界，什么才是真正的好？什么才是真正的坏？什么是善恶美丑？其实，人们从不同的角度出发，答案可能都会不一样。但我坚信将来培儿长大后会用自己的心和眼睛去一一分辨。

培儿的善良，令我的世界一片阳光。

二

培儿的体贴更令我十分感动。

那是隆冬的一个晚上，培儿非得缠着我带他一块去单位赶写材料。加完班，一走出办公室，发现外面风雨交加，异常寒冷。我一边哆哆嗦嗦地蹲在地上锁着有点迟钝的铁闸门，一边自言自语：“哇，好大的风，好冷啊！”话音刚落，就听到培儿那稚嫩而又响亮的声音：“妈妈，我给你挡挡风！”说完，培儿张开细细的手臂，摆动他小小的身体，犹如一个男子汉般站立在我的身后，直直地，定定地。刹那间，我的心头好暖，鼻子好酸，泪水不由自主地模糊了双眼……那年，培儿才三岁多一点。

培儿自小就懂事，从来不随便乱花钱，每次到商场，从不轻易嚷着买玩具和零食，我们买多了，他总是很心疼，并极力阻止我们购买。记得，有一次，好朋友蔡姐请一帮朋友吃饭，知道我家就在酒楼附近，一定让我带培儿来参加。已读初二的培儿知道酒店里的饮料比商场卖得贵，自己就悄悄跑到商场买了一瓶饮料。当望着满桌子的菜时，培儿凑在我的耳边小声问：“哇，点这么多菜，蔡阿姨要破费了，她要是没带够钱，我这里还有过年的压岁钱可以给她添上。”我把这话告诉蔡姐，蔡姐说她为培儿的善良感动了好久！

三

在培儿成长的过程中，除了感受到他的可爱、善良、体贴和懂事，其实也有让我们闹心的时候。有一次，我独自带我六岁的儿子去商场。本想买些香皂、牙膏、洗衣粉之类的小件，可这小子那不安分的小“爪子”，总能刨到货架上任何他够得着的东西，不是玻璃花瓶打碎了，就是音乐盒被掀翻了，我气急败坏地忙着赔款之后，赶快牵着他的手来到服装区。我的眼神被一件漂亮的裙子吸引，不由自主便松开牵他的小手，去摸了摸衣料。折回头一看，嗬，身边这小子“失踪”了，前后不到一分钟，我险些有点晕眩，定了定神，一边大声嚷嚷儿子的乳名，一边与商场负责人联系，商场的广播很快开始哇啦哇啦叫起“寻人启事”来，好在这商场不大，进出都是一个口，商场立即派专人到出口守候。我如热锅上的蚂蚁，急得在商场跑了好几个来回，喉咙叫哑了。15分钟过去了，仍不见儿子的踪影，我吓得面如土色，魂不附体甚至到了上蹿下跳的地步，最后无助地蹲在地上，眼泪稀里哗啦地直流。心想，惨了，儿子丢了，以后我可怎么活呀！正当我绝望之时，忽然听见儿子那脆脆、甜甜的叫声：“妈妈，我在这呢……”只见从不远处一圈垂挂的皮带中，儿子探出小脑袋，然后爬了出来。原来他在与我玩“捉迷藏”的游戏呢。我“呼地”冲了过去，紧紧地抱着儿子，又喜又恨又气。这小子真能沉住气，我足足找他20分钟，他竟然气定神闲地躲在皮带圈中任由妈妈歇斯底里地哭喊。这回我吓得不轻，不久还大病一场。

从此，带着儿子进商场，为了避免再次发生赔款和丢儿事件，我总是单手购物，另一只手把他的两只小手捏在一起，虽有些麻烦和别扭，但心里却很踏实。这点比什么都重要啊！

仿佛一眨眼间，培儿都长成1米83的小伙子了，如今是一名大学生。

看着培儿的成长我真的很幸福。我会用一生来爱他。

希望培儿像鸟儿一样朝着自己的理想飞翔！

自画像

一写下这个题目，我就觉得有些自不量力——是用素描，还是工笔？是用水彩还是写意？一时不知如何下笔了。

小时候，我寡言少语，甚至有些孤僻，可内心却丰富多彩，对任何事都充满着好奇。常常喜欢趴在草地上喂蚂蚁吃饼干末；有时仰脸看飞鸟，目不转睛，凝神思索它们怎么会飞？有时看到某只小狗小猫受伤，忍不住掉泪，到了晚上半天睡不着，仍牵挂它们，担心它们突然死去。那时的我也颇有想象力，哪怕墙上的一些模糊不清的小剪影我都能编成故事。

长大成人后，可以粗略概括我的话，那就是：电影迷、数学盲、恐高症。

电影迷

20世纪80年代，不是每个家庭都能买得起电视的。记得当年第一次看电视的情景，兴奋得像过大年。那台12英寸黑白电视机，是我们居住的“飞机楼”内当年号称第一个万元户的李家买的。一时间，他家每晚都高朋满座。后来，看的人越来越多，李家索性将电视机搬到走廊上，有时观众达数十人。每晚，我匆匆忙忙写完作业，凑在人群中痴迷地看电视，一双眼睛瞪得圆圆的。诸如《霍元甲》、《排球女将》、《阿信》、《星星知我心》、《血疑》等电视剧，我都是站着一集一集地追完的。有时遇上停电，无端端地落下几集，心里郁闷极了，整天惦记剧中人物的命运。小小的黑白电视给我带来无穷的快乐和无边的想象。

我们居住的厂区在郊外，郊区的文化生活是贫乏的。对我来说，能去市里看一场电影，如同过节。

当时，去市里的车每天只有一趟，时间还不固定。去市里看电影，只是偶尔坐车，大多数为了节省车票钱，经常和好友步行一个多小时去。从造纸厂出发，途经零机厂、面粉厂，之后再走一段铁路，最后再绕过耐火材料厂才到市里。记得那条铁路长得似乎看不到尽头，但我们内心充满了喜悦和希望，边走边聊，欢声笑语洒一路。

尽管看电影如此辛苦，但我陆续看了《苦菜花》、《李双双》、《刘三姐》、《黑三角》、《乔老爷上轿》、《满意不满意》、《今天我休息》、《牡丹之歌》、《大李老李和小李》、《许茂和他的女儿们》等一部部电影。

说心里话，走路上街看电影值得百般回味。记得有一次，得知市里电影院正放映《知音》，票不好买，我一下早班，顾不上休息拔腿就向市里奔去。兴致勃勃地走到半路，突然下起了雨，而且越来越大，我没带伞。心想折回去一样淋雨，心不甘，索性义无反顾地朝前走，最后一路小跑到电影院，此时的我的衣服已被浇得湿透，雨水顺着衣襟裤脚往下淌。等心满意足看完电影，我的湿衣服都快捂干了。

有时，在三九严寒的冬天，下着漫天的大雪，我和好友穿着厚棉衣，戴着帽子，冒着西北风，一路上，两手没闲着，一边捂帽耳朵一边捂手，真是两头顾不过来。来到电影院大门口时，只觉得耳朵根子吱儿的一声，一种针扎般的刺痛和灼热直钻心窝，但疼劲一闪就过去了，丝毫没放在心上，裹着寒流，一头钻进影院专注地看电影了。看完电影，才感觉到耳朵钻心的疼，一摸肿了，热乎乎的，一个冬天冻疮陪着我。

往往在看电影的第二天，我就感冒了，喷嚏打了大半个月，但一点也不后悔，因为每个片子里都有一些引起我共鸣的东西，和好书一样，好电影会净化我的心灵，丰富我的视野。即使感冒也是值得的！

数学盲

在我4岁那年，持续一周高烧不退，不停地抽搐和说胡话，即使天天打针吃药也没能退烧。心急如焚的父母，将民间一些土方法都努力尝试，仍不见好转，他们十分担心我的小脑袋瓜会不会被烧坏？果然，长大以后，我发现自己的智商，明显比不过两个弟弟。尤其表现在数字上。从小，一听到或看到数字就犯晕，头脑霎时空白一片。

我手脚勤快，是父母的好帮手，乐意做家务活，但就怕买东西算账。小时候，表现在特怕帮父亲买酒。每次买酒前，父亲的吩咐，于我来说，就像念经似的说了一大串：50度的，7毛5分钱一斤的，要买1毛5分钱的二两酒。听完，我几乎处于傻呆状态了，去买酒的路上，我的嘴巴念念有词。可有时，刚到商店我就忘了，马上折回家再问父亲。然后，向商店奔去。记忆中，给父亲买酒似乎从来没有一次跑一趟就成功的。买酒的路上，我最担心的是在我念念有词时遇到熟人，因为我会礼貌称呼对方一声：叔叔、阿姨什么的。这一叫，买酒的具体内容就“叫丢”了，没办法，我常常拎着酒壶哭丧着脸回去再问父亲。每次我至少要跑上两趟，有一回，气得正在炒菜的父亲撂下锅铲，一路小跑亲自去买酒了。

不难想象，我的数学成绩多么不理想。从小学开始，我一直偏科，对数学提不起神。虽然作文写得还不错，但内心始终惶惑不安，因为当时流行一句话是：“学好数理化，走遍天下都不怕。”我数学不好，对未来，感到寸步难行。那一道道数学题是我心中的阴影。如今，人到中年的我，许多次做噩梦都是与数学考试有关，比如下课铃敲响了，我还有一道数学题没做，急得从梦中哭醒。我敬佩和羡慕能将文字和数字都运用得好的人，而我却只能选择文字前行。

恐高症

我不仅恐数学，而且恐高。记得有一年，我有幸参加集团开展的为期六天的拓展训练活动。几乎每个项目都是与高空作业相连。

我们这组命名为“狂野之狼”，做梦没想到，我这个恐高之人竟然被队友们选为队长。只好很不情愿地成了“狼头”。

我身高1.7米，走起路来，挺胸抬头，颇有几分运动员的气质。可在跨越断桥的这个项目时，我竟落了个“纸老虎”的美称。

的确，如果在地面上跨越一个1米宽的跨度，简直是“小菜一碟”轻松自如，可这断桥设在7米的悬高处，脚下踩着一块只有30厘米宽、1米左右长的木板，跨越1～1.8米距离，跳到对面另一块同样细长的木板上，然后又再跳回来，虽然整个步骤看似简单，真要做起来令人惊悸不已。

当14位队友一一跨越时，我眉头紧皱，沉默不语，手心直冒虚汗，直到大伙伸出热情有力的右手搭在“狼头”的头上狂吼队训“狂野之狼，永不言败”时，我只好憋着一股劲，一口气低头向上爬，爬至7米高的断桥边。当脚刚触到那摇摇晃晃的木板时，我马上两眼发黑，心里直打鼓，腿肚子颤抖不停，始终迈不出一步，甭说是跨越断桥了。偏偏那位年轻的教练十分严厉和冷峻，任凭我可怜兮兮的眼泪飞洒着乞求，他也绝不开绿灯，只是很酷地抛出一句：挑战自我，永不言败！

我下定决心坚持不跳，在断桥边一哭一站一乞求就是60分钟，绝不愿踏出一步！这期间，“狂野之狼”队的队友们不厌其烦、不辞辛苦地大喊队训和加油，以至嗓子冒烟火也未放弃。然后，又将“妹妹你大胆地往前走啊……”这首歌一遍又一遍地唱，最后都唱变了调。我这才噙着眼泪很悲壮地迈出了胜利的一步，跨过去了！大伙这才松了一口气。

这就是我。其实，生活中，我还有许多糗事，比如“吃钉子”、“喝中药”、“坐飞机”、“小区迷路”、开车只能“两点一线”、乘地铁反了方向等。这一切，无不证实我是那样的笨笨……

我的业余爱好是写作绘画。除此以外，我最喜欢：走天下，会朋友，听音乐，吃美食……

因为我的笨，也因为我的善良，大家总是谅解我，也特别爱护我。让我感到自己是一个多么幸福的人！

第二辑

时光的香味

谱写从容而美丽的人生

像翩翩归来的燕子，
去追寻昔日的春光；
像熠熠闪亮的流星，
去追寻失落的太阳……

追寻你，延河叮咚的流水，
追寻你，枣园梨花的清香，
追寻你，南泥湾开荒的镢头，
追寻你，杨家岭讲话的会场……
……

这是祁念曾老师的一首诗《延安，我把您追寻》。记得，当年我还在湖南家乡，在一次诗歌朗诵比赛中，经过初赛、复赛的重重闯关，最后进入决赛阶段，为了提高难度，由评委老师临时确定选手们的朗诵作品。这对选手来说，时间紧，又是新诗，极具挑战性。我非常荣幸的是，当时我朗诵的作品正是这首《延安，我把您追寻》。感谢这首激情澎湃、朗朗上口且大气洒脱的美诗让我荣获冠军。从此，我不仅记住了这首诗，而且也记住了作者祁念曾老师这个名字。

真的做梦也没想到，十多年后，我在深圳的一次文友聚会中见到了祁老师。他是名满天下的学者、诗人、作家，在朋友们的心中属于泰斗级别的人物。初次相见，我对他的印象是：谦逊和蔼，儒雅风趣，坦诚待人。这让晚辈们有敬无畏，因为大家都喜欢听他谈古论今，其思想火花总让晚辈的我们如获至宝，恨不得时常掏出笔记本记下他随口说出的妙语佳句。

后来，慢慢地，我从朋友们的口中得知身边这位令人尊重的前辈的故事。祁老师于1963年夏，以陕西省文科“状元”考入北京大学中文系汉语言文学专业语言班，并任该班班长。一篇《大巴山头杜鹃红》，成了写作课讲解的范文。当年祁老师的诗写得特别好，是北大“五四”文学社的骨干，所作的《校园的路》和《大学生之歌》传诵一时。参加工作之后，他先后曾任《红旗》杂志记者、企业报主编、宝鸡教育学院副教授、《写作导报》主编、《惠州晚报》总编、《深圳商报》新闻研究室主任，现还出任《投资中国》杂志社社长。他是中国作家协会会员，全国当代文学研究会常务理事，中国大众文学学会美丽文学委员会副主任。

尽管祁老师是个大名人，却丝毫没有架子。有一年，秋末。我的侄女大学毕业后想去电视台实习，求到我，我无辙，侄女无望地闲在家中。于是，我向身边的朋友们四处打听，有谁可以解我眼前之忧。这时，蔡姐温馨地提醒我一句：好像祁老师有朋友在电视台工作，你可以找他帮忙。当时一听，我不由地伸了一下舌头，心想，我与祁老师仅一面之缘暂不说，何况他又是我心中的大人物，而我只不过是一个小萝卜似的文学青年，哪敢贸然前去打扰，我连忙说，这不太合适吧。蔡姐强调说，祁老师是一个非常随和且愿意帮助朋友的人，只要他能办到的事，他一定会竭尽全力去做，哪怕才认识的人找到他，他也会乐意帮忙的。在蔡姐的鼓励下，我抱着试一试的态度，怯怯地给祁老师打去电话，没想到，祁老师满口答应，第二天他就给他的朋友打了电话，并且很认真地为我的侄女写了一封推荐信，拿着这封信，我感动得说不上一句话，对他充满了感激和敬仰。事后，我向他表达心中的感谢和感动，可他只轻描淡写地说，一件小事，你不用客气，朋友的忙应该帮！就这样，我荣幸地成为祁老师的朋友。

前不久，一次老友团聚会，小酌一杯后的我竟然大言不惭地对祁老师说，我想写写您的故事。说完，我就羞愧不已，并有些后悔，因为我怕我的文笔笨拙，难以表达我的心意，同时我也觉得自己的水平有限，难以细表祁老师的魅力。但话一出，我知道驷马难追了。于是，从书架上捧出祁老师的所有大作，我花了一个多月的时间去静心拜读，对祁老师更是佩服不已：祁老师几十年耕耘不辍，著作等身，出版了诗集《春天的歌》、《人生之恋》、《站立的河流》、《祁念曾诗文集》（上、下），散文集《红烛之歌》、《宝鸡漫游》、《岁月如歌》，报告文学集《鸡峰啼晓》、《千秋业》，评论集《苏轼凤翔诗文赏析》、《新时期文学》，学术专著《写作与作文教学》、《史记注译》、《汉书注译》，新闻通讯集《创业壮歌》等。近两年，祁老师担任前景经典文化研究院院长，主编了《国学经典诵读丛书》和《国学经典学习丛书》，向青少年普及国学知识，弘扬中华传统文化，传递正能量，受到各界好评。

祁老师的作品，庄重有之，机警有之，清新活泼有之。其中有些散文虽然语言平易，但爽脆明快，通俗易懂，读者无须绞尽脑汁横揣竖摩的，便能发出会心一笑。他的作品感情饱满、真挚，描景状物尤为贴切生动，和谐自然，情文并茂。《岁月如歌》中的一些文章使人读之憬然有悟，意味深长。那些如夜空星珠般处处闪烁的奇思妙想，表现出他对人生的深思妙悟。

值得一提的是，祁老师写人写事写景，都充满真实和激情。他常说，写文章若没有真实，艺术便丧失生命，没有激情，创作则无以缘起。情感来自生活，是人对与己有关的事物的一种态度体验，是人对所见所闻所经所遇的心灵感应，但这种直接产生于生活中的生活情感，还不等同于作品中的艺术情感，生活情感只有经过作家艺术家的回味、咀嚼和提炼、升华才能成为艺术情感。

还有一次，祁老师在美文欣赏讲座中，他说到散文的理想境界：外界种种信息，浑然于心，自我酝酿，顿然妙悟，如云破月出，而又淡烟轻笼。只有这样的大彻大悟，才能有“拈花微笑”般的散文。

正因为他有这样高的领悟和下笔的标准，所以，我每次在读他优美的散文时，都恍若乘一叶扁舟，在风烟俱净的江上，从流飘荡，任意东西，待敛帆收浆，舍舟登岸，其心中愉悦那也是不可言说的。

凡认识祁老师的人都知道，他真不愧是个多面手，他的散文写得妙，报告文学写得实，学术论文写得专，评论文章写得准，而诗歌写得则是大美。诗，是美学中最巨大的字眼。诗和散文都要有一种颤动人心的魅力，才能脍炙人口，传诵千古。一个字，就是纯——纯朴、纯真、纯净、纯厚。

可我真是一个粗浅之人，最初以为诗人只有狂大，站在空中呐喊和愤怒，后来，我很快就知道自己大错特错了，其实真正的诗人有沉静和凝滞，甚至永远都是默语。早在孔子编《诗经》时就倡诗教，并大声疾呼“不学诗，无以言”。是啊，中华文明几千年一直走在世界的前列，诗歌功不可没，所以，中华文明灿烂辉煌，要归功于诗。如今，我真的非常敬佩一直都在坚持写诗的诗人们，是他们默默地在传承中国的美丽文化，他们用行动呼吁大家，让我们的脚步与灵魂都能回归诗性。

于我，特别喜欢朗诵祁老师的诗，诗集《站立的河流》中的诗情充满热情蓬勃，篇篇洋溢着青春活力，丝毫不减青春年少时的醇美，这让晚辈的我无比汗颜，因为我一下笔写诗，诗句就尽显无病呻吟状，而祁老师的诗却让我们为之感到振奋，提神，受鼓舞且有心清气爽的感觉。当我再次捧着沉甸甸的上百万字的巨作《祁念曾诗文集》时，内心仍感到万分激动、震撼与钦佩，其作品的内容和格调都充满正气感。祁老师的诗文正气盎然，难怪他被新闻界誉为“时代的歌者”。

没错，祁老师的文和人都是充满浩然正气，他用自己的真诚、学识、善良和行动创造美，创造着财富。我始终相信，诗是诗人心灵与万物的感应，而好的诗歌一定是祁老师他生命的自然呈现。借此，我衷心祝福祁老师在美好的明天，继续用精彩的笔墨去谱写他最从容而美丽的人生！

戴培仁：笔底明珠放异彩

最早“认识”戴培仁老师，是在一次画家朋友们的聚会上，朋友口中的他：为人谦和，儒雅文静。别号墨波。现为国家一级美术师、中国书法美术家协会理事。提及他的成绩，当场有人如数家珍：戴老师的作品《蒲松龄故里采风图》被加拿大驻中国大使馆收藏，《傣族少女》由美国前总统布什收藏，《松下对弈图》被北京人民大会堂收藏，《达摩面壁图》被日本高崎美术馆收藏，《曹溪法会图》由韶关南华寺收藏。

不久，我有幸获得他送我的两本画册，翻开，有种惊艳的感觉。每一幅在我眼中都是精品，令人陶醉，他的画内行看了不辍品味，外行看了感觉养眼。

令我很震惊的是，眼前的戴老师这么温和低调，说话慢条斯理的，甚至还貌似柔弱文静。而在他的画中，那些高人隐士们个个神情迥异，表现出来的都是大度、倜傥与豪迈，比如荆轲、陶潜、贾岛、达摩、苏东坡、李白、郑板桥、曹雪芹及屈原。画意几乎是在他们仕途失意，归田园、涉江湖，呼啸山林之中。构图极其简洁，人物是一袭长衫飘逸，或倚石伫立，或端坐沉思。人物的亮节高风、雍容大度、倜傥洒脱在其线条的飞动、笔墨的挥洒以及浓淡相宜的润饰配合下呼之欲出。尤其从《寻梅图》、《屈子涉江图》及《水浒人物画》这几幅图中，可以看出戴老师用粗放之笔、浓重之墨率然画出，在构图上也别具心裁，使画面人物刚劲有力，富有整体的雕塑感。

众所周知，国画人物、花鸟、山水，无疑画人物为难事，求得“形神兼备”尤其难。戴老师绘画以人物为主业，平素读文史有人物为之感动时，他必然用自己的笔墨和饱满的热情，将其丰富地表现出来。他所画人物不独古代高人隐士，亦有仕女佳人，还有现代人物，选题丰富，不可一概。在他的画中，你可以看出戴老师崇高之心，景仰之情；同情之心，爱美之情。

他的画不仅仅是一种表面形式上的图画，每一幅还展现出一个意境，或是一个故事，有意味深长的画韵。他对自己的要求很苛刻，在《水浒人物画》中，画了108个好汉，每画人物，一人须当有一人之面目，绝无雷同。人物寓素描之技法于水墨之中，兼工带写，结构准确，情态生动，配之与时代背景、生活环境相适宜的衣物头饰，从而塑造出一个个鲜活而时空不一的人物形象。

有时，站在戴老师的画作前，我会久久驻足沉思，他笔下的人物形神兼备、风骨俱存，栩栩如生、惟妙惟肖，给人以超凡脱俗、凭虚御风的感受。尤其是人物的面部光影变化万千，层次感强，很有质感，没想到，戴老师的人物国画竟然能呈现出油画的韵味，让人回味无穷。

戴老师还是一个多面手，他教素描、速写、国画人物、书法、花鸟及山水，样样精彩，处处锦绣。作为画家，我想这需要敏锐的眼、聪慧的心、灵巧的手，以及一定的架构能力。他在中国画领域不断探索，锐意创新。广采博取，厚积薄发，创作甚丰且成就斐然。表现方法能放能收。其泼墨小品酣畅淋漓，大幅巨制又勾勒严谨，有矩可蹈，有规可循。无论描绘的是古代高人雅士或是现代村姑牧童，且都流露出浓郁的生活气息和一种过滤后的诗情。

在戴老师的花鸟系列中，他笔下的墨荷让我迷醉，寥寥几笔，莲的风姿尽显。还有，他所画的梅花图也具独特之美。虬曲瘦劲的斜枝上，略挂梅花数点，仿佛隔着多年的风烟雨尘，我们依然闻得到清洁的寒冽之气，宛若一种内在的精神在空气里回荡共鸣。

于个人喜好而言，我最欣赏戴老师的山水画，他没有过多的浓郁和繁复，一派清新、秀丽。比如水墨山水图《山高水长》和《黄山烟云》，并非浓墨重彩，也无华丽铺陈，甚至没有刻意彰显所谓的大气魄。整个画面色调清淡、墨彩分明、构图简洁，实与虚、浓与淡、近与远都一一相宜，自然天成。细赏戴老师的山水画，你会收获别样美的享受，会不由自主地走入画中，仿若此时此刻你就在妙不可言的大自然中徜徉。

因为机缘，我非常荣幸能成为他的一名学生，感谢他对我悉心的指导和大力鼓励。从戴老师身上，我不仅要向他讨教画画的技法，而且更多的是要向他学习为人真诚的态度。戴老师性格温和，没有一点大画家的架子，从不以师长自居，常与学生切磋画技，交流心得，做派彬彬有礼，对人尊重有加。确实，做他的学生是一种幸福。如今，戴老师到处授业解惑，桃李满天下。学生们都愿意亲近他，断断续续中，我们得知他过去的故事，对戴老师更是肃然起敬。

戴老师出身于一个世代从事中医中药之家。八岁习画，得益于他姑母的启蒙，姑母爱好传统的花鸟，家中贴满了各种花卉动物画，戴老师耳濡目染，然后慢慢临摹。他16岁下放农村，与牛马同居一室，于是一本又一本的牛、马、驴各种动态的写生，无意间竟为他后来创作打下了基础。1972年进界首陶瓷厂搞图案设计。1978年戴老师参加高考，勤奋聪慧的他顺利考上了安徽师大巢湖美术班。多年后，他有幸到北京进修，其间结识求教于姚有多、范曾、王明明、史国良等老师，获益良多。

多年来，戴老师很勤奋，没有一丝骄傲和懈怠。他将山水、花鸟画的笔墨技法和人物画技法有机融会贯通，丰富了人物画的表现形式，形成自己独特的艺术语言和绘画风格。

曾经，有同学问戴老师，画画给您带来最大的收获是什么？他脱口而出说：享受美！他热爱大自然朴实无华不事雕饰之美。自然山川之溪流激湍，林岩绝巘，烟岚雾霭都在他的笔底流露。我相信这是戴老师的心里话。正如毛姆所说：“我认为，要把我们生活的这个世界看成不是令人厌恶的，唯一使我们能做到这一点的就是美，而美是人们从一片混沌中创造出来的，例如，人们创作的绘画，谱写的乐章，写出的作品以及他们所过的生活的本身，在所有这一切中，最富有灵感的是美好的生活，这是艺术杰作。”于是，戴老师在生活中汲取美，感受美——美的自然、美的艺术、美的情感、美的生活。一生与美相伴，为美倾心。当面对人世间一切的美，戴老师描摹湖光山色、寻访古迹胜景、品茶品佳肴，谈古论今，寄寓人生。欣赏旷野的云卷云舒、大漠的长河落日。戴老师都用心将美的东西一一定格在画卷中。

自1987年以来，戴老师先后在安徽合肥、上海、北京、深圳、香港及日本、美国和澳大利亚举办个人画展和联展。1989年荣获日本大阪府知事奖，1990年荣获日中韩三国交流画展金奖并赴日本大阪、京都等地讲学和举办画展。每到一处，搅动当地一湖春水。他所有的作品都在默默地告诉我们：笔底明珠放异彩。作为学生的我，我感到无比欣喜和骄傲。在此，祝福戴老师今后的人生更加雅致，年年都是丰收的季节！

激情挥洒 别样人生

记住一个人，有时是他的长相，有时是他的声音，有时是他的为人，等等，而让我记住周友德书记（他退休前是某局的纪委书记）的是，在一次文学欣赏的座谈会上，他侃侃而谈，声音磁性，天生有一股强大的气场，令人肃然起敬。当然还有他洒脱的风度，严谨的学风，渊博的学识，亲切儒雅的待人接物，坦率真诚的性格，豪情万丈的酒风等，一直让我记忆深刻。

后来，我有幸在洛夫长诗《漂木》大陆出版及国际研讨会、洛夫书艺展、洛夫诗歌朗诵会及洛夫夫妇金婚纪念庆典等场合，我又目睹了周书记的魅力。这一些重大活动都是他策划、筹办和具体操办。每个环节他都安排得有条不紊，不慌不乱，章法得当。

周书记20世纪40年代末出生于湖南衡阳市郊区灵湖乡的一个普通的农家。1972年，成为公办教师的他被调入衡阳日报社，很快成为报社的“笔杆子”——25岁便被提拔为报社文艺部副主任，后来调到市委宣传部负责全市的新闻宣传工作。1991年，已是不惑之年的他从衡阳调入深圳，后来成为深圳市住宅局局级领导。

虽说世事多变，大海茫茫，人有时会像一叶挣扎着的小舟。每个作家都有自己的梦想，有的沉思历史，直面现实，潜心于厚重与呼唤；有的清廉自持，清贫自守，寻求入世出世之方。而周书记在官场上却仍保持文学情怀，退休后又成了“冰壶斋斋主”，笔耕不辍，连出好几本大作。目前，他先后在多家报刊发表新闻作品1100多篇、文学作品80余篇，获奖70余次。出版《冷眼向洋看世界》、《只缘妖雾又重来》、《罗素语录》、《诗魔的天空——我与洛夫的交往》等多部纪实文学和散文随笔集，他的文章突显出厚重的质感，得到了一些名家、专家的肯定与赞誉。

当然，周书记不仅有才情，而且还是众所周知的大孝子。他有5兄妹，平均年龄已达60多岁。当母亲90岁那年，一直跟儿女居住在城市的老人家，突然提出要回到她的出生地，那是衡阳郊区小镇边上的乡村。周书记召集兄妹们开会，主动提出每个子女轮班照顾。他带头每年拿出一个月以上的时间回乡服侍老人，周书记的骨子里渗透了“百善孝为先”和“中国传统文化就是孝文化”的高贵品质。

记得，有一次，我们老朋友相聚一堂时，酒过三杯后，他忽然感叹，一棵树在坚硬的土地里活着，枝繁叶茂，开花结果。在年复一年的风霜雪雨中，树皮开裂，枝叶凋谢，他敬爱的母亲真的老了，母亲身体每况愈下的信息，零零碎碎地从兄妹中传来，塞进他的耳里，周书记的心一天天沉重起来。他毅然决定回到乡下踏踏实实陪护母亲。老人家心里是滋润的、温暖的，她见到了儿子，如同见到了阳光，禁不住一脸沧桑地笑，眼睛里装满了泪花。周书记回去之后，母亲精神突然好起来，又能吃能睡了。周书记这次陪护母亲4个多月，陪着99岁的母亲走过人生的尽头。

有朋友关心地问周书记，久居城市，还习惯乡村生活吗？他欣慰地笑了笑说，因为母亲年纪大，怕吹空调，所以居住的小屋没装空调，湖南的夏天也是极其酷热，蚊子繁多，但他没有一句抱怨。他觉得自己是那么的幸福，他看到村头的小路上，一对从田间归来的夫妇，高卷着裤管，肩上搭着一件破旧的衣裳，而口里却打着快乐的呼哨。他被这种乐观的精神深深感染，因为这在城市中难得一见。

更何况，陪护母亲，在周书记的眼中，他觉得仿佛自己又回到了儿时，每天围绕着母亲身边，听她东一句西一句地闲聊，有时聊着聊着，老人家甜美地睡着了。不管春夏秋冬，只要轮到周书记守护，他坚持每天早上来到小镇上为母亲买上一碗她最爱吃的湖南米粉。镇上的七家米粉店的老板最后都和他成为朋友。周书记为自己的老母亲长寿感到十分欣慰，他说孝顺老娘是世界上最幸福的事。面对他的孝顺，我们既惭愧又无比敬佩。

周友德书记德高望重，本是文化名人却丝毫没有大名家的架子，也没有故显高深的做作，他虽满腹经纶却为人十分低调，他不管和哪些层面的朋友交往，从不给人居高临下的感觉。他谦逊而又坚定的声音，发人深省。这让我们这些年龄从“40后”到“80后”的朋友无比钦佩。

只要有周书记在场的聚会，我绝对是一个认真“听课”的人，他随口讲的话都可以记录下来，成为一篇精彩的文章，比如说到文学，他可以马上高度概括：文学是一种语言的艺术，更是形象地利用文字的艺术。文学是一种雅性，成为一些人闲暇的热爱。文学更是一种智慧，许多人通过文字阐释了生活。他的作品中，经常闪现出作者的那种智慧、机敏、幽默，乃至哲思的灵动之光。

周书记的每篇文章都可读，其运用独特的描写，总是如“折子戏”一般引人入胜。他具有驾驭情节与情感的特性，语言的表述鲜活而有张力。我们总是在冷静的阅读中，兴奋起来。

有句话说得好——“水无常态，文无定法”。没错，天下文章，浩如烟海，美文佳作，姿态万千。作为学生的我，对周老师的文笔只有欣赏的份，我私下认为，一篇优秀的文学作品，除了自我的感情释放外，还能感动读者，达到读者的审美需求。每次静心品读周书记的作品时，都能触及人心灵深处最柔软的部分。

周书记对题材的把握，对文字的运用以及对内心情感和思想的展现，让我始终觉得他是一个智慧型的人，他写东西，知道从何处去下笔。即使面对大量的史料和素材，也懂得很好地取舍，从中抽取为己所用的精华。纵向或横向去比较，去分析，去论证。让读者有较强的空间感，读之能够让思想千里驰骋，万里奔涌。

记得，2012年周书记出版了《诗魔的天空——我与洛夫的交往》一书，写活了两个湖南赤子“老友魔鬼”。字里行间，处处都欣赏和维护他笔下的良师益友，周书记很细心，一些琐碎细节也不肯疏忽笔墨。自己则隐在他们身影之后。关于自己的笔墨尽量克制，用得极少。在他笔下的人物及细节都活泛起来，灵动起来，很形象自然地展现在我们面前。有时，朋友们相聚时，周书记讲故事所透出的幽默，神龙一现，随即就瞬间消失，听众还没笑醒过来，他又开始讲下一则故事了。当然，他的幽默笔法，在文章中锤炼成熟，百炼钢化为绕指柔，使用起来得心应手，婉转自如。

其实周书记关注的点很广泛，不仅仅是高大上的名人，在他的笔下也会出现一些普通人的形象。他的文字里有着一种温软的疼痛，那不仅仅是一种善意的关切和理解，还有一种善良的隐忍和无奈。作品的主调是灰暗的，而实际上却是努力向上的，是另外一种方式的呼唤。他的文章使人读之憬然有悟，意味深长。那些如夜空星珠般处处闪烁的奇思妙想，表现出他对人生的深思妙悟。

最近，听说，周书记的小说集马上出版，其中，我有幸读过他几篇精彩小说，他写的每一个故事都是那么引人、逗人、感人，语言时而舒缓，时而跳跃，时而幽默，时而充满哲理。让读者欲罢不能，随着小说里的人物同喜同悲同忧同伤。他把艺术的探索跟社会的探索、人生和人性的探索一体化了，时时让人感触到对于艺术和社会人生的一种坚执、一泓深情、一脉贯彻始终的顶真态度和不肯妥协的求索精神。

周书记多才多艺，文章写得妙，还喜欢画国画。多年前，就有朋友把他的画作布置新房。他说他画画有三个原则，只画水墨，不用颜色；只画山水，不画人物；只画写意，不画工笔。其实这就是，重在意境，重在画的作者对周边环境即大自然的个人独特感受。如今，已过花甲之年的周书记，依然精神矍铄，依然激情挥洒着他别样的人生啊！

求学路上，我的三位老师

韩愈说过，师者，所以传道受业解惑也。老师的一言一行，都会深深烙在学生的心底，也许一生都无法抹去。面对恩师们，让我想到很多明亮的词：路牌、明灯、火把、航标、阳光……

我一直认为自己是一个幸运的人，一个幸福的人。在我求学的道路中，我遇到三位恩师，她们是敖兰老师、刘建秋老师和刘霞老师。

敖兰老师

敖兰老师是我初中的语文老师，也是我初中三年的班主任。她身材苗条挺拔，气质极好，白皙的皮肤，圆润的脸上总是挂着暖暖的甜甜的笑容，让人感到特别亲切。后来，十分荣幸，我和敖老师又能成为同事兼忘年交的朋友，我想这是上帝的恩赐。

记得，当她作为我的同事出现时，我不由惊叹，洁白、镶有蓝边的套装裙，配上恰到好处的淡妆，显得更成熟和美丽。她的笑容更加明媚、灿烂。

至今，我能坚持写作，这与敖老师当年对我的引导、鼓励和帮助是分不开的。从小，我就喜欢文学，我常常从学校的图书馆中借出《儿童文学》、《小溪流》、《少年文艺》等杂志阅读。我的作文一直是班上的优秀范文。考进初中，就遇上敖老师，她教我们语文。刚开学没多久，她就悄悄将我叫到办公室对我说，当年考初中时，我写的作文是全年级分数最好的，她认为我有写作天赋，鼓励我继续努力。所以，每次当我在文章中会引用一些好词好句，她一看就对我大力表扬和鼓励。她对我要求很严格，有时，她要求别的同学只需完成一篇作文，而要求我就不同的主题分别写两篇作文。之后，她又不辞辛苦地对我的作文逐字逐句进行批改和指导，有时，还将她的私人藏书借给我看，让我大开眼界，并做了大量的读书笔记。每次当她在班上表扬我的作文时，我心里甜滋滋的，让我相信自己有一种驾驭文字的小小能力。从此，我更加勤奋写作。尽管发现自己其实天资不足，但我仍不知天高地厚地坚持写了下去，直到今天。

我对敖老师的和蔼可亲、笑容可掬以及循循善诱印象深刻。因为班上总有几个调皮的男生，课堂经常被搅得乱七八糟的，每次遇到这种情况，敖老师站在讲台上，不慌不乱地喊上一嗓子："请安静！"然后极有耐心地等待同学们自觉安静下来。三年中，我从没看到敖老师发过一次火。敖老师总是笑眯眯地看着大家，用耐心和爱心包围着每个孩子。那些调皮不认真的学生面对老师这般温柔的态度，一个个羞愧地坐好认真听课了。令人欣喜和骄傲的是，敖老师教的班级每年全市语文统考时，成绩都是排名第一。

当我为人之妻、为人之母后，我对敖老师更加敬佩，因为我真正明白，老师同样也是妻子、母亲、媳妇和女儿的多重角色。生活中，她也有烦恼的时候，但一站在讲台上，瞬间就将种种不开心的事全抛脑后，总是把灿烂的笑脸和健康而饱满的情绪无私地奉献给孩子们。

后来学校改制，敖老师因他先生的缘故，我们又成为同事后，见面的机会更多了，除了上班，我们还经常一起聊天散步。每回听她讲人生的道理，我都有一种醍醐灌顶的感觉，仿佛开启了心灵的窗户，让我窥见自己昏昧蒙尘的角落，从而变得更加成熟起来。如今，我在外地工作，这样谈心聊天的机会少，但对她的想念从未淡薄过。只要回到家乡，第一时间我就会去看她，并赖在她家住上几天，和她彻夜私聊，同时还可以品尝她美妙可口的佳肴。

刘建秋老师

刘建秋老师，是我从小学到初中的音乐老师。她那精致迷人的五官，一双大大的眼睛顾盼生辉，非常传神，往往一站在台上还没开唱，所有人几乎都被她的气场给镇住。她在少女时期梳着一根又长又粗的大辫子至腰间，走起路来，左摇右摆，同时更衬托出她婀娜多姿的身段。她舍不得剪头发，进入30岁那年，辫子长到膝盖处。她便换成另一种发型，将大辫子盘在头顶，20年过去了，她一直没有改变过发型，那盘在头顶的辫子成了她的独特标志，别有另一种风韵，高贵而美丽。她的歌声让人陶醉，音色纯美，音域宽。唱民歌时，甜滋滋地让人酥软入心；唱美声时，则大气磅礴。

当年，感谢她从几百个孩子中挑中我，她固执地认为，我将来能成为一名出色的文艺工作者。至今，刘老师仍替我当年没有去当演员而惋惜。其实，那是刘老师错爱，我不是那块料。但我几年后成为当地电视台的节目主持人，这是离不开刘老师的悉心指点和鼓励的。

当得知我执着地走上了写作之路，并取得一些成绩时，一直希望我走艺术之路的她竟然为我雀跃不已。若在杂志上看到我的文章，那一天她喜得就像白捡一个大元宝，逢人就夸我是她的好学生，并将我的小文章四处散发传阅。她的开朗和激情时常让同学们忘记她的年龄，有时，我甚至觉得她的心理年龄比我还小。

有一年，在市工会的文艺会演中，我担任主持人，刘老师不仅是演员，还是整台晚会的总策划。我与刘老师朝夕相处两个月，这次，已长大成人的我从她身上学会了受益一生的东西——积极、乐观、淡定而知足。有时，一些年轻的演员怯场，一紧张就出差错，作为总导演的她很冷静，从不板着面孔，而是微笑着轻松地扭转乾坤。只要有她在，我们都很安心地全情投入演出，刘老师是所有演员心中的定海神针。

那年，难得的同学聚会，两位恩师也在场。我们这些学生们一个个都已为人父为人母，而我们的老师却依然年轻、优雅、美丽。她们注意倾听我们的七嘴八舌，凝神一笑，尽显慈爱。我们都被老师的气质折服了，那是所有女子都会向往的一种美丽——它不会随着年龄而褪色，只会因岁月的淬火而历久弥新。

刘霞老师

刘霞老师是我的大学班主任，她曾是响当当的西南政法学院的第一位女教授。我很荣幸能成为她的一名学生，多么有福气能听到她精彩的讲课。她对我的厚爱，让我受宠若惊。记得，一开学，她自称慧眼识珠相中让我当一班之长，从大专到本科，这班长一当就是六年，渐渐地，在不知不觉中，我们从师生情走上了宝贵的友情之路。

有时，我们通电话一聊就是热线一两个小时。虽然刘老师是法学教授，但她也是一位美丽、善良、细腻且温柔似水的女子。她不仅仅喜好谈政治、经济和文化等高层话题，对爱情故事也依然容易感动。

最初，我们一起吃饭，我是忌谈诸如小女人钟爱的话题，我愿意倾听和谨记老师的教导。渐渐地，走得更近时，我发现刘老师的穿着打扮十分讲究，其质地、款式和韵味都是她精心挑选的。黑色，虽让人显得苗条，但不是每一个女人都能将黑色穿出风格和风情来的，但刘老师却轻松做到，她有时将黑外套随意披上，却显得年轻有朝气；有时一身黑裙，显得俏丽而优雅；有时一件黑毛衣也显得格外优雅，让学生赏心悦目。在我心中，她处处充满魅力。

刘老师是法学界的名人，什么场面都见识过，但在公众场合，她总是低调而内敛，话不多，只是微笑着倾听，不轻易评价对错与是非。一点不像有些人喜欢抢着说话，还没弄清怎么回事，评点的句子就已经抛出来了，不懂得倾听，这恰恰失去了人的一种魅力。在刘老师身上，我明白了有时候沉默是最好的选择。

如果你认为刘老师是不善言辞的话，那你就大错特错了，她的课讲得条理清晰，层次分明，妙语如珠、旁征博引且妙趣横生，听后，让你有种妙不可言的收获。也许你还会认为，这是她的专业，所以能高谈阔论、如鱼得水。那你又错了，刘老师的口才一流，和她聊天，是一种很舒服的享受，无论什么话题，她都能谈得娓娓动听。

面对刘老师，我除了感谢就是感动。我始终忘不了，我上大学二年级时刘老师无意中得知我有一个可爱的小宝贝。一个周末的上午，她和她的夫君以及可爱的小女儿，买上大包小包的礼物，不顾酷暑地从梅林四村搭乘中巴，中巴东摇西晃、七兜八转两个小时后来到宝安——我的住处，只为看一看我那三岁的爱儿。作为学生的我，面对他们全家对我的这份厚意，感动得泪染双睫。我真不知该如何回报，心中只有无限的感恩，并暗暗下定决心，一定要做一个好人，做一个让老师感到无比骄傲的好学生。

刘老师每当我在生活中遇到困难和疑惑时，总是第一时间对发生的问题，给予有条不紊的分析与指点，让我少走许多弯路。几年前，工作中有些不顺，情绪低落，她除了打电话安慰鼓励，还一有空就到家中悉心开导我，给我讲许多自己和别人的人生故事，帮助我尽快驱散眼前的迷雾。不久后的一个周末，她力邀我一同去白云山小住几日，她让她的夫君提前预订山中宾馆，为了减少奔波，她还动用她的大学同学专门开车送我们上山，我真是惭愧，这一切本应由我这个做学生的来操办，可刘老师只想让我轻轻松松好好休养一下。

山居几日，从早聊到晚，胸怀中满溢着幸福，我真真切切地感觉到我与刘老师的心很近很近。月淡淡的，风润润的，夜色中掺着些似有似无的香甜，深吸一口，直透肺腑地爽。好久没到山间散步了，久违了的大自然让我的烦恼一点点散去了……我惊喜地发现我的心情已宁静得犹如一汪月光下的海子，感到一种少有的愉快和知足。原来，活着就是最大的幸福。我的心灵不仅仅在山中得到净化和洗涤，更为宝贵的是，我知道自己是一个真正幸福的人，因为人生能找到读懂自己的恩师实不容易，我珍惜与老师的每一次相处。

虽然，至今我不是什么成功人士，依然是一个极平凡的女子，但我的内心变得更丰富更美好起来。只因为在我的生命中，我遇到了爱我的恩师们，正因为她们的厚爱，我变得越来越成熟起来。再次感谢你们，是你们为我砌起心灵甬道，悄然引领我进入智慧的殿堂，并为我昭示了明亮的远方！

家乡的女校长

打小，我对老师都有一种敬畏感，佩服他们知识渊博，讲起课来滔滔不绝，妙语连珠。若面对校长的话，我更是敬而远之。

小时候，生性胆小寡言的我，犹如一只自卑的丑小鸭，惧怕上课老师提问，我深深地低着头，从来不敢主动迎接老师投来的目光，生怕答不上来老师的提问而出丑。

但有一次，我竟和林校长有了一次难得的“亲密”接触。

林校长个子不高，皮肤黝黑，笑起来特别灿烂，牙齿显得格外洁白。她很严厉，尤其是调皮的男生，一听到她的名字都会惧怕三分。哪个班上课纪律最差，只要她去训一次话，那些捣蛋孩子立马收敛起来，一如老鼠见到猫似的。从此，那个班的班风就慢慢地变好，调皮的男生也个个变得精神爽爽。我佩服林校长身上有一股说不清楚的魔力。虽说罚学生站立在壁角的是她，可拉着孩子们的手，满面笑容的还是她。

没想到，那盒“月牙”月饼，却让我有机会近距离靠近林校长。

在我10岁那年，由于父母工作调动，我只好转学。因为时间不凑巧，错过开学报名时间，需要中途插班。若插班不成，我完全有可能在家闲待大半个学期。经好心人指点，父母来到学校找到林校长，没想到她二话没说，马上为我办了接收入学手续，第二天，我就正常上课了。

父母特别感动，始终忘不了林校长说的那句话："别耽误孩子读书，手续一切从简，明天就来上课吧。"多少年过去了，父亲一提起林校长就赞不绝口，觉得她是一个办实事，一切为学生着想的好校长。给我办转学之后，父母老觉得欠了林校长的人情，常惦记要感谢她。于是中秋节前夕，当时，收入并不高的父母经过认真商量，决定给林校长送一盒月饼表示谢意。

这天晚上，我从父母那儿接过重要的任务，喜滋滋地朝林校长家走去，一边走着一边不停地用鼻子凑在那盒月饼上嗅，总觉得月饼那独特的香味似一双小手在"牵引"着我的鼻子，令我直咽口水，双腿实在是迈不动了，按捺不住诱惑，我悄悄地蹲在路边，小心翼翼地解开了月饼的包装袋子。说心里话，最初只想打开来瞧瞧，但一看到这四个又圆又香又甜的月饼时，心痒痒的我忍不住还是伸手拿出一个咬了一口，顿时，这个月饼立马变成了"月牙形"。解馋后，嘴一抹，马上将三个半月饼重新包好，慌乱之中奔向林校长家去。

虽然品尝到月饼的香甜，但心中由此变得惴惴不安起来，既害怕父母知道后的责骂，又担心林校长看到后，会不会批评我这么馋嘴？一个晚上我都睡不踏实。

第二天，上课的时候，我的思想也不集中，心里七上八下的，而且费尽心思躲着林校长。下午放学，我本想落荒而逃。万万没想到，这时的林校长已经站在教室门口等着我，她笑眯眯地将我叫到她的办公室，我紧张地低着头。只见林校长摸着我的头并和蔼可亲地对我说：“小萍，请转告你的父母，月饼非常好吃，谢谢他们！哦，对了，这个‘月牙’月饼好香啊，我就送给你吃吧。”说着就把那块月饼递给我。接过这个“月牙”月饼，我的脸羞红了。我真的不记得，林校长后来还对我说了什么，只记得校园操场边的那棵法国梧桐树，开的花好大好美啊！

直到今日，过去30多年了，林校长从未跟我父母提过这件事。如今，想起年幼时我那可爱而幼稚的举动，对林校长的那份宽容和慈爱充满无比感谢。长大以后的我，终于找到孩子们为什么那样喜欢和佩服她的真正原因了。

其实，一点也不奇怪。凡和她共事的老师们，都非常喜欢她。她是个胸怀宽阔的人，她的丈夫是个心思细腻的人。他们夫妻性格互补，家庭和谐。林校长有三个孩子，当年个个都考上名牌大学。

去年，赶在中秋节之前，特意回老家看望她。那天，我们说了好久的话，她提起同学们的逸闻趣事，如数家珍。惭愧的是，有些同学的名字，我都淡忘了，而林校长却能脱口而出。

望着她清癯的脸庞，依然那样清秀，目光炯炯，完全不像一个风烛残年的老人。头脑清楚得让我惊叹。

从校长家出来，走在下班的人流中，无数艳妆的年轻女子与我擦肩而过，可我脑海里却只有林校长的面容。

与两大才女迎面相逢

人海茫茫中，与我们擦肩而过的千千万万人，大多永远是陌路人，有些庆幸成为一生的知己。面对她们，我只想说：相识最美。

说句心里话，如果周润发、刘若英、范冰冰等大明星来深圳与观众见面会，我丝毫不动一丝想见的念头，但只要收到苏拉和邬晓莉的活动消息，我肯定是排除万难去追星的。

与苏拉相识缘起一本书。10年前的一天，我在书城无意中遇到《亲爱的苏拉》这本书，读上几行，便欣喜万分，几乎一口气读完。文思忒顺畅，语言也水灵，那么多美妙的句子不期而至，她的词美而纯情，我无比喜欢。一次与朋友相聚时，我抑制不住内心的喜悦又谈起这本书，朋友惊呼认识苏拉，因为他们是学校的同事，我轻松地从朋友那儿得到了苏拉的手机号码。

第二天，作为粉丝就冒昧地打去了热情似火的电话，我真的不记得当时我们说了些什么，只记得我是无比激动和兴奋的。苏拉的声音缓缓的，柔柔的，听起来很舒服。当时她在外地，于是约定等她一回来就见面。

没见她之前，私下猜想她该是这样的：一片被风刮落的枯叶脉络，一朵凋零的花儿，一颗被溪流打磨的卵石纹理，一弯乌云边上的孤月，一阵凄凉的雁鸣声，都会令多愁善感的她垂泪或感慨万千。见面后其实不然，她是那么的时尚、优雅、美丽、多才、健康的一个女子。她的两本文集我都是逐字逐行品读的。文字隽永、细腻和温情。她能用文字长袖善舞地为我们展开一幅幅美丽的画卷。除了她才华横溢以外，其实，苏拉当老师也是很棒的，曾被评为“深圳市十佳青年教师”、“深圳市中青年骨干教师”。她喜欢学生。她用“成为学生的骄傲”来要求自己；用“成为老师的骄傲”来要求学生。她所教的学生语文成绩在升中考中名列全市榜首。

我难以想象，一个“从不喜欢用目标来约束自己”的苏拉，多年来在不经意中竟发表了百余首歌词，她写的歌词在全国连获最佳作词奖。比如，那些朗朗上口的《晚秋》、《行歌坐月》、《伤心雨》、《和我一起飞翔》及《山水入梦》等等。我尤其喜欢《晚霞中的红蜻蜓》中那优美的歌词：“从来不曾忘记晚霞中的你，踏着青春草地，夕阳在心里，总是有点伤心，梦中没有你，只见小小红蜻蜓，飞来飞去……”

走近苏拉之后，我有幸又认识另一美丽而多才的女子——邬晓莉。她们都是上海华东师大的高才生，一个中文系，一个外语系。当时，邬晓莉还没去分校当校长，但她的成绩我可以如数家珍：她连续被评为“深圳市十佳青年教师”、“深圳市中青年骨干教师”、“深圳市英语学科带头人”、“深圳市首批名师”等光荣称号。

前不久，在邬晓莉的新版《爱的叮咛》一书读者见面会上，我再一次领略了她的风采。捧着这本30多万字的书，不由赞叹，这字字句句透着一个浓浓的深深的“爱”字，也难怪学生们都爱称她为“校长妈妈”。她的文字，幽默、潇洒、淡定、哲理，有时一篇小短文读后竟有纵横四海的大气。邬晓莉在生活中常有四两拨千斤的魄力。说心里话，那些饱读诗书的书蠹头的女人值得敬仰，学贯中西的女强人值得尊重，而苏拉和邬晓莉她们集美丽、优雅、学识、聪慧于一身，同时又是懂得享受精彩人生的女子，在我眼中那就是女人中的极品。

每当邬晓莉一进入校长妈妈的角色，她就是一个慈眉善目的爱心妈妈。她的微笑永远是最灿烂的，如冬日暖阳。若在一些研讨会上，她穿上职业装，一坐下，尽管娇小，身上总有一种令你说不清也道不明且不能忽视的磁场，让你被她深深地吸着。那绝对是一种只能意会不能言传的魅力。她神色自若，眼里透出智慧的清亮，还有一股看穿人世百态、成竹在胸的大气。

而在朋友的聚会上，那是最放松的时刻，她会打扮得如俏丽小女娃，跳起舞来，娇小玲珑的身材如轻盈的小燕子，尽显她的活泼可爱和俏丽，真是光彩照人。有时，她又收拾得很窈窕淑女，白衣花裙，不时露出顽皮小女人的情态，如婉约的小溪清清地流着，让身边的人感受到一种清爽和亲切。

面对那些犯了错的孩子，校长妈妈特别有耐心。她说，一看他们架着一副眼镜，满脸学生气，眼神张皇，低头垂手讷讷不能言时，她就特别心疼，所以从来不用训斥的言语，却常露出灿烂且和蔼可亲的笑脸，轻言细语地开导或引导。那些犯错的孩子来到她面前接受教育时，总是惶恐不安地来，却诺诺谦卑地离去。因为校长妈妈指正的全是这些孩子的硬伤，没有指责和批评，只有浓浓的关爱。

邬晓莉会适时捋一捋骄傲的同学的顺毛，又会拎一拎自卑的同学的领子。让同学们心里都很舒坦。她的干练、智慧、善良和爱心充分体现在言语和行动中，让同学们和老师们感动唏嘘，她的威信就这样透过人格魅力树立起来，在我眼中就是一个标杆，让我高山仰止。

苏拉和邬晓莉她们钟爱旅行。一放寒暑假，她们就跑得没影。她们说，在当今，物质的东西过分壅塞，精神似乎没有地盘，借助山川之灵气、日月之精华来慰藉我们那一颗不得安闲的心，我们可以暂且放下一切人世烦恼，瞭望一下自己的心境，得到片刻的宁静。

非常有幸，我曾经和她们一起去峨眉山旅游。临出发前，我仗着自己长得高大，就不知天高地厚地自告奋勇地提出要当她俩的“保镖”。却没想到，娇小玲珑的她们，登起山来，就像轻盈的小燕子，真是一路高歌，一路领先，把我这个“保镖”甩得老远老远的。一到金顶，我因高山反应头痛欲裂，就被无情地撂倒在宾馆里，急得苏拉和邬晓莉团团转，四处为我求医找药。原来我这个自告奋勇的“保镖”竟然是个“纸老虎”，这惹得她们哈哈大笑。

虽然过去10年了，但此情此景却历历在目。在这朔风敲窗的岁末，我记下以上的心情文字，尽管，人生比不上山水，但山水何处不相逢？可人生，若在某个时间错过了，便一生难遇，遗憾万千。好在，我与她们迎面相逢啊！

从淑英姐身上感受春天

认识淑英姐已经12年了，早就想给她写点什么，只怕粗糙的文字，无法表达内心那份感激和欣赏。淑英姐给人的感觉是踏实和温暖，在我眼中，她就是我的暖心牌姐姐。

淑英姐是一位娟秀柔美身材高挑的女子，特别温柔、善良。她穿着飘逸的裙子走过，就是一道赏心悦目的风景线。她气质极好，能将呆板的工作服穿出神韵。那份知性，端庄优雅的气场，让所有人一见就觉得清爽、舒服。

和淑英姐相识很简单——我们同一个公司，只是不同部门。每天早上，她总是第一个来到单位，而我是第二个到的。当我到时，细心温柔的她早将水浇开了，让我马上就可以泡茶或泡咖啡了。没过多久，我们从简单的问候到真诚的谈心。开始时只觉得她长得漂亮，性格温和。时间长了，她如宝藏，吸引我不停地挖掘。

每次，我参加一些心里没底的活动，急需找一个女友相伴时，我的脑海里第一时间闪现出来的人，一定是美丽的淑英姐。只要她没出差到外地，她总是满口答应，一天活动下来，她一直在你的身边，你心里感到那样温暖的熨帖。

记得，我儿子高考，其中填写志愿是相当重要的环节，我有些惶然，淑英姐看出我的忧虑，马上主动说，让我陪你一起去学校开会，多一个人记录，可以减少漏听的概率。再说，我好久没去过那所学校，好想看看那里有没有变化（她的儿子是我儿子的学长），你说，好不好啊？瞧瞧，她的口气永远是温柔的商量，明明是在帮我，口吻却像是央求我帮她。我当然知道这是善良的淑英姐想打消我麻烦她了的顾虑。因为开车到校不仅需要一个多小时，还要挤在学校礼堂听老师讲解，这又得一两个小时，她和我跑一趟，起码要消耗她大半天，可体贴入微的她只想润物细无声地陪陪我，帮帮我。当时6月酷暑难耐，我们在学校整整待了一个下午，她认真做笔记，回到我家又一条条整理。淑英姐又请出她的老公开车来我家，我们4个大人商量讨论，共同为我儿子填好志愿，一直忙到深夜，疲倦的他们这才离开我家。

淑英姐对朋友尚且如此，可想，她对家人的爱更浓和更深。记得，《游园惊梦》中的一句唱词给我留下深刻印象——“春如线”。线，形象地表达了情之缠绵。丝丝如线啊。淑英姐的情感也是如此。她是一个极其温柔的女子，认识她那么长时间，从来没有见过她发过火。做事不慌不忙，说话慢条斯理，款款柔情楚楚动人。她的老公怎能不真心实意地爱她宠她?

柔情似水的淑英姐刚结婚的时候，凡事都依赖老公，她认定自己很幸运寻找到生命中的这棵大树，她是那样地依恋他，那样地深爱他。

后来，老公因工作需要，常年在外奔波。刚开始，她极不习惯，平时如果老公加班晚点回家，淑英姐都会整晚睡不踏实，若有一点声响，她都会惊恐万分，遇上刮风打雷的，胆小的她更是害怕。有时，一个晚上不停地给出差在外地的老公打电话以壮胆。自从做了妈妈后，她不断地告诉自己要真正“长大”。淑英姐的可塑性真强，她学会自立自强自爱，因为她不愿拖老公事业的后腿，终于从一个娇娇柔柔的小女子，蜕变成一个敢于挑起重担的妻子和母亲。有时孩子病了，赶上老公又出差，深夜，她一个人抱着孩子直奔医院，挂号、拿药、陪孩子打针，全程都是她一个人完成。在孩子成长的过程中，这样的事不知经历多少，但她从不愿对老公多说一个“苦”或者“累”。淑英姐和丈夫这两棵婆娑的大树并肩站在一起，在风雨中摇曳，在阳光下散发芬芳。如今，儿子大学都毕业了，他们的生活更加幸福。

与淑英姐相识十多年，我庆幸能遇到这样的好姐姐。每次和她相聚，我静静地欣赏她之后，总是忍不住发自内心地夸她几句。听后，她的脸上时常会掠过一丝腼腆的神情，分外美丽。

虽然，岁月如流水，我们慢慢在变老，但从淑英姐身上我看到一种永恒的美丽，不管处在何种境地，从容的她都能抽出幸福的嫩芽，让身边的朋友们感受春天的气息。

追求问心无愧的“淡定姐”

我和桂瑶相识在上世纪90年代中期，至今近20年。那时，我在一家央企宣传部门工作，热爱文学，喜写作、投稿，认识并结交了不少编辑朋友，桂瑶是其中之一。

桂瑶小有声名。不少作者的第一篇作品都是经桂瑶之手的。记得，她曾提到过一篇题目为《可乐的味道》的小短文，原稿是一个打工妹密密麻麻地写在半张白纸上的。当时，凭着数年的编辑经验，桂瑶一眼看出了这篇800字左右小短文中浓郁的生活气息和真切的人生情感，于是，她一字一句地亲手在电脑上将这篇小短文一边修改一边打出来，然后刊发在《深圳特区报》的副刊版上……

桂瑶在《深圳特区报》工作了20多年，一直是做副刊、专刊编辑，像《可乐的味道》这样经她精心修改刊登出来的文章，不下万篇。很多作者给她投稿时还是初学写作的文学爱好者，而今已成长为全国知名的作家或撰稿人，如河南的乔叶，湖北的叶倾城，山东的韩浩月、鲁先圣，等等，他们都曾得到过桂瑶的支持和鼓励。但桂瑶和这些作者从来都没有见过面。

桂瑶是个认作者名字却不认人的编辑。只要她曾经编发过你的稿件，哪怕只有一篇，你一说名字，她都会记起来；但她见过你三五次，再见到你也未必能记起你的模样来。倘若你的文字中，有她所看重的灵气，只要你愿意，你多半会成为她的朋友。不过，当你成为她的朋友后，她反而对你的文字不会给予太多关照和赞美，也不会包容地刊发你有瑕疵的文章，她会直言不讳地指出这篇文章的弊病，或者让你自己修改，或者一丝不苟地帮你修改……

对于那些经常投稿的作者朋友，她会不遗余力地指导，告诉你今后写作时需要注意什么？而绝不会一味地去夸你，这往往会让对方的写作能力快速提高。

我曾经只是一个文学爱好者，只敢在文学圈外探头向文学圈里张望的我，在桂瑶的鼓励下，一步一步怯怯地朝文学圈里行走。我的不少文章，从标题到结构，桂瑶都细心给予了指点。2012年，我幸运地被调到了深圳特区报社工作，成为桂瑶的同事。三年共事，从编稿到签版，桂瑶事无巨细地手把手教我，从未嫌弃我的笨拙，有时还替我承担一些大大小小的疏漏，让我既感温暖又觉惭愧。

桂瑶不只是在工作上维护同事，在生活中更维护朋友。曾有人在她面前说起她一个朋友的坏话，她旗帜鲜明表明自己的立场，毫不含糊地与对方说：“我觉得你不了解她，我相信她不是那样的人！”

桂瑶表示，自己不喜欢口是心非，不喜欢那些矫情、虚伪或伪善的人。出生在山东胶东半岛并在那里度过了童年时代的桂瑶，心直口快，做人很真，说话常失之平和。尤其是在工作上，态度认真的她有时说话口气很冲，言语往往不太中听，不知不觉中会得罪一些人。其实，桂瑶是对事不对人。嘴冷心肠热的她，一向与人为善，她帮朋友修改文章，编校书稿，撰写评论，都是义务的。这几年，她给自己定下一个任务，每年帮助几个亲朋好友或他们的亲朋好友完成一个梦想，她都做到了。她帮助一个师兄出版了他的历史研究专著，达成了他近20年的心愿；她为一个朋友编校了其研究并撰写6年多的关于“红楼梦经济”的专著，现已付梓出版，实现了其珍藏了快30年的梦想；她还通过网络帮一个离异又失去了孩子的女朋友结缘异邦，如今，那位年近60岁的女朋友已远嫁美国8年，和美国丈夫幸福地安度晚年……

没有真正了解桂瑶的人，会觉得她性情冷漠，不爱关心人，而且很少赞美人，不暖人心，对她敬而远之；但真正了解桂瑶的人，就知道她于人于事黑白分明，没有中间地带，是便是是，非便是非，是真心真意为人好。古语道：良药苦口利于病，忠言逆耳利于行。所以，我觉得，最难听的话，可能是最实在的话；对你说话最难听的人，往往才是真正关心并帮助你的人。桂瑶就是这样的人。

我和桂瑶共同的女友小莹，每次说起桂瑶，都会提到多年以前她到深圳找工作时与桂瑶初见的情景：在深南中路老特区社5楼一间堆满书报的办公室，正在埋头编稿的桂瑶听到有人找她，不动神色地迎出来，看了小莹递过来的信后，问了几句情况，就带着小莹找到了自己的部门主任，极力向主任推荐小莹来当编辑……

其实，此时的桂瑶也是刚应聘到深圳特区报社，还不到半年。从广西来深圳之前，小莹托几个朋友给深圳的不少熟人写了信和条子，希望人生地不熟的自己能得到一些朋友的关照，结果四处碰壁，碰得她心灰意冷的。当拿着最后一封朋友写的信，她的心里也没了底儿，但就像手里握着一根救命稻草似的，她还是要最后去试一试。这封信就是朋友写给桂瑶的，而写信给桂瑶的这位小莹的朋友实际上是桂瑶一位大学老师的朋友，桂瑶和他素未谋面。

在小莹所拥有的一堆“介绍信”中，只有桂瑶是没有任何官职的打工族，然而，恰恰是桂瑶对她伸出了援手。桂瑶得知报社不接纳没有媒体从业经验的小莹后，就抽时间四处陪着小莹找工作，小莹面试时，桂瑶就替她抱着两岁多的儿子在外面等着。有一次，桂瑶得知小莹可能被录用却不好意思谈工资待遇后，把孩子往小莹的怀里一塞，就去找用人单位的领导讨价还价谈工资待遇。最后，那位领导忍不住问桂瑶：“你也是来应聘的吗？”桂瑶豪气地说：“不是！我是帮朋友谈的，她人太老实，不好意思。”接着她对那位领导说，她自己的工资是3500元，而小莹年龄、职称比她高，工作经验比她丰富，自然工资要远远高于她啊……总之，她据理力争为小莹争取最大的利益。不知是因为桂瑶的理直气壮，还是被桂瑶对朋友的热心所感动，那位领导竟然全都答应了桂瑶提出的多少有点高的要求，给了小莹在深圳的第一份工作。

小莹常常感慨地对人说，桂瑶是雪中送炭帮助了她，有桂瑶这样的朋友，是一辈子的福分。

桂瑶很少为自己的事情求助于人，但她一直为家人的事、朋友的事、工作的事去求助他人。他人如果帮了其亲朋好友的忙，桂瑶会自己悄悄地以各种方式去答谢人家，还人情。

桂瑶在写作上并不勤奋，她偶尔写一点叙事散文或文艺评论。但她的散文总能让读者在一种悲喜、忧乐交织的情绪中沉思。她的文字如她的人一样朴实聪慧，直抒胸臆，却又内敛深沉。我想，如果桂瑶的散文换成另一副笔墨，通篇呼天抢地，声嘶力竭，是不会收到如此引人入胜的效果。桂瑶的文艺评论充满智慧，高扬理性，追求思辨。她能以真切的人生体验为思想基石，以丰富的知识为论证根据，站在当代审美意识和社会意识的高度，梳理并发掘事物所蕴含的社会哲理与人生智慧。

桂瑶对亲人用心，对朋友用情，对工作用力，她追求“俯仰天地，问心无愧”的人生境界，她不热衷于追逐名利，不以豪宅豪车和名牌衣饰来衡量自己的成功、失败，面对忙碌而琐碎的生活，平实的她早就练就了淡泊的定力——从而被同事戏称为“淡定姐”。她只求自己能笃定地将工作学习、孝敬父母、关爱亲友等责任都尽力做好。人生再大的风雨，她都淡定地面对。她的一位金领闺蜜曾调侃地评价道：桂瑶是我在深圳遇到的极少数没有多少财富却内心特别有底气和贵气的人。所以，我对她一见钟情……

而我觉得，桂瑶是用自己的智慧找到了一把打开幸福生活的钥匙，她把自我思想的金色碎片熔铸成给身边人带来幸运的金蔷薇。她还像是沙漠中一丛碧绿而坚强的仙人掌，有刺却给人实实在在地面对困境的力量。

清雅的梅姐姐

第一次听到“梅淑兰”这个名字，有一种清新和惊艳的感觉，仿若置身于淡雅的花香中。梅花和兰花都是我的最爱，它们散发的幽香让人沉醉，无法抵挡。未见其人时，暗想，这一定是从唐诗宋词中走出来的美丽女子，淡雅和柔润。

我承认我的记忆不太好，时常迷糊，老是记不清楚和朋友最初相识的地点和时间，但第一次见到梅淑兰即梅姐姐的情景却深刻在脑海中，不能忘记。那是夏日的一个晚上，应朋友之邀前去一家湘菜馆聚会，见到了她。她比我略大一点，又是老乡，久违的乡音瞬间撞开心灵之门。加上，我们同是喜欢写作的人，从此，彼此多了几分亲切和欣赏；牵念和怜惜；鼓励和祝福。

没错，每天，我们都可以看到无数攒动的人头，然后又一一在我身后悄然隐没。我在别人眼里，无疑也是个一掠而过的身影。在这座远离故乡的城市里，无论你与多少人擦肩而过，都只是萍水相逢。正如：人生天地间，忽如远行客。但庆幸的是，在深圳这座移民城市，我却收获许多珍贵的朋友，梅淑兰是其中一位，是我所看重的女友。没错，我特喜欢叫唤她一声“梅”。仿佛话一出口，芳香之气便轻盈呼出。梅说话轻柔温婉，做事得体大方，身边的朋友都爱和她待在一起聊天，我更不例外。

说到梅，不得不多言几句她的基本情况，20世纪60年代中期，她出生于湖南衡阳市。小小年纪就开始读名著，迷恋文学。20岁那年她写的一首小诗发表在《衡阳日报》上，这大大激发了她的创作兴趣，后来佳作不断，曾经一首诗还在湖南省获了大奖。1999年，她独自来到深圳，在一家企业工作多年，无论生活如意抑或不如意，她从来没有停下手中的笔，文学依然最温暖她的心。

相处久了，方能读懂她。梅是一个温婉可爱的女子，工作时言柔意定，敢做敢承担，无论公事还是私事，再棘手的事她也能四两拨千斤，化作绕指柔。她春风满面，侠骨柔情，常为朋友不惜己力去帮助。梅话不多，尤其在人多的时候，你能感受到她的温柔和妥帖，她常将自己隐没在热闹的背后，极少甚至难得见到她会高谈阔论。朋友聚会时，不管我说什么，她都能用理解和欣赏的眼神给我以回应，让我心里感到无比欣慰和安宁。我相信，她从家乡来到深圳，一定经过风风雨雨，一路走到今天，能有现在的进步和收获，绝对是与她的处事方式、勤于创作的文学态度分不开的。

当我捧起她的散文集《素兰幽香》时，不用翻开，我早已被芬芳紧紧包围了。我为那像泉水一样的清新所迷醉。她的作品愈趋丰满，她这本集子中的妙处说不尽。当写景时，宛如淡淡的水墨画，以恬淡作底蕴，透着空灵氤氲，像一撇兰叶，飘飘逸逸的，读起来，熨帖润心。当写人物时，她的文字在流畅、朴素之中，亦不乏精炼与典雅之风。在遣词造句上，她偏重简洁与恰当，让人物真实地表现出来，读者会为一种淳朴与深沉所震动。记得，在她写的“人间冷暖”这一辑中，我获得更深邃的含意，更隽永的美感。而在读她那篇《老人和她的墓志铭》时，那种磅礴的气势，像闪电一样灼人心腑，一下把我镇住了。梅这种对生活的独特的审美观点，使她的散文富有一种温厚、平和的抒情基调。这里似乎没有怨愤，亦很少忧虑；不用冷嘲，亦很少反讽，笔墨中总流露出浓浓的纯朴而深挚的感情。

当然，梅的文章涉及生活的方方面面，爱情、友情、家庭、聚会、旅游等等，她的文字有时洒脱，天马行空；有时清新，如拂春风，让读者在阅读时表现出一种悠闲心态，好像作者在与你聊家常、谈友情，随意谈心，无拘无束，让人从中得到审美阅读的快感。

除了爱读她的文字外，我还喜欢和她腻在一起聊天谈心。我们要聊的话题可多了，电影、音乐、旅行、美食、靓衫。当然还有绕不开的亲情和爱情。

梅的心思柔软敏感。我们说起各自的初恋时，脸色双双晕红，然后，我们相视默契一笑。平时的她并不多言，密友两个聊天时，她所表达的故事，总是那样的唯美。透过她的话，我能想象出，一幅美丽的画面：在久远的美好的那些日子，正巧刚下起一场缠绵悱恻的雨。梅站在一片梧桐树下，静听雨滴在翠叶上闲敲打出惆怅的韵意，寂寞犹如暗无天光，渐渐淹没她玲珑的心。她却痴痴地守候一份纯洁的美丽。没错，听梅说话就是一种享受，最主要的是还有她对我的信任和相知，相处显得更为舒服和暖心。

说完爱情，她会很幸福地说起她最敬爱的父母。她细致地描绘着、陶醉着、祝福着父母的那份爱情。梅告诉我，父母掩饰不住的恩爱让人羡慕，苦难可以销蚀人的生命，但是也锻炼出人间的真情。是的，相濡以沫的夫妻，总是有着精神的特殊默契。

近几年，每当梅说起自己的母亲，满眼都是心疼，梅说当她开始细细端详母亲时，才知道多年来记住的只是她的唠叨、她的辛苦，却从未去注意过她曾有过的丰腴、青春、美丽还有风情。只是偶然翻看旧照片时，妈妈曾经是那样的好看，两条又粗又黑的齐腰的大辫子，高挺的鼻子，鹅蛋脸，甜美的笑容，真有韵味。如今却看到妈妈的白发和皱纹，她的眼睛一直湿润着。

当梅提起自己的父亲，心里满是欣赏和欢喜。她告诉我，她的父亲曾是那么儒雅潇洒、风流倜傥。父亲的皮鞋一年四季总是擦得透亮透亮。她还说了一个小细节令我感动她的细腻。她说有一年回老家，她看见父亲这个曾经清高、孤傲、敏感、倔强的男人，终于与苍茫岁月握手言和，展露出柔软的内里，有了更多的儿女情长。灯下，他父亲的睡相静穆柔和，风霜烟尘都湮没在安详里。梅很幸福地看着父亲睡得很香很香。此时的梅多么希望自己能一直这样看着。

可是，2008年的一天，于梅来说，那是她最痛苦的日子，因为她最敬爱的父亲突然离开了这个世界。当她从湖南返回深圳时，我特约她到我家小住一宿，我心里很难过，也不知如何去开解她，我只想在她身边陪陪她。我们沿着长满杨柳的河堤走着，时而走在树影里，时而走在月光下。深秋之时，夜凉如水，真有点儿“凉露霏霏沾衣”的感觉。她不时在流泪，我的双眼一直湿着。那一晚，我没多说什么，也觉得说什么都是那样的轻飘飘。我只是一路陪着她，一直走着……

我知道，这黑暗仍然在夜的周围睽睽存在——芳华暗转，爱随风逝，沧海桑田。但我相信心中的千万重沟壑，随着岁月流逝会掠过万水千山。

梅近年来有了信仰后，变得更加善良、平和，处处为他人着想。她如梅花悄悄绽放幽香。我非常喜欢“银碗盛雪”这个词，它达到一种疏阔境界。我觉得这词特别适合梅：温润、低眉、散淡和美好。

柔情似水的燕子

朋友送来的新茶，忍不住泡上一杯。清香扑鼻。慢慢地，敛卷的茶叶在滚烫的开水中打着旋，渐渐舒展开来。一叶一叶，如同一缕一缕的心事，抑或岁月。突然想到与女友刘燕的友情就是这杯中的绿茶，淡淡的，却透着一种芳香。

屈指一算，认识刘燕快10年了。她的脸庞是明净柔和的，披肩长发分外柔顺。她是贵州人，那里山清水秀，她就像那清冽的水，柔柔细细。喜欢她的笔名“燕燕衔泥”，但我更爱叫她“燕子”。燕子是春天的使者，它带来春的信息、春的歌声。朋友燕子也是美丽的天使，她带来美好和温暖。

她曾是《深圳人》、《女报》、《深圳法制报》、《红树林》、《文化参考报》等深圳数家报纸杂志的资深编辑，如今是北大附中深圳南山分校校报校刊主编。她编校刊不到一年，那本杂志就被评为全国第一。主编的《博雅报》荣获2012年全国中小学校报刊评比一等奖，同年，校刊《未名》荣获编辑一等奖。她的写作才能与编辑才能由此可见一斑。

朋友们相聚时，我俩会不由自主地选择坐在一起，方便聊天谈心，和她待在一起舒服。每次老友团聚会一如群英荟萃，朋友们吹拉弹唱，各尽其才，在场的人都被快乐包围着，燕子总是最低调的那一位，微微笑着为每一个人鼓掌叫好，将自己定位为一个忠实的观众。有时，硬性要求每个人都要轮着表演时，她羞涩地笑笑说自己不太会表演，然后站起来，很快进入表演状态，难道她觉得这是每个人都该完成的作业吗？她真是一个又认真又可爱的燕子。我特别喜欢听她唱《女驸马》的一些选段，唱得有板有眼的，适当还加些小动作，挺俏丽的。有时，她还会精心准备一首自己写的小诗，然后声情并茂地朗诵。在她的朗诵中，我听到了纯真，听到了美好，听到了宁静，听到了喜乐。

真诚待人是她的特点，燕子是一个性情中人。每次朋友们相聚，凡让她感动的人或事，回家后，她准会用她曼妙的文笔和感恩的心为对方写上一篇美文，以表达自己对朋友的谢意和祝福。

在深圳工作，每一个人都似乎想踏着溜冰鞋行走。她对工作要求近乎完美，每一个细节，她都一一考虑，斟酌再三，她一人身兼数职，从采、编、写到设计和拍摄都是她一手完成。如今，学校拍微电影，她又是主力军。燕子性格淡定，不慌不忙，即使天大的事，在她眼中都不算什么，她的脸上始终保持着超然的淡定，用微笑去化解一切。

她认为，做事情要不就不做，要不就要全身心投入。她看着外表温婉，其实内心强大。她热爱大自然，喜欢旅行。她还是一个孝顺的女儿，每次她爸妈从家乡来深圳看她，每个周末，她必定推掉一切大小应酬，全心全意陪父母出去游玩，让老人家心灵舒畅快乐。繁华的深圳，夜幕降临，窗帘后的灯光也次第亮起来，这个城市眨眼变成了一座烧红的海洋。有些人，生怕错过每一分钟，热衷参加每一个聚会，急吼吼地朝前奔着。而燕子却不然，任何时候，她脸上的神情都定定的、稳稳的，带着那抹淡淡的笑。一直喜欢燕子的文字，一如喜欢她的为人。读她的散文有种散淡心态，淡淡的，不慌不忙的，浑身上下散发出幽幽的兰花香气，不经意让你沉浸。那是一种久违的、轻松的、亲切的感觉，凡靠近她的人都没有感到任何压迫感，只想与她亲近、走近。她的文章不仅文字优美，感情真挚，而且风格别致，不落俗套。清雅代表了她的为人，也代表了她的文字。在她的文字中，从来没有激愤，也没有命运的感伤。她的爱流溢在字里行间，经过古典文学熏陶的她颇具古文字的功力。她的散文特点是：深入浅出，言简意赅，匠心别见，趣味盎然。

偶尔小聚时，我特别缠着她给我讲讲那些年，她在报社做娱乐记者时采访一些名人的逸闻趣事，听她娓娓道来，浅浅淡淡中满足了我八卦的心情。而她总是那样善意地表述故事，却不愿过多发表个人的议论，可见燕子心底的善良和美好。

燕子大学修的是汉语言文学专业，只要逮着学习机会，我就会向她讨教写好文章的窍门，她呵呵一笑，然后很谦虚地说，惭愧惭愧，她写得不好时，我仍锲而不舍地求教。燕子面对我的诚恳，就不好意思再推托，然后说："我一直认为，行文能否随意，取决于心灵是否自由，心有所悟，笔随意走，其文亦自然而然，不拘格套。一般而言，有些作者跟着理性走，那么其文路较清晰；若跟着感情走，其笔墨常似野马般无羁；而跟着感觉走，其思路更是梦一般飘忽，光一般闪烁。文章能打动人，一定是用了真情做基石的……”其实，燕子的文章给我的印象就有这样的美感，在她面前，我愿成为学生，只想多请教。

当我问及燕子在深圳最幸福的事是什么时，她脱口而出：当老师的时候。燕子在学校身兼多职，除了主编校刊外，还担任校园电视台负责人、学生社团指导老师……工作异常繁忙，但她却是那样的满足。最值得欣慰的是，一些已考到深圳外国语学校、深圳高级中学、深圳实验学校的小记者还记得燕子老师，常抽空回校来探望她。

有一次，在陌生的地铁上，一位女同学拼命向她招手，她还以为对方认错人了，定睛一看，才发现是学校通讯社原来的小社长，她已从小女孩长成亭亭玉立的大女孩了，燕子的眼里满是惊喜和幸福……

燕子，我真的懂你的心情，我相信这一定是你认为最幸福的事。面对你那份超然的淡定，我忍不住好奇问，如何修行的？你淡淡地笑了笑说，其实没什么，我是一个平凡的女子，每天上班下班，没有过多的欲望，认真工作，享受生活。其实，一花一世界，一叶一菩提，世间万物虽错综复杂，却拥有一个简单的本质。原来，燕子早就参透开悟，生活中所谓的一切摩擦，都将在山水间化解。

我喜欢她写的这首诗——《你是春天梦的衣裳》。

你是青山
鹅黄的曳地长裙
伴随着春之声交响曲优美的旋律
羞答答地

翩翩起舞

……

……

那漫山遍野的油菜花啊

你是春

你是梦

你是春天

最美的梦的衣裳

是啊，人生许多美好的情感和愿望源自相信。我相信，爱是一条巨大的洪流，源源不断。岁月漫漫，谁都有可能变得柔情无比。

燕子，你永远是朋友们眼中那只爱穿花衣，年年春天来到这里的美丽的燕子！

同事光头邓

在集团公司，只要提到光头邓，谁人不知谁人不晓？倒不是因为他是办公室主任，也不是因为他太有才，而是他独特的个性，让人接触一次，终生难忘。他可以在大庭广众中常做狮子吼，而在座谈讨论或个别接触中，又善于娓娓而谈。研究什么问题，商量什么事情，总是推诚相见，以理服人，从不敷衍塞责、虚假应对。

光头邓的身材瘦高，面容温厚，语调洪亮，夹杂着淡淡的乡音。说话时眼睛很少朝你直视，但你却能时时感受到，他的犀利的目光和无言的观察。让你浑身不放松，若是办错事，被他批评时，你的身子像被点火烧起来般的灼热。

光头邓损人从来不看场合，不择语言，拿起话就扔，尤其是对他的那些男部下，他更是毫不客气。

曾经，我不小心撞见他训人，只见被训的那个人气得筛糠一般发抖，猝然失控地狠狠地拍了一下光头邓的办公桌，然后气呼呼地跑了出去。这位被训的同事站在办公大楼下面的马路边，喘着气，手无所适从地举在胸前，脸色煞白。但过了一会儿，他竟然又折回去，重新站在光头邓面前，正想解释什么。

只见，光头邓马上轻拍这个同事的肩膀说，兄弟你就别生气啦，我光头邓你又不是不了解，我是急脾气，瞎吼几句就过去了，你大人有大量，别计较我的直来直去。这样吧，今天午饭我请你啦，咱俩喝上几杯。令人不可思议的是，被训的那位居然喜笑颜开了，更让人感到奇怪的是，被训的这个同事在外，从来没有说过光头邓的坏话。

光头邓说话声音洪亮，共鸣声特好。几米外他的笑声，穿透力强，其实在这年头，很少听见那种从心底里笑出来的声音。他写得一手好文章，在单位号称“第一杆笔”，他幽默风趣，擅长“自黑”且毫不难堪。别看他平常咋咋呼呼的。其实，他还是一个爱看书学习的人，天文地理、谈古论今、琴棋书画他样样精通，也难怪公司高管们喜欢带上光头邓去参加一些重要的活动，只要有他在，不怕没气氛。除此，这个光头邓还有一个本事，酒量好，不仅把自己喝好，而且还能照顾好所有同桌的人喝到位，同时还不醉。他常常说，在这个七分真实三分虚幻的城市，每个人都想不妨小小地纸醉金迷一下，甚至想短暂地醉生梦死一下。作为他的同事，听后，我只当是一个笑话，都清楚他就是一个纸老虎，喊得凶，没胆乱为，因为他是出了名怕老婆的男人。只要随意地叫一下他老婆的名字，他就像老鼠见到猫似的警惕嚷嚷：“在哪儿？在哪儿？”惹得一旁的人哈哈大笑。他窘得满脸通红。等会他的大嗓门又掀开了，吓得他的手下面面相觑。

光头邓最骄傲的事，就是对人说起他曾带过的手下，他们个个都有出息，在别的部门当主管。我始终记住他得意的模样。让我想起小时候在乡下看见的农夫，无论春夏秋冬，黄昏时总要荷锄在田里走走，暮色中瞭望自己的收成，再抽上一袋烟，嘴巴吧嗒吧嗒得特响，那一伊始踏实的喜悦令人羡慕。

的确，我们处在这么一个大变动的时代，世界在变，个人之间的关系在变，人生舞台上各种各样的架势都有，几十年下来一点不变的人少之又少。在惊风巨浪里，我们的情绪，做事情的态度，对人的态度，都容易因为境遇变化而改变，可光头邓却坚持几十年不变。

这光头邓还有一个最大的爱好，他是走到哪里总好为人师，常对年轻人说，要学会在焦虑中感受平静，在绝望之后感受希望；要看到在雪野中蹦跳的麻雀，洪水过后在河边跳跃的小青蛙，狂风中仍然在飞翔的燕子——它们以稳健的步履，以强劲的飞翔去寻找心中念想的美好和暖和。他演讲般的说话，我们这些听者只有如小鸡啄米般点头。光头邓爱健身，精气神奇好，冬天都只穿一件白衬衣，让裹着棉衣的我们汗颜。

就在今年，光头邓退休了。第一个反应，怎么会呢？他那么年轻。原来他只是生得年轻，实际上是到点退休的。他说话声音洪亮，做事风风火火的，体形挺拔，没有半点富态。

大伙儿都在替他担忧，精力旺盛的他，退休下来能闲得住吗？一次，偶然相遇，他显然没有上班时的锐气和朝气，满以为他还会另干一番新事业，没想到，他只说起自己的梦想是拥有田园生活，想远离城市。其实，工作时的他是寻求色香浓郁的生活，几乎每天都想沉浸其中，不想自拔。

如今，光头邓说要回归自然，过田园生活，他说会携妻一起去创建新家园，还可以约上两三个退休的好朋友一起去。他绘声绘色地给我描述：首先必须有山有水，晚上要有繁星点点，一仰首就能数星星。早晨的光线透视了错落的老屋、炊烟。屋后有一条狗。远处有梯田间的水牛、水车及金黄的水稻。说完，他一脸的神往，充满愉悦。我相信他可能会实现这个梦，因为他是一个有魄力的人。

后来，差不多3年没有他任何消息，我猜想他的这个田园梦，一定实现了吧？说不定正在享受其中呢。

没想到，在老同事的儿子的婚宴上，又看到了光头邓，他还是那样的精神，精瘦有力的样子，头也更光更亮了。我刚想问及那个梦，他马上笑着说，那只是我桃源般的田园诗。如今，他和老伴正享受天伦之乐，勤力帮女儿带外孙。逢同事相见时，他就郑重其事地说，现在才是我的幸福人生啊！

身残志坚的铃儿

听她父亲说，她出生的时候，月光很美，洒进窗来，一阵风吹来，还能听到远处传来清脆而美妙的风铃声，于是，父亲给她取名为“铃儿”。她长得柔柔美美，温温顺顺，说起话来，细声细气，一笑，眉眼就媚成一条线。

有时，她倒像一串窈窕的风铃，时常在父母的耳旁摇曳出玲珑之声。有时它如一曲美乐，清凌凌地流淌。有时，它就是一首歌，唱着一种弥漫幸福的记忆，快乐地响在某个早晨或者某个夜晚。

可是，这种快乐在铃儿7岁那年戛然而止。当时，她突然发高烧，吃药打针一周都不退，急坏了她的父母，真是病急乱投医，听说，小镇有名医，急匆匆抱着孩子就奔那去了，谁知这个医生不小心打错针，铃儿就成了小儿麻痹的孩子，只能休学在家待着。妈妈的泪水，爸爸的叹息声声传入她的耳朵，变成锥子，戳在她心上。懂事的铃儿当着父母的面，从未掉过一滴眼泪，有时还故意讲一些笑话逗父母开心。只是到了晚上，当她一个人躺在床上的时候，她几乎夜夜泪湿枕巾，望着不能站立行走的双腿，她忍不住用小手捶打，心里难过极了。时值盛夏，她的身体却像陷进严冬的冰窟。

聪明的铃儿很小就开始识字，她特别喜欢读书，是我们班的学习委员。我和铃儿不仅是同桌，而且还是最好的朋友。她最爱和同学们在校园里玩游戏。在她没生病时，她的笑脆生生亮晶晶一串串绽放，像溅在荷叶上的一挂雨珠。喜欢她的同学特别多，都爱找她玩，更爱听她讲精彩的故事。

可是，如今的她无法自由奔跑，无法与同龄人一起享用琐碎的俗世幸福，她的残缺似乎已注定她的寂寞和不快乐。如果想去外面看看或走走，她只能靠两只手拄一张小板凳在地上爬，这种姿势，爱美的她是绝不愿意的，所以，她宁愿待在家中，绝不轻易外出。窗外，有小鸟在鸣叫，她却听不出一丝欢快。尽管她是那样渴望拥抱阳光，亲吻鲜花，追逐蝴蝶，但她只能隔窗相望外面的世界。

几个和她玩得要好的同学，写完作业就跑去她家找她玩，当我们离开时，她满眼的舍不得，我们谁都不敢多看她一眼，只能"狠心"地扬长而去。有时，哪个若不小心脱口而出一句，我得回家睡觉了，明天还要早点起床上学呢。铃儿听后便死劲低着头，咬着嘴唇半天不说一句话，满眼含着泪水。一看这情景，我心里既难过又后悔。

的确，我见犹怜。铃儿的孤独感是不言而喻的。每天，当我们背着书包上学时，当她的父母去上班时，空留她一个人独守家中，偌大的房子只有她，时间仿佛是静止的。她几乎数着每分每秒过，眼巴巴地盼着我们这些小伙伴们，早点放学快速写完作业后，能到她家玩，每次她总是拿出许多美味可口的零食给我们吃。如今，回想起来，真是百般惆怅万分心疼她，在那些岁月里，不知道小小年纪的她是怎么度过来的。

时光如梭，一晃，我们读初中了，学习任务明显加重，所以，去她家玩的机会渐渐减少了。不过，一放假，我还是乐意去陪她说说话，只是闭口不说学校的任何事，因为她离开学校太久太久，我不敢触动她敏感而受伤的心。她爱看书的习惯一直保持着，因为她父亲是中学老师，家里有藏书。有一次，我看到她正津津有味地读《红楼梦》，每次去她家，比如宝玉、黛玉这些大观园里的人物故事，她就给我娓娓道来。然后对众多的人物关系和王熙凤的心机分析得头头是道，这令我十分惊讶和佩服。

在我眼里，15岁的铃儿俨然是一个成熟的女子，不仅懂得爱情，更懂得人际关系的种种微妙。当她进入青春期时，突然变得不爱说话，有时一天不说一句话，她也不想见我们这些同学了。她经常望着窗外发呆、落泪。有时，独自面壁，嘴里咿咿呀呀地讲些什么，一刻也不安静。她的父母看在眼里急在心里，却又无计可施，是啊，哪个少女不怀春？他们当然明白，女儿的确长大了。她那个不为人知的内心是一个装满秘密的古井，谁都难以抵达，她的内心被秘密占满。

铃儿的书读得更多了，那些身残志坚的名人故事让她倍受鼓舞，她明白了：与其消极逃避，不如勇敢去面对，她愿意扎扎实实地活下去。冰雪聪明的她女红很好，如针线、刺绣、针织。她会钩帽子，钩围巾、沙发布、衣服和裙子，花纹精美独特，许多爱美的女子都纷纷向她订购，所以，她每天都在针线活中忙碌，乐此不疲。慢慢地，她的订单多起来，一年四季都有不同的需求，每天她都过得很充实，铃儿脸上的笑容慢慢多起来了，那充满力量的笑容总能给人希望！ 不知不觉中，她变得更美了。父母终于欣慰地松了一口气。

后来，经朋友介绍，有一个小伙子上门为她订制皮鞋。这小伙子人很厚道，虽然他的右腿小时候被单车撞坏，走路有点跛，但他很乐观，有一门会做鞋、补鞋的好手艺。他比铃儿大5岁，一来二往，两个年轻人相爱了，他们在一起有说不完的话。

22岁那年，铃儿结婚了。次年，还生了一个胖小子。

下一代化解长辈40年恩怨

深圳的夏夜，风像一把梳子，轻柔地梳理着暮色。人到中年的婷子接到从未谋面的大表哥电话后，将工作安排妥当后，当即决定就陪父母去一趟黑龙江，她想促成父亲和他亲姐姐40多年未见的心愿。

婷子记得，小时候曾听妈妈说过，你姑妈很傲气，很功利，她根本看不起我。原来，婷子的父亲3岁时就先后失去父母，和姐姐相依为命。姐姐比他大13岁，当年幸运地参军，几年后，在部队认识姑父，很快结婚生子。婷子的父亲因为年龄太小，被好心人收养。由于在部队工作忙和家事多，也因为姑妈还年轻不那么细心和周到，她并不太懂得关心弟弟，或者是觉得弟弟已经有新的爸妈疼着，她很少过问弟弟的生活。

尽管这样，在弟弟心中，他一直为有一个当兵的姐姐觉得幸福和自豪，他时常拿着姐姐穿军装的照片在同伴中炫耀。有时在生活遇到困难时，他一想到自己还有一个姐姐可以依靠，心里就有一股强大的力量支撑。虽然，他在别家当儿子十多年，其间也见不上姐姐一两面，但他心里却因有一个亲姐姐而感到有盼望，不孤独。

岁月悠悠，一晃，婷子的爸爸长大了，当了工人，到了谈婚论嫁的年龄。经人介绍，他认识了婷子的妈妈，彼此相爱。当他写信告诉姐姐时，婷子的姑妈坚决不同意他们处对象，因为婷子妈妈的成分不好，这在当时可是大事，所以强行要求他们分手。但婷子的爸爸没听姐姐的话，毅然要娶婷子的妈妈。当他们结婚时，婷子的爸爸特意牵着妻子的手坐了七八个小时的火车，去衡阳军区找姐姐。为了回避矛盾，他将妻子安排在招待所休息，自己兴致勃勃跑到部队找姐姐汇报他的婚事。一方面想从姐姐那里得到祝福，另一方面，当年经济条件太差啦，他大老远跑来还有点私心：希望姐姐能送他一床被子作结婚用，哪怕是旧的军用被子都好。可是，姐姐一听娶的还是这个她反对的女子，便铁面无私地拒绝，并扬言与这个不听话的弟弟断绝姐弟关系。

当婷子的妈妈看到丈夫两手空空，还有那张满是失落和难过的脸，她什么都懂了。她没多问，但在回家的火车上，她一直在流泪，后来婷子的父母是借朋友的一床被子结婚的。

很多年过去了，婷子的妈妈才知道，那天被姐姐拒绝的弟弟长久伫立在湘江边，听着震耳欲聋的涛声，望着清幽的水跳跃着奔流，一个大男人泪如滂沱。他觉得好对不起妻子，身心俱伤。

从此，对丈夫姐姐怨恨的种子，就在婷子妈妈的心中种下了。后来婷子的姑妈随丈夫转业回到黑龙江，一待就是几十年，姐弟俩从未见过面，甚至不通信，也不打电话。婷子的父母很争气，自结婚起，即使再困难，都不再向婷子的姑妈开口要一分钱，夫妻相亲相爱，同心协力，吃苦耐劳，努力将三个孩子拉扯大，孩子们都很出息，个个都有一份不错的工作，也相继成家立业，婷子的父母心中一直很欣慰。

婷子内心对远在东北的姑妈一家子都很陌生，甚至不愿意提起，似乎从来就不曾有这样的亲戚，婷子与那些远在边疆的亲表哥、表姐们，从没有见过一面。

转眼，婷子的大表哥都是快60岁的人了。

其实，所有过往的伤害或误会都会随着时间减弱，毕竟血浓于水。婷子有所不知，远在东北的姑姑其实对这个唯一的弟弟心里充满了内疚，她常常对自己的孩子提起几十年未见面的弟弟，当83岁的姑妈得了乳腺癌，不知道自己还能活多久时，特别想在离开世界前，能看一眼弟弟。婷子的表哥表嫂表姐们非常想满足母亲的愿望，近60岁的大表哥想尽各种办法，终于通过母亲故乡的亲友们找到远在深圳的婷子的电话，诉说了母亲对亲人的思念。于是，大表哥和善良的婷子开始策划让两个几十年未见面的姐弟相见。

婷子决定带着父母去黑龙江。对大姑妈，婷子还有一种好奇和期待。她还想看看那些从未见过一面的表哥表姐们。

从深圳飞到哈尔滨，然后转火车到佳木斯，又再坐小车，一路颠簸，终于来到双鸭山的姑妈家。北方正大雪纷飞，寒风扑打着窗棂，天，干巴巴地冷。但屋内却温暖如春，火热的亲情扑面而来。

婷子的姑妈虽然还是一个病人，手术后化疗三次，但精神还好，身体一点也不瘦，个头很高，她张开双臂深度拥抱婷子，婷子在她怀里惶惶然不知所措，只得使劲微笑。大人们见面个个热泪盈眶，眼神中流露出的尽是亲人的柔情。

婷子的姑妈望着眼前这个弟弟和弟媳百感交集，弟弟也是70岁的老人了，经过时间的磨砺和苦难的淘洗，年轻时的英武已荡然无存，满脸都是时光的沟沟壑壑。而当年意气风发的姐姐就更老了，风烛残年的她满头白发，牙齿脱落，一脸的皱纹。她主动握住当年被她排斥的60多岁的弟媳的双手，久久不愿松手，无尽的歉意写在脸上。

后来在聊天的过程中，婷子得知，当年部队政审很严，若亲戚中有成分不好的，也会殃及她的全家。姑妈担心弟弟因为婚姻会影响前程，而她自己有5个儿女，怕自己的孩子今后也受到影响。婷子的妈妈知道原委后，已不怨恨什么了。她知道，那个不愉快的往事，是当时荒唐的时代造成的。如今，姐弟相聚，亲人团聚，比什么都重要和快乐。

婷子的爸爸和姐姐每天都有聊不完的话题。婷子也和表哥表嫂表姐聊个没完，东北人特有的热情让婷子感受颇深。

人生没有不散的宴席，婷子和父母在黑龙江待了一周，就返回南方了。临走那天，天空又纷纷扬扬下起雪来。这时，姑妈紧紧地握着她的弟媳婷子妈妈的手。彼此又流泪了，可这是欣慰的泪，是夙愿以偿的泪……

这次见面是圆满的，几十年的怨气消散了，亲人们的心走到了一起。以后的电话、视频就不断了，大家的距离一下子拉近了。自从姐姐见到弟弟后，姑妈的身体竟然奇迹般好起来，精神状态一天也比一天好，这令大家无比欣慰。

去年年底，婷子父亲七十大寿，姑妈早早为弟弟备好丰厚的礼物，然后细心安排大表哥和三表哥他们两口子作为代表，四人提前两天从黑龙江齐齐飞到深圳，为他们亲爱的老舅祝寿。婷子的父亲心里乐开了花，场面温馨感人。

婷子的心里一直暖暖的，觉得当初和大表哥的策划太值得了，他们化解了老一辈的恩怨，架起了下一代亲情的桥梁！

有爱的世界最美丽！

“乐天派”的福气

阿荣，是我中专时的室友。她像她的名字一样缺少特色。她的胃口特别好，所以身体略胖。调皮的男生常拿她的身材说事打趣，但阿荣毫不生气反而傻乐，我有时实在看不过眼，便对那些男生进行唇枪舌剑一番。

往往这时，阿荣傻傻地站在一旁看我们的热闹，好像这一切都与她无关，这让我郁闷极了。事后，我假装不理她，她便一个劲地赔礼道歉，又说又哄的，有时，还加上又跳又唱的，反正，她心中只有一个目的，那就是让你转怒为笑，她才安心，否则她会锲而不舍缠你一宿，让你听够她的道歉，感受她火辣的真诚。

阿荣在乡下长大，后来随她父亲进城。山里的姑娘特清纯，特质朴，从脚尖到发梢皆散发出露水的清香。在我们这些类似精明的女子面前，她特厚道。自以为是的我们也常将她使唤，扛包，打水……每次阿荣都像接到“上级领导”派发的任务一样乐颠颠飞快地去完成，一点也不觉得自己是被人利用，反而高兴地认为自己在朋友们的眼中很有价值，朋友们是那么地需要她，她觉得自己变得好重要。

我有时看不过眼，好心提醒她不要让别人随意地廉价使用，她竟然生气了，她说，她是乐意的，是心甘情愿的，这是一种快乐。当时，我觉得不可思议并认为她是一个“受虐狂”。从此我不再多嘴，她仍乐呵呵地去帮助所有的人。毕业后，同宿舍的姐妹又都成为同事，我们的友谊一如既往。

有一次，在工作中，她的左脚不小心骨折了，没法上班只能在家休养。一休就是两个月。由于躺着不动，又没有工作压力，她迅速肥胖起来。她说她曾想方设法保持着她称之为中庸的好身材，这下全功亏一篑了。

去看她的时候，她显得有些小郁闷，但很快又笑眯眯地自我解嘲：“没办法，老天爷赐给我一个好胃口，让我尝尽天下美味，何乐而不为呢！”她说香港艺人肥肥就是她的偶像。她还得意地说：“呵呵，没想到这段时间的调养，本来以前若杀了俺，只能做糖醋里脊，现在可好啦，能做梅菜扣肉煲啦，快速升了一级啰。”

阿荣拆石膏时，她说：“同志们，你们可不要来免费参观，话说本小姐人长得有些寒碜，但这脚也是一大奇特，想看收钱才行。”她的脚的确长得怪石嶙峋的，看来夏天也只能藏在漂亮精致的皮鞋中，让别人瞎猜也还有魅力的！

又过了一段时间，她的脚好些，可以上班了。下班后约着去爬山，其中，好几个同事一如往昔地“欺负”她，让她左右肩膀都挎上包。卸下包袱的她们倒是一溜烟就跑到山顶去了，而她老是掉队，大伙责问她时，她擦去额上汗水说：“嗨，你们的长飞腿当然跑得快，你们知道吗？我的脚还有些痛，这次我真不幸当了一回美人鱼，平静之下忍着刀尖之上的痛啊！”

原来阿荣一直忍痛走了一个多小时的山路，可她却没有对大伙使性子，相比之下，我们好自私也好惭愧。

阿荣的性格很乐观，纯净的她对谁都没有设防，不管认识多久，有时才见一面，她都很快交出自己的一片真心，她对爱情也是如此，所以，常常被抛弃，很是受伤。

正当我想再去劝慰她时，她却诚恳地告诉我，她不再诚惶诚恐地期待爱情出现，也不再羡慕别人出双入对。她说，她要把心思用在学习上。

后来，她上夜校学习英语，不久，在网络上认识一个外国人，开始网恋。开始，我还有些担心她被骗，她哈哈一笑，不怕，就当练习口语。正是她这种乐观的性格还真给她带来了一段国外情缘，她远嫁马来西亚，自己装修房子，自己养花种菜，最近，还生了一对漂亮的混血双胞儿子。她在电话的那头告诉我这个可喜的消息时，她震耳欲聋的声音像是中了六合彩。我们都不得不承认，阿荣的乐观是从骨子里透出来的，具有别样的魅力。

永远开心的小开姐

参加工作的第一天，心怯怯不安，没想到迎接我的却是一张美丽生动的笑脸，还有爽朗透心的笑声。一下子，局促感就消失了。她就是小开姐。

她是我参加工作时交的第一个好朋友，她的皮肤白皙吹弹得破，精致的五官和玲珑有致的身材，很吸引人的眼球。厂里的许多爱慕者疯狂追求她，可小开姐心中早有意中人，很快就嫁给外单位的一名年轻帅气的大学生，这让追求者郁闷许久。

小开姐高中毕业就参加工作了，最早在打浆车间上班，因为她的聪明伶俐，不久被调到办公室当收发员。当年工作之余，我没少在她那儿享受免费读物，在我眼中，那就像我的小图书室啊。常常一本新杂志刚到，就被我“无情”卡住，看完后才发给真正的主人。现在回想起来，真是歉意，要知道，当年小开姐可是冒着随时被领导发现挨批的危险。

小开姐比我大8岁，在她的眼中，我只是一个小屁孩。她总是照顾我。每次她家中做了好吃的，第二天，我就绝对有口福。当我身体不舒服时，她像大姐姐对待小妹妹那样忙上忙下，递药倒水的。

她有一帮同龄的好朋友们，有时，她们为自己配偶的不体贴而愤慨，有时又为孩子的聪慧而骄傲。那时的我毕恭毕敬地拖地、打水，倾听她们聊着家常。最难忘的一次，小开姐她们几个老友愿意带我一同去张家界玩，那一趟玩得真是开心，当年没有缆车，上山全靠人手一根竹杖徒步登上去的，第一次被张家界的美震撼了，我和小开姐在大自然的怀抱中沉醉了，情不自禁地欢呼雀跃。

单纯的我以为，今后我们的生活就像张家界那样美丽和迷人。可往往，人生的过程会被修修剪剪。命运不是量体裁衣，而是要你削足适履。

心比天高的我终于和小开姐挥手道别云游四方，在深圳我完成了为人之妻、为人之母的人生大事。后来，父母也定居深圳，我就不常回家乡了。由于她搬了几次家，电话号码又改了，好长一段时间里，我们失去了联系。

再次听到她的消息时，我既震惊又难过。小开姐的老公为了让家人过得更好，南下去打工，能干的小开姐不仅伺候好体弱多病的家公，而且还要独自照顾年幼的儿子。老公打工的第一年，单位大搞改革，各部门精减人员。从机关首先推行，凡被精简的人员就安排到车间上三班倒。办公室就数小开姐的学历最低，所以自然她被精简出去了。真是无巧不成书，她下到的车间正好是当年她刚参加工作时的打浆车间。真是从起点到终点，然后到起点，此时的她，早不是当年的妙龄少女了，而是直奔50的人了。

上了20多年的长白班，突然上三班倒，从精神到身体她都无法承受。也许是她太疲劳，精神状态又差，在车间上班的第六天，在打浆的时候，一不小心她滑了一跤，整个人猛地坐在一个大水管上的铁丝扣上，这尖硬而锋利的铁丝，无情而深入地撕开了她的下身，顿时鲜血直喷……当时所有人都被眼前的情景吓坏了，同事们马上将她送到医院进行抢救。后来听医生说，如果再晚送10分钟，小开姐生命就有危险了。

出院后的她，身体更虚弱了，根本无法回车间上班了，此时机关的大门对她早已紧闭。在她老公的劝说下，她索性办了病退，每天的"工作"就是好好照顾家公和儿子，让远在他乡打工的老公没有任何后顾之忧。

今年，同学聚会一结束，我马上去探望她，眼前的小开姐不再丰韵，瘦得像根丝瓜，不过她虽瘦竟然也有三分俏，美丽犹存。

和她聊天的时候，她老公从外地打来电话，她一脸的灿烂。那是我见到的最温馨的笑，牵挂与欣慰，还有一抹凄婉和无奈，就像轻风拂动碧绿叶片，美丽而忧伤。真的替她感到欣慰，多年来，她的老公一直深爱着她，在最艰难的日子里彼此不离不弃，她告诉我，等她的儿子考上大学后，她老公就结束打工的日子，与她相守相伴晚年。

小开姐依然是幸福的。

第三辑

暮色怀人

柳黄霜白时的背影

柳絮纷飞的日子，我再次踏上返乡的路，在家虽逗留几日，却也能化解思乡的相思病。

临回深圳前，我专门探望定君的父母。走进家门，屋内昏暗，灯光稀疏。我的双眼迅速被他年迈父母的那头银发牢牢吸住，老人家声音低沉无力，浑浊的眼神黯然无光，好像稍不留神，风一吹就要隐去。寒暄几句后，半晌，他们不愿开口多说话，一个在闷头抽烟、一个在唉声叹气。当提到儿子定君时，他们的眼睛刹那间跳出几分亮光，但，只一瞬，很快又熄灭。

定君，当年是我厂子弟联校中第一个考上名牌大学的高才生。毕业回厂后，一直不被重用，在车间上三班倒一干就是六七年。

没想到，十年前的某一天，那是一个寂寞难耐的午后，空气中飘散着令人困倦慵懒的气息，远方的天空沉郁着脸孔，烦躁和不安似乎正在寻觅机缘缠人，我明显感到内心正被一种莫名其妙的恐慌占据，果然，一个电话让我陷入不知所措的伤心中。

电话是家乡的好朋友小山打来，他告诉我，定君出车祸而亡。他走得太匆忙，刚满30岁，未成家。他很有才气，但久不得志，终于新调来一个厂长后，千里马终是遇上了伯乐，厂长对他非常器重，将他从车间调到厂办当秘书，工作干得有滋有味。才一年半，他竟然在去参加地区会议的途中出车祸了。

我难过极了！我对着夕阳默默凝视，多想能找回难忘的往昔，再一次读读他那真诚的双眸。可是，他真的走了，人生聚散尽在一瞬间。

定君是我们“飞机楼”的住户，虽然年长我三岁，也算是从小一块长大的。人长得很精致，戴一副眼镜，斯斯文文的，书卷气十足，讲起话来不急不慢，有条有理的。他不说话时脸上始终有着暖意的微笑。特别喜欢看他穿西装，儒雅而生动。

虽说，我离开家乡调到深圳工作好几年，但与定君他们一直保持着联系，时不时从家乡传来他的好消息总让我欢悦不已。他曾是我当年朗诵的好拍档。尽管我们的身高不匹配，作为女性，我比他个子还高，但丝毫不影响我们的合作，因为我们的声音非常默契和谐，常常作为厂里的代表到省市一级单位参赛，我们不负众望，每次都捧金银奖杯归来。定君做事一丝不苟，凡承诺的事一定努力兑现。他是一个完美主义者，而我则是随性散漫的人。

记得有一次，市总工会面向社会举办一次大型的诗歌朗诵比赛，作为朗诵爱好者的我们报名参加。经过200多人的初赛，我们有幸进入前20名的决赛队伍。我们和另一组参赛选手参赛的作品都是同一首诗，为了节目新颖，形式多样，主办单位临时要求我们几个在决赛时重选一首诗。一听，我都蒙了，上午才接到通知，而决赛时间就在当天晚上，意味着我们只有半天时间准备。当时，我没有一点信心，欲打退堂鼓。定君坚定地对我说，绝不放弃，让我们一起去面对挑战。并鼓励我要相信自己的实力。当即决定在决赛时，我俩采取男女声朗诵形式参赛。说心里话，是他坚定的态度，让我决定试一试。功夫不负有心人，我们荣获第一名，成为当晚最闪亮的“星”。

定君就是这样一个人，不管面对什么困难，很难看到他悲观的一面，总是乐呵呵地一笑了之。他虽然身材不够高大，但他骨子里透着一种坚韧让女人有安全感，这或许就是他魅力所在。我打心眼佩服他，厂里许多女孩子爱慕他，甚至还有大胆者上门去追求他，可他却总以还没有实现心中的理想为由，不谈恋爱，辜负了许多好姑娘的心意。关于他心中的理想，虽然他从未对我说起，但我也猜出几分来。他一直对自己学的电子专业感到遗憾，我想他最钟爱的是播音主持。果不其然，他姐姐在整理他的遗物时，从他的一本日记本中得知，他最大的理想或梦想，是有朝一日能考上北京广播电影学院。原来，虽然已经进厂上班多年，却一直揣着美丽的梦想在努力。也难怪在厂里只要逮着有朗诵、演讲和主持的机会，他从来不放过，这份热情时常感染我。

后来，我调到深圳工作，我们交流的机会少了，但我们仍然是好朋友，他时不时寄来问候，或者寄来好书让我读。最让我感动的是，我来深圳的第二年，在我生日的当天，我收到他寄来的一份礼物，那是一本精致漂亮的剪贴本，上面收集了我在湖南一些报纸杂志上发表的一些文章。其中还有许多我所遗漏的小豆腐块式的短文，这让我惊喜不已。细心的他在每篇文章的下面都详细地注明报刊名称和发表时间。在剪贴本的空白处，还有定君的钢笔插图，线条清晰，图画精美和淡雅。捧着这份生日礼物，心里暖暖的，感动得半天都说不出话来，眼睛一直湿润润的。

定君也是在这样一个秋末风起的日子突然走的。柳黄霜白时节更思君，虽然，他的背影日渐模糊，但过去一切美好的片断，都会永远深深印在朋友们心中，我愿意相信他在天堂快乐地、声情并茂地在朗诵……

今夜，因为怀念，特意找出我们曾经一起参赛夺冠的那首诗《会唱歌的鸢尾花》，轻轻地为天堂的他朗读着：

我的忧伤因为你的照耀，升起一圈淡淡的光轮。在你的胸前，我已变成会唱歌的鸢尾花。你呼吸的清风吹动我，在一片叮当响的月光下，用你宽宽的手掌暂时覆盖我吧。现在我可以做梦了吗？

雪地　大森林　古老的风铃　斜塔

……

讲故事的桥叔叔

我们中国堪称酒国，古来酒人酒事之多，若是好酒，其酒香定可以舒人心魂，像李白的人生就在酒香里开放的。酒还是催化剂，若与爱情扯上关系了，那斟一杯淡酒，饮了，便深深掉进相思里。所以，对酒的印象尤其好。

可是就在我读初三的那年，近距离感受到酒的可怕和无情。

记得，那时候，飞机楼24户人家，家里有电视机的总共不超过两家，所以在我们这些孩子们的眼中，每晚最期待的娱乐节目，就是在乘凉时，能围着桥叔叔听他讲精彩的故事。桥叔叔当过兵，长得高大挺拔帅气，有一儿一女，喜欢打猎，喜欢喝酒。

月明星稀的夏夜，孩子们写完作业，热热闹闹地从自家搬出竹床（用竹片编织而成的，专门用于纳凉）。我们躺在清凉的竹床上，有时与邻居小朋友嬉闹，有时一边摇麦秆扇驱赶蚊子，一边在静静地数星星。更多的时候，我们都是在听桥叔叔讲故事。他很有耐心，每晚都有两三个故事等着我们。他讲的不仅有神秘而美好的童话故事，而且还有一些妖魔鬼怪的故事，个个都让人回味无穷。听完故事，孩子们带着满足的微笑进入甜甜的梦乡。

谁也没能料到，竟然是酒夺走了桥叔叔的生命。那次，他和他的战友们聚会，一时高兴，喝酒过量，酒精中毒，30岁不到的他去世了，撇下温柔贤淑的老婆，还有一个六岁的儿子和一个三岁半的如洋娃娃般漂亮的女儿。

这突如其来的不幸，让我们所有人都措手不及，也无法接受。虽然这件事已经过去25年了，但为桥叔叔办丧事的情景我仍记忆犹新。那几天，阴雨霏霏，24户人家的老老少少都陷入一种难言的悲伤中，个个都鼻子酸酸的，眼睛湿湿的。大家都自发地去帮助桥叔叔的家人料理后事，男人们张罗与丧事有关的大小事务，女人们轮流安慰桥叔叔的妻子，我们这些大孩子们主动去照顾桥叔叔的一对儿女。他的儿子大一点，朦胧中，他似乎明白他的爸爸死了，永远不会回来了，默默地站在一边流泪。而他的妹妹当年实在太小了，根本不知道什么叫死亡，她没有哭泣，只觉得很好奇，看到这么多人跑上跑下，忙前忙后，还觉得好热闹和好开心，甚至忍不住笑着唱起欢快的儿歌来。看着这一切，我们都悄悄地抹眼泪。她被大人们换上白裙子，虽然显得更美丽，但在大家眼里则是更可怜。

那几天每到该吃饭的时候，她总是欢快地跑去灵堂，围着直挺挺躺在灵床上的桥叔叔——她亲爱的爸爸身旁，一边转着圈儿，一边甜甜地叫着爸爸，清脆而稚嫩的声音不时传入耳中，我们的心却如刀割般生疼。任凭她如何呼唤，她爸爸永远听不见。有时，她会使劲地推摇着她爸爸的身体大喊："爸爸，您快起床啊，我们吃饭啦。"这时，我们只好擦着眼泪，劝说着将尚不懂事的她抱开，她边走边不住地回头看她的爸爸，满眼疑惑，口中仍然在问：“咦？我的爸爸怎么老在睡觉？还不起来吃饭？肚子不饿吗？” 在场的所有人都泪如雨下了。

长大以后的我更懂得和心疼她，没有父爱的人生是多么的遗憾，在女儿的眼中，父亲就是天。如今，当年的小妹妹坚强地长大了，有一个爱她的丈夫和可爱的孩子。她的哥哥也成家立业了，日子过得很富足。

常常想起讲故事的桥叔叔，你在天堂还好吗？

裁缝廖小妹的一生

这个世界变化太快了，二十四小时不过是一天，但什么都可能发生，沧海桑田，天地变老，江河改道。甚至一瞬间的恍惚，就让我们有隔世之感。生活是个谜，自己切身的事，尚且包藏着许多秘密的未知数，何况是身外冷暖，背后文章，无人能解。

廖小妹的一家，旁人只想摇头叹息落泪，其难过的心情无法言喻。廖小妹是一个裁缝，在厂里开了一间裁缝店，全厂凡爱美的女孩子，当年都到她那里做过漂亮的裙子。她聪明能干，会针线活，还会做鞋。有时她不用缝纫机，做出来的衬衫、衬裤，针眼走得与机器差不多。当年的她穿着很讲究，也很得体，家里收拾得很干净。虽然文化不高，只读了小学五年级，但也能读书看报。白里透红的她，一笑，两颗可爱的虎牙就露出来，煞是可爱。她很好学，求人去外地买一些时装书，然后学着大胆裁剪。

爱打扮的女孩子没事就往她那里钻，翻到时髦的款式，马上请廖小妹做，别说，每次做出来的新款，真是让人眼前一亮。我曾是她家的主顾，我每穿出一套新裙，马上后面七八个姐妹要做同一款的，有时更多人穿，几乎成了女子厂服。善良而机灵的廖小妹，见我是个好衣服架子，有时特意为我做几件漂亮的裙子，然后折半价给我。我当然乐在其中，穿新款谁不期待啊！现在，我才明白，当年的我算是她“特请”的模特，为她打广告。

后来，我外出求学、打拼，就很少有时间再去光顾她的店。但偶尔回家乡，还会抽空去她那里坐一坐，和她聊聊天。

再后来，我只能从老乡的嘴里得知她的故事。她成家了，有一个活泼可爱的儿子，老公是厂里的正式职工。因为家有贤妻，小日子过得还不错，至少廖小妹一家三口的服装费是节省下来了。

廖小妹曾经也度过一段很艰辛的日子。那年，车间改革重组，她老公被停职培训，工资极低。而此时，服装业突然兴起，做衣服的人特别少，生意很清淡。老公看在眼里，急在心中，所以单位一培训完，他就来到街上先找零工做，不论轻重，不论价钱，他几乎都接过来，不觉得自己累。时时刻刻都想多干点活，好分担一下家里的负担。

廖小妹看出老公的辛苦和努力，她心疼他，悄悄跑到一些酒店临时找洗碗工做一做，她纤细光洁的手，天天泡在洗碗盆里，早早就变得粗糙了，瞧她总是替他人缝制漂亮衣服，自己却总穿得最简单。那一年，她和老公都很辛苦，她全然没有别的同龄人的活力和自信。稻草似的枯黄的头发在脑后捋着一把小刷子，歪歪地斜着。陈旧有些褪色的T恤很不合适地罩着她单薄的身子。我听到这些，很为她难过。

好在这样的日子很快就熬过去了，她老公重新上岗，她裁缝的生意也慢慢复苏，毕竟人们缝缝补补改改的还是有需求的。聪慧的廖小妹还多设了一个新项目——做窗帘。所以，小店的生意又火起来，小日子又开始过得有滋有味。

如果美好一直这样延续那该多好，我了解廖小妹，她是一个简单的人，只想和老公孩子平平淡淡，安安全全过一生，并不求大富大贵，哪怕粗茶淡饭，她也会觉得甜如蜜。可是，命运总是出其不意地出一招，让廖小妹和我们所有人都惊愕且难以招架。

暑假期间，一个炎炎的夏日，廖小妹的13岁的儿子去河里洗澡溺死了。廖小妹一听，当场晕死过去，她完全不能接受这个残酷的现实。以至孩子走了好几个月了，她仍然陷入悲痛之中，不能自拔，她没心思干活，每天都在抹泪。一瞧见以前与她儿子玩得好的男同学时，她疯似的跑过去紧紧抱住他们，然后哭着说，瞧瞧瞧……你们活得好好的，而我的大毛他却不在啦……弄了好几回，吓得孩子们一见到她，一如见到疯婆子似的躲。其实，廖小妹没有疯，她只是太想自己的儿子，行为有失理智罢了。

说实在的，廖小妹自从儿子突然走了，人的确变得异常恍惚。一天三次，一到吃饭的时间点，她很自然地站在自家门口对着外面大喊："大毛……大毛……回来吃饭啦……"

站在她身后的老公，一直都在偷偷淌着泪，强忍着悲痛扶着爱妻回到家里，然后，百般哄劝她吃上几口饭，她连续好几天都没吃什么东西，每次都只动几下筷子。然后，突然腾地站起来，又跑去门口喊他儿子回来吃饭。

没过多久，她的身子单薄得像张纸，随时就像要被风刮上天。她有时更像几片枯叶飘零在斜阳的余晖中，邻居们看了，心头颤动着无尽的凄怆与悲凉。

其实，这半年，廖小妹的老公的内心更苦，他一方面要忍住失子之痛，另一方面要假装强壮如山来安慰妻子，同时，他还要正常上班。他的挣扎和痛苦无法与人倾诉，当看到妻子一会儿清醒一会儿又恍惚，他感到如刀绞般的心疼和苦痛，却又不知如何去化解，他的精神几乎到了崩溃的边缘，悲剧终于再次发生。那天上夜班，廖小妹的老公神情恍惚，整个身子不小心被卷纸机绞了进去，顿时，血肉模糊，一命呜呼。廖小妹的家算是彻底破了！

厂领导紧急会议开了好几个，最后由厂长和工会主席亲自上门去探望她，他们很为难，因为觉得廖小妹一家太不幸了，一年走了两个亲人。当他们很费劲地将她老公去世的消息告知她时，谁都没想到，廖小妹听完后显得十分冷静，一滴眼泪都没掉，只是淡淡地说了一句："走了好，走了好啊……"当场所有人听了后，心里都瘆得慌，更堵得慌。领导们半天都不知该说什么，只好安慰几句，逃似的离开廖小妹的家。

对于廖小妹来说，这一夜，很漫长也很凄凉。她一天没吃东西，也不觉得饿，只想躺在床上。风掀动着窗帘，把暮色一扇一扇地送进来，有一种凄楚悲凉的味道。

老公和儿子都远去了，40岁不到的她，觉得一切都没有意义了。

第二天，人们发现廖小妹已经身体冰凉，床边有一瓶打开的敌敌畏……

阿艳的遭遇

有人说，怀念或追忆，是一个人开始衰老的表征，喋喋不休、固执、多梦、易怒，就像我现在这样，喜欢在文字中一次又一次，不厌其烦地对别人说起我的朋友们。

说心里话，面对阿艳，我习惯选择回避，不是不想她，也不是已忘记她，而是不愿直面她。那是岁月的花，零落已久。而今重拾，发现它们却没有在风尘中寂灭，似乎犹带些许旧日的颜色，早早淡去了。

如今，再想她，我仍然忍不住发抖，一种既明亮又隐秘、既悲亢又忧伤的情绪，一下子攫住我。是的，她的音容笑貌，即使过去30年了，我依然记得，在心里，一直。

阿艳是我儿时的伙伴，她有两个宠爱她的哥哥，是家中的小妹，全家人都喜欢她。当时我可羡慕她，因为我是家中的老大，有两个需要我照顾的弟弟。从小，她是个胖乎乎可爱的孩子，白白的皮肤，红润的脸蛋，笑起来很喜气。她的家庭条件不错，穿着总是很洋气，让伙伴们亮晕眼睛。漂亮的裙子、粉色的蝴蝶结、蕾丝花边把她衬托得像美丽而骄傲的公主。她爱仰着头，长长的睫毛在阳光下扑闪着。16岁的她，就圆润而丰满，脸上长着淡淡的桃子毛，满眼盛着笑，给天空仰起一张鲜艳青春的脸。

她没考上高中，初中毕业就读造纸专业的技校。因为她性格活泼开朗，出手又大方，本班的男生女生都喜欢和她在一起玩。她的歌声很动听，曾在学校举行的唱歌比赛中获得第二名，她爱大笑，爽朗的笑声百米以外都能听到。她的特别、她的美丽同样也吸引外系一些男生的目光。中专二年级上学期时，她在学校认识道县纺织班的三位大男生，说到“认识”，也只是迎面遇见彼此打一下招呼以示问候，也没有单独接触过，更不了解对方的底细。所谓“大男生”，也就比阿艳大三四岁，高中毕业考中专的。学校里，经常看到许多同学在谈恋爱，这种现象当时在技校很普遍。

真是无巧不成书。阿艳的嫂子是道县人。暑假期间嫂子邀请她去那里玩几天。阿艳乐颠颠随嫂子前往，心中对那个县城展开了无限美好的想象。到县城的第二天，在逛街时，她竟偶遇纺织班的那三位大男生。当时，天真的阿艳很兴奋，觉得他乡遇校友，真是太有缘分。当对方热情邀请她晚上出去看电影时，她没多想就爽快答应。她哪会想到，死神的阴影已开始笼罩她。于她而言，那是一场万劫不复的噩梦。

轻松而顺利地看完电影，对方又提出吃完夜宵后送她回家。她没有任何防备，又满口答应。夜色下的她显得更俏丽、青春、可爱，加上身材很丰满，这时，这三位大男生竟然开始对她动了邪念。说是吃夜宵，其实带着她在七拐八弯的小巷子里转圈，她有些紧张，但她没敢吭气，最后将她骗到小巷子里一个昏暗的房间里。这是她第一次来到人生地不熟的道县，她此时喊天，天不应；叫地，地不灵。任阿艳死去活来地恳求、哭泣和挣扎，他们仍然如野兽般将她轮奸了。之后，她强忍着疼痛的身体，无奈地跟着他们离开那个罪恶的房间，她多想早点回到嫂子家。对方威逼她不能将当晚的事说出去，不然就杀了她。她吓得全身发抖，如暴风雨中的小雏鸡。她死劲地点头，并保证绝不会说出去。男生们这才决定送她回家。

此刻，深夜两点。天，如墨汁一样黑，月亮在夜空里倏忽而逝。道县是盘山路，地势险峻。当他们用摩托车载着她在公路上左摇右晃地飞驰时，她如惊弓之鸟，非常惊恐他们又会带她到哪里去，再受羞辱。阿艳其实性格刚烈，刚烈得好似一把泛着寒光的钢刀。她没多想便从摩托车上跳了下去，摔下山谷……

后来，听她父亲说，摔下山谷的她，当时并没有死，只受了重伤，双腿摔断了，浑身上下都是血，还能爬行。据山下村民说，大概在凌晨三点左右，她曾敲过一户人家的门求救，口渴，想要喝水。村民没敢开门，他们后来解释说，一是深更半夜的，看不清楚对方的模样；二是这时的她披头散发，衣衫褴褛，脸上身上都是血，并且是瘫软在地上。村民害怕是鬼，将她拒之门外，可怜的阿艳错过了最佳抢救期。直到天亮才有人发现她倒在路边，马上将其送到道县医院。

阿艳一直处在昏迷中，惊魂不定的抽搐，痛苦扭曲了那本是美丽的面容。

她的父母和哥哥们及时赶到医院，阿艳总算见到亲人们最后一面。此时此刻，她根本说不出话来，只会流眼泪，那是后悔和不舍的泪水啊！因为高处坠下内脏受重伤，加上失血过多，16岁的她就这样离开了人世。

阿艳的妈妈每天都在思念女儿，天天以泪洗面，哭得眼睛视力急速下降，险些失明。她妈妈常在梦中，看到女儿在诉说自己的惨痛，让她柔肠寸断。悲痛欲绝的妈妈不愿再出门，常常拿着女儿的照片哭，反复将女儿曾经穿过的衣服捧在脸上，猛嗅衣服上残留下来的女儿的气息。

阿艳家里人痛恨那三个大男生，坚决要“一命抵一命”。于是，她父亲和哥哥们在外奔波忙于打这场官司，足足和对方打了8年，身心疲惫。一个本来平静而幸福的家庭就被无情地破坏了。

后来，她的家人终于撤诉了，因为即使赢了官司，心爱的女儿永远也不会再回来了。善良的他们愿意选择宽恕，终于放弃追究那些孩子们。当然那三个男生还是接受了法律的惩罚，坐了好几年监狱。

如今，一想起阿艳这个遭遇，后背仍汗津津的。所以我经常告诫涉世未深的少女，在与人交往时要多留一个心眼。对于未成年人来说，学习如何保护自己，也是一门必修课。

荷的幸福

岁月这个具有万般魔力的精灵，在随后的日子里，让我痛感到自己在大文化层面上的浅识薄见。每个人的岁月都有其不一样的色彩和轨迹，似乎谁也改变不了谁，只能是一个旁观者。

其实“飞机楼”24户人家的故事，或一一写出来就是一本厚重的书。厂区要扩建，“飞机楼”马上要拆毁，如今人去楼空，那个曾给我们这些孩子们留下许多美好回忆的地方，将永远留在记忆中。

今夜，多喝了点咖啡，无法将息入眠。闭上眼睛，脑海中竟然又闪现荷的一家。

兰、荷在“飞机楼”住户中，属于比较惹人眼的两姐妹。并不是她们长得有多么漂亮，而是两姐妹不是双胞胎却长相一样，个子也一样高，胜似双胞胎，其实，姐姐比妹妹大五岁。在读书期间，她几乎没长个子，仿佛在等妹妹一起成长。

荷的父母个子很矮，属老实巴交的工人。可是，姐姐兰20

岁那年，她们家发生了一件奇怪的事，兰突然长高了，不仅比她的父母高，更比她的妹妹高出一个头，身材很丰满，几乎脱胎换骨，完全变了一个人，连长相也突变，一点不像她爸妈，好像是“空降兵”到她家。荷对姐姐的变化没有太多感觉，只觉得姐姐好美好看。而她自己仍然瘦瘦小小的。那个年代，没有“整容”一说，即使有，按她们家的条件，根本做不到这点。当年，荷的女大十八变成了厂里的新闻，全厂上下对姐姐议论纷纷的，也说不清什么，只觉得好诡异。

因为兰如花般的美丽，追求的人在她家门前排长队求亲，可她没看上厂里任何小伙子，哪怕有些是官二代和富二代，她都没瞧上。偏偏挑中一个街上的小混混，处了一年就打算结婚。万万没想到，兰的母亲突然脑溢血死在了女儿的婚礼上，这红喜事瞬间变成白事，令所有人惊愕和叹息。

兰结婚竟遇上这等事，有人说，起彩不好，但日子终究得过下去。结婚后，兰就搬出娘家，不久就生了儿子。小混混丈夫并没有因当爸爸而变得成熟起来，反而在外吃喝嫖赌样样有份。兰只能以泪洗面。这时，妹妹荷还小，正在读书。她的父亲因老伴突然离世，心情一直郁闷，又常年服药，身体每况愈下。可兰根本顾不上照顾父亲和妹妹。因为她不仅要上班，下班回家后又要照看孩子，每天都累得筋疲力尽的。

妹妹荷刚满18岁，父亲因病去世了，她顶职进厂当工人，荷好像营养不良，清瘦清瘦的，自从父母先后走了，她更是寡言，甚至不会笑，本来她是父母十分宠爱的幺女。如今姐姐忙着照顾她的孩子，无暇管她。父亲走后，她一个人孤独地住在家中。起初，姐姐的家是她寻找温暖的地方，哪怕片刻，她也乐意有空就跑去，帮姐姐干活，或者陪小外甥玩一玩。但是，只要姐夫在家，那个家就是“战斗场”，暴力的姐夫，经常在外赌博输钱回家后就会莫名其妙地打姐姐一顿。荷和小外甥都吓得尖叫，几天都惊魂不定。兰自从嫁为人妇后，脸上身上几乎天天挂彩，“美丽”一词再也无法用在她身上呢。结婚后，她看上去比实际年龄老十岁，而且迅速丑下去，与结婚前判若两人。因为姐姐和姐夫老吵架，荷后来就不愿去姐姐家。心中始终牵挂姐姐，所以十天半个月她就去看看姐姐，但绝不在姐姐家吃饭。

小外甥三岁那年，姐姐实在受不了姐夫的打骂和赌嫖提出离婚，可姐夫死活不同意。因为平时，孩子他不用多管，又不用挣钱，全靠老婆一个人的工资支撑。他想回家就回家，一回家又有热饭热菜吃；他想走就走，一个月想不回家就不回家。他来去自由，这家在他眼中可比旅馆好，不用付一分钱。天底下多好的便宜事，所以他才不想离婚。可兰实在受不了老公的折磨，铁了心要离婚。于是，将儿子狠心丢给他的家婆，然后搬回妹妹家住。没住几天，姐夫就三两头来闹腾，上三班倒的荷被吵得头皮发麻发胀。但兰任凭老公怎样保证和恳求，就是不想回家，一心想离婚。姐夫这才没办法灰溜溜地走了，差不多一周，他没来闹，姐妹俩安心过了几天好日子。常常在晚上，姐妹俩想起去世的父母时就抱头大哭起来。总觉得夜好漫长，好像她们的星光全都隐没。荷夜夜做噩梦，惊醒后就紧紧地依偎在姐姐身边，如同可怜的小羊羔。

毕竟是做母亲的，姐姐一周没见到儿子，挺想念，就和妹妹说，去她家婆那里看看孩子，很快就回来。那天，荷上夜班，晚上十二点回家，见姐姐不在家，就以为她在她家婆那里住下，想多陪陪儿子吧，荷没多想就睡了。

第二天，姐姐没有回来。又过了两天，姐姐还没回来，她心中突然变得不安。足足过了一周，兰都没回来过，一种不祥袭上心头，她一下班就跑去姐姐的家婆家里，对方说，当天晚上她姐姐就离开了。荷又跑去姐姐家里，敲了半天门也没有人应答，于是，她慌乱着跑去派出所报案。

很快，派出所通知荷去认尸，姐姐被杀了！尸体被扔在荒山野岭中，死时赤身裸体的。后来听说案情很复杂。这不，20多年过去了，杀人犯仍逍遥法外。

小小年纪的荷突然面对发生的一切，几乎被吓傻了，她没有哭，好几天也不说一句话，总是默默地发呆。短短五年，她失去了三位亲人。她，成了孤儿。

本来她就不合群，平时也没什么朋友。自从姐姐走了以后，她变得更加孤僻。同时对任何男人都是远离和提防。一下班就缩在家中，要么睡觉，要么看电视。人，愈发瘦下去。

单位领导看到荷家里发生的一切，允许她带薪休息一周，荷只休息两天就准时上班了，她觉得家里实在太冷清，她宁愿上班，因为上班有她的何师傅，荷很依恋她。

何师傅和荷的妈妈年龄相仿。平时，师傅对荷很好，觉得她挺可怜，同时也觉得荷老实又肯干，不多话也不多事。每次上班，如枯树干似的荷趔趔趄趄地跟着何师傅，一言不发，总像一个影子一样贴着她。何师傅叫干啥，荷马上就去干，她干活倒是很灵活、踏实，让人放心，是何师傅的好帮手。久而久之，在她的心里，她悄悄地把何师傅当成妈妈。她特别喜欢上班，因为可以和师傅在一起，一回到家，很孤独。虽说同在一个厂，见一面也不是很容易的。下班后，荷当然不好意思还去烦师傅。何师傅也有家要照顾，她的老伴去世很早，是她独自带大儿子，日子过得清贫和平淡。

荷和何师傅共事五年，她觉得那是最美好最幸福的时光。何师傅在退休的前一天，将她叫到一旁，将自己的工具箱和柜子的钥匙郑重地交给她。还没多说什么，只见荷的眼里满是慌乱和不舍。她突然抱住何师傅失声痛哭起来：“何师傅，你不能退休啊，你走了，谁也不会要我，我会被重组下岗的……”何师傅心里涌起一阵阵悲伤。看着荷那瘦弱的肩膀，薄薄的身体，忍不住也掉起泪来了。

果然没多久，车间准备改革重组，荷每天过得战战兢兢的，她不想下岗，她几乎愿意天天上班，不想一个人待在空旷的家。所以只要有同事找她替班，她满口答应，从不迟疑，而且也不要别人还班。其实，班组成员对她不排斥，她真的多虑了，重组时仍然有人选择她。在工作中，她早就出师了，也是车间的骨干。只是，每一天工作时，荷都在想念着何师傅。

有时，逢周末她就跑去何师傅家里帮忙干点家务，毕竟她儿子在外地打工，后来又在他乡成家，很少回来。当何师傅看到荷来，她总是留荷吃了晚饭后才让走。

一年又过去了，荷的生活没什么变化：上班下班，有空看看师傅。有一天，何师傅去上街，很不幸地被拖拉机撞飞了，双腿撞残了。她的下半生将在床上躺着度过，她的儿子在外地工作，媳妇带孙子更不愿回来侍候婆婆。何师傅急需人贴身照顾她的起居。

荷得知这一切后，毅然地主动向厂里辞工。然后住进何师傅家，每天她陪着师傅，很尽心地侍候着。有人说她真傻，年纪轻轻不好好工作，却守着一个残疾人，真是废了一生。

荷轻轻地说，何师傅对我的好我愿意用一生的时间来报答！能用有限的时间报答无限的恩情，于我是一种幸福！

一年送走六位亲人

16岁花季的年龄，在奶奶和母亲的安排下，英子与第一任老公W订婚了，他们初次相见时，她像一朵梨花，淡淡的，纯纯的，静静的，似乎在那群芳争妍的天地间，留下别样的恬淡和静谧。

过了3年，出嫁时的英子早已变得亭亭玉立，性格上也有改变，她由文静的小姑娘变得开朗活泼，爱说爱笑。特别是一笑，漂亮的大眼睛就眯成了可爱的月牙状，嘴角上翘得厉害。她不仅漂亮，而且心灵手巧，织毛衣是她的绝活，无论什么图案，她只要看上一眼，就能一丝不差地织出来。

英子年龄不大，却有吃苦耐劳的好习性，所以一成家，她就扮演了一个好妻子的角色。她关爱丈夫疼爱孩子。屋里屋外一把手，她的老公W当年是一个老高中生，英子因为家贫，只上到小学三年级，所以她对有文化的男人特别仰慕，悠悠芳心为他痴迷不已。

英子的老公W当年有一门令人羡慕的手艺——修钟表。她也不闲着，每天一大早就往市场跑，她知足自己天天有小生意做：

摆地摊，卖冰棒，卖糖果，后来有点本钱，就与人合作开了一个小门市，卖猪肉、猪血、猪肚等。每天只要有一点收入她都喜滋滋的，即使年纪尚轻就已白发丛生，皱纹密布她都不怕，她觉得一家人只要好好在一起，吃什么苦都是值得的。再加上她的老公修手表收入还好，小日子过得还算和美。

谁知，好景不长，W本来对赌博一窍不通，后来跟一客户学会了打麻将、玩扑克，一玩就成瘾。古人云："天下之倾家者，莫速于博；天下之败德者，莫甚于博。"

英子得知后非常伤心和着急，因为她知道凡参与赌博者，轻则债台高筑，重者倾家荡产。还有的因赌博走上犯罪道路。她泪流满面地好言相劝仍唤不醒沉迷赌博的老公，W后来发展到索性整夜不回家。她边做生意，边照顾孩子。她想即使现在有条件白天吃鹿尾巴精，晚上喝花旗参茶，她都会憔悴不堪的。每天觉得压力如大山压在身上，因为一家四口仅靠她一个人做点小本生意，W早就不修钟表了。

仅仅几个月的时间，W输光了家中值钱的东西，输红了眼的他到处借高利贷继续赌博，日积月累，欠下的钱是W一辈子都难以还清的天文数字。没过几天，债主们纷纷找上门，逼英子的老公还债。W某天夜里远走他乡，偷偷以做苦力谋生。

英子的老公刚走，债主们又天天缠住英子，逼她替老公还债，她和孩子们每天惊恐万分，白天她在外做生意还好，晚上怕债主相逼，回到家都不敢开灯，摸黑着操持家务，只要一听到猛烈的敲门声，她就惊恐万分，全身打抖，深夜里无数次她抱着两个幼儿哭泣，常常整夜难眠。无奈之下，她找到在外飘荡的老公，与他办了离婚手续。当债主再来逼迫时，她就亮出离婚证，这暂时让自己和孩子们过得安宁一些。那时的英子愁似海，唯有

"杜康"一解千愁。

等她回头一看，她从一个妙龄少女步入43岁的中年行列了，这时孩子们都长大，纷纷远走他乡工作了。经朋友介绍，英子与第二任老公H结婚了， H是一个公务员，英子终于过了三年安宁而幸福的好日子，她人长胖了，也变漂亮了。现实生活里，旧枝发新芽的现象，常使我感动，同时还有一种道不清的美感，触目又难捉摸。

可是，命运真是捉弄人，朋友们的祝福还没有淡去，她那美好的日子被一连串突如其来的打击给砸碎了。首先是她最爱的妈妈病逝了，然后是她的妹妹和妹夫因房子倒塌而意外死去，紧接着英子的父亲和家婆先后离世，最让英子不能承受的，一直很疼爱她的老公H最后也因急病突然死去。

这一切都来得太突然，短短的一年中，她先后送走了六位亲人，在她最黑暗的时候，是朋友们一直陪伴在她身边，幸好，她没有疯，也没有轻生，而是坚强地活了下来。

今年夏天，英子竟然给我打电话，说是想到深圳打工，我当即答应。

坐了两天两夜的火车，她终于来到深圳。她衣着普通，虽不入时，却也脱俗，一张清爽的脸，虽然一笑，眼纹铺开，但那笑是透亮真实舒服的。我希望她在深圳能开始新的生活。经朋友介绍到一家公司当清洁工，有一天她休息来我家玩，我见她虽晒黑一点，但挺精神的。她开心地告诉我，单位老板对她的工作很满意，时常表扬她，听后，她乐得一天嘴都没合拢。

英子悄悄告诉我她心中的愿望：好好工作，多存点钱，将来给儿子开一家干洗店。她还说，现在她感到很幸福，因为还活着！

第四辑

百　味　人　生

老江伯与锦娘

老江伯是我们厂的养猪老汉，沧桑岁月印证他的坎坷：年幼丧父，他的娘为了这个儿子，咬紧牙关，艰辛地将他拉扯成人后就撒手人世。厂领导心善，照顾他，给他安排一个工作——饲养员。老江伯非常热爱他这份来之不易的工作，干得很卖力，年年被评为先进工作者。他从18岁的小伙子开始，一干就是一辈子。

他长得矮，皮肤黝黑，五官模糊。一些自以为有点文化的人暗地里给他取绰号：武大郎他爸。生活中老江伯没有朋友，好像他的朋友就是他喂养的那些猪。他长得丑，但猪不嫌弃他，一听到他稠密的脚步声，猪们可欢腾了。老江伯尽心尽责地煮猪食，按时按量喂猪，有时一高兴还和猪自言自语，又像是在谈心。

没有父母，没有相貌，又没有钱财，所以老江伯到49岁都没娶上媳妇。但他出身好，祖宗八代都是农民，工作又任劳任怨，可以说是苗红根正，最后由厂领导做主，将一个国民党军官的姨太太锦娘，改嫁给他做了老婆。据说，当年这个国民党军官因匆匆忙忙逃去台湾，姨太太是不小心落下的。

厂里有些好事者，认为美貌的锦娘是耐不住寂寞的，不如将她介绍给老江伯。锦娘眼见年华渐老，门前冷落，借酒来温热心头的寒意，脸上却渐渐涌起寥落酡红，到底是抵不过夜凉如水，人生如梦，也只好答应作罢。

那时的观念，这位姨太太出身不好，若嫁给老江伯这样的人，能受点教育，还可能好好改造思想。再说，她结婚后生活也有保障。这位姨太太48岁，比老江伯小一岁，但看起来十分显年轻，倒像一个38岁的女子。白皙的皮肤，红润的面色。特别是她一笑，脸上就跳出两个深深的甜甜的酒窝，让人过目难忘。

我对锦娘的印象很深，小时候，我和大弟弟都曾得到过她的关爱，吃过她给的糖果。时隔20多年的光景，回头再看这一切已像一幅褪色的陈年旧画，但她的美丽灵秀和独特的个性却似一坛封存了许久许久的佳酿，醇香醉人。

她有着一双十分好看的纤纤细手。平素，她特别喜欢染指甲，所以每年她都种凤仙花，家乡俗称指甲花。

在那个年代，染指甲的人不多，染者大多背后都被骂成妖精婆，但我反而挺喜欢看她那双漂亮的手。她每天都是光鲜洁净，再加上她有一双眉梢眼角都带着笑的丹凤眼，总是笑眯眯的样子，慈爱又不失活泼。

锦娘爱花成癖，细数起花来也是一套一套的，现在回想还挺诗情画意的。她说，凤仙花是村姑，不漂亮，但十分健康；牡丹色正花艳，富贵大方是大家闺秀；月季红是牡丹的远方小表妹，虽美却不大气；莲花太纯洁，是道姑，让人敬而远之；小黄菊花是邻家小妹，可爱可亲却很容易让人忽视。

每天，她等老江伯上班后收拾好家务，便悄悄地从她的箱底拿出用手帕包着的《红楼梦》，戴上老花镜看起来。有时，她兴致高就给我们讲里面精彩的故事，可那时我太小，只有五岁半，听不懂，只记得林妹妹很可怜，老爱哭。

老江伯不善言语，没读几年书也不识几个字，在他眼中，能娶到这样的女人，简直是天仙下凡到他家。他虽然有一定年纪了，但结婚后的他每天干活却更起劲了。其实，老江伯除了会喂猪，他还有一绝活，那就是干木工活。有时，他在干木工活时会有一声没一声地哼上一句谁也听不懂的小曲。那曲调幽幽怨怨，沉沉郁郁转而昂昂扬扬的。他的手艺了不得，小到一两个简单的小木凳，大到娶亲用的整套家具，不管是门还是框，那花纹都很匀称且对称，细刻的把手及木线，都能显出他的才气。锦娘心疼老江伯，一般都不让他接活干，她说只要平平淡淡、清清静静过日子就很满足了。

那时，每当妈妈外出办事，就将我和弟弟送到老江伯家，有时周末正赶上他在卖力做家具。我特别喜欢这个时候，在我眼中，那纷落的锯末，就像一堆晶莹的花粉，翻卷的刨花更如一片片透亮的金箔。那锯末和刨花发出的特有的纯木香气弥漫不散，我特别喜欢闻这种味道，它一直留在我的记忆中。

虽然他们过得并不富裕，吃的都是粗茶淡饭，但再不是从前冷锅冷灶的凄凉。老江伯对锦娘关心备至恩爱有加，在生活中，他舍不得锦娘干一点力气活，他几乎全包，而锦娘也是踏踏实实和老江伯过日子，几乎大门不迈出一步，默默在家操持着家务，给老江伯做点热菜热饭，两个人过得平平静静安安稳稳的。

后来，我们搬家了，离老江伯家挺远的。我渐渐地长大，从小学中学读到中专，参加工作后我就飞到异地闯荡去了，最终落脚他乡，与老江伯和锦娘断了音信。

那年，我趁回家乡之际，几经周折才打听到他们住的地方。老江伯退休后，就没在厂家属楼住，而是搬到湘江边的一个小村庄住下，他们每天种菜养鸡、种树养花的，真正过着世外桃源的生活。据说，这是锦娘的意思，老江伯对她的任何提议总是欣然答应的。

这回，我再见锦娘时，这位身材娇巧、雍容端庄的小老太太让我觉得无比的亲切。她有着73岁的年纪，却无73岁的老态，穿戴整整齐齐、干干净净、清清爽爽，一头银丝微弯更显其美丽，她和蔼可亲、反应敏捷，说起话来幽默风趣、口齿清晰。她曾历经过人生的大风大浪，而我却在她安详且美丽的容貌上，忽然捕捉到一种只属于女孩子的清静与清新，还有女孩样的轻快令我心堂明亮。

去年，从家乡传来一个消息：锦娘去世了，享年82岁。

老江伯最爱的女人就像一缕轻烟遁去，老江伯訇然倒地大病一场。之后，他挥泪锁紧了曾经那样温馨的家门，来到锦娘的墓前坐着与她说话，等人们发现老江伯时，老江伯已经断气了。

人们都说那是他太爱自己的女人，伤心过度而亡。我听后倒有几分欣慰，老江伯不再孤寂了，因为他到天堂陪他的美太太锦娘去了……

跛子李与弃婴

“跛子李”其实是有名字的，可从来没有人在乎这个，也没有人喊过他的名字，人们只知道他姓李。他是一个非常可怜的人，打出生那天起，他就没见过父亲，母亲是一个半疯癫的女人，有好心人将自己的小杂物房免费提供他们母子住。其实连她自己也不知道，当年怀的究竟是谁的孩子。孩子一生下来，她完全靠捡垃圾，硬是将这个孩子喂养到13岁。

有一天，“跛子李”的母亲突然彻底疯了，然后就神秘失踪了。“跛子李”的命也够硬的，每天他跑去大街小巷寻找生存机会，有时帮别人干点零活，讨一碗饭吃，有时跑到一些饭馆，帮忙洗碗、扫地或者倒垃圾，这样也可以换几个包子馒头的。那个时候的他还没有现在这么脏，至少两三天还洗个澡，换件衣服。他调皮但也聪明，他的手特别巧，会用稻草或竹条折小鸟、蚱蜢和青蛙等小昆虫，然后拿到学校门口去卖，别说还能换几个钱过日子。有时，一些好心的邻居乡亲们，着实看他可怜，专门送一些吃的用的给他。过早被浮世的风吹刮后，“跛子李”深深体会到现实闾巷烟火的不易。

青少年时期，“跛子李”还算不讨人嫌。中年以后的他就有些令人心烦。一天深夜，他猛喝劣质的烈酒后，大醉，踩空了楼梯，摔得很惨，右脚致残，走起路来非常难看，一些顽皮的孩子对他开始狂叫“跛子李”。他听了很受刺激，对未来更是灰心和绝望。从此，开始自暴自弃，变得又脏又臭，专门四处乱吓人。不过，只是吓唬，倒从来没有真正伤害过谁。好多人开始猜想他是不是遗传了他母亲的疯癫病。大家一方面替他感到叹息，一方面又惶恐他会不会再惹事。别人对他的吼叫他不在意了。路人都远远躲着他。

自从摔坏腿后，他的性情不仅大变，就连模样也开始突改。“跛子李”小时候长得还算眉清目秀，惹人喜欢。如今的他，瘦削，两颊无肉，更显得颧骨和嘴巴突出，满脸皱纹，眼睛斜吊着，透出一股阴冷之气，十步之外也能感受到。尤其是他身上还有一股异味，主要以臭为基调，然后各种怪味混杂。凡与他擦肩而过，你几乎需要屏住气，不然的话，就会被所谓的怪味吞噬，至少半天都缓不过劲，直想反胃呕吐。偶逢太阳天，“跛子李”竟然还会将已变成酱油色的被子，搬到阳光底下暴晒。他50多岁了也没成家，也是，谁会嫁给他呢？有时，他突发神经似的追着女孩子跑，吓得她们尖叫乱逃，他就很满足地仰头大笑，除此，他倒没干出更为出格的事。仅他身上的臭味，百米以外的人都知道他就在周围，赶快躲起。多年来，他没有找到固定的工作，四处打杂工，更多的时间，还是以捡垃圾为生。

有一天，清晨，他起得特别早，他想赶在其他人前面先

"扫"一下"宝贝"。没想到，别的什么宝贝倒没捡到，却在垃圾场中无意捡到一个女婴。好像一个多月大，白白净净的，他好喜欢，马上抱回了家。

他没有读过书，看孩子长得很白，就叫她"白宝宝"。自从有了白宝宝，"跛子李"竟然从此改变了自己的人生轨迹。他每天把脸洗得干干净净的，恢复洗澡，身上再也不臭了，甚至也不脏了。他的面庞变得慈祥，不再令人生厌。为了给孩子买奶粉，他每天背着白宝宝捡垃圾，忙得不可开交。邻居们劝他将白宝宝送人，一个大男人自己都照顾不好自己，还带个孩子四处干活太麻烦。"跛子李"坚决不答应，他愿意当白宝宝的爸爸，愿意吃尽天下所有的苦也要将她带大。大家第一次知道"跛子李"是那样的执着，像蒲草，看似柔弱，实质有坚韧自持的力量。所有人都被他的这份爱心感动，都尽可能地帮助他带白宝宝。

春天到了，柳树刚发嫩芽，他会用细细的柳枝做柳笛。让白宝宝骑在自己的脖子上，"跛子李"把柳笛吹得"呜呜"响，孩子高兴得大笑大叫的，他听后更是心花怒放的。毕竟他心灵手巧，白生生的柳条儿到他手里如面条儿似的柔瓤，银丝儿似的晶莹，编出的柳货（筐和篓）坚固耐用，又精致好看。经常拿到集市上卖，然后给孩子买衣服和奶粉。他自己从来舍不得多花一分钱，省出来的钱都愿意全部用在白宝宝的身上。

就这样，一晃过去6年，白宝宝在养父的爱中长大了。"跛子李"认为读书很重要，几乎想尽一切办法，将白宝宝送进学校读书。白宝宝是一个懂事的小女孩，真是"穷人的孩子早当家"，她小小年纪就学会了煮饭炒菜，知道心疼和孝顺爸爸。每天一放学回家，她就开始做家务活，爸爸干活一回来就可以吃到她做的热乎乎的饭菜。吃完饭，白宝宝马上收拾好碗筷，然后再给爸爸倒上一杯水，这才开始写作业。“跛子李”不管有多累，每天晚上，他都会静静地坐在白宝宝的身旁，一直陪着她写完作业后，才去睡觉。

“跛子李”的家依然很简陋，但，每天晚上，在柔和的灯光下，一老一小的剪影很温馨。“跛子李”对女儿的未来充满了向往！

都是外乡人

小路和小英是我们公司的职员，一男一女，年龄相仿，一个是厨师，一个是仓管员。

因为是同乡，他们彼此多了一分亲切和关心。每次，午餐时，只要轮到小英来打菜，小路总是忍不住给她多打点，有人给他带来了家乡的特产，也会悄悄地送给她。而小英每次发纸巾、手套、肥皂和洗衣粉时，她总是将自己的那一份分给他一半。他们不是恋人，但彼此心中都惦记对方。

曾经，公司有好事的大姐们起哄说他们是天生的一对。小路马上说他配不上小英。小英也解释，我当小路是哥哥。笑过好几次，也没有看到他们有恋爱牵手的迹象，久而久之，大家也都认为他们只是老乡中的好朋友。

其实，他们心里明白，作为外乡人在大城市打工，自己只是一个过客，爱情更是奢侈品。大家只有一个心愿：趁年轻，多赚点钱，然后回家乡。小英是无法决定自己的婚姻，她有两个哥哥，都没成家，她们村子里有一个不成文的习俗，比如她哥哥若娶了哪家女子，而这家人也有弟兄没娶亲，妹妹就要无条件嫁过去，其实就是换亲。而小路的父母为了家中多一个劳力，在他外出打工前，就为他订了一门亲，虽然还没有举行婚礼，但对方女子已经住进他家干活，算准媳妇。只等小路打工回来后就成亲。

他们都有无法言说的苦衷，彼此理解，分外珍惜，平时有分寸地交往。他们是同乡但并不同村，从小英家出发走路到小路家，至少要走三四个小时。有时，两个人饶有兴趣地聊起家乡田野的春色，那大片绿油油的麦田，那斑斓的油菜花开，那沟沿路边的野花点点，他们认为还是自己的家乡最美。能用家乡话聊天，心里有种踏实和满足感。有时聊完一个话题就对视着哈哈大笑起来。

小路22岁，眉清目朗的神情，像他老家山涧的一股清流，平静而随和。身处逆境时，他能忍辱负重，没有剑拔弩张的愤愤不平。他的力量是内敛的。他很懂事，在厨房上班，视野所及的零散活，很自然就去打理了。公司的办公室主任特别喜欢带他出去办事，他不急不躁，能心平气和地守在那里。他的厨艺很棒，有时主任家里来几个客人吃饭，他还会被主任悄悄请回去帮忙炒上几个菜。主任最看重的还是小路嘴严又懂事。

有一次，主任不知何事被公司总经理训了一顿，心里郁闷难消，在办公室待了许久才出来。这时，小路正在厨房搞卫生，善解人意的他马上给主任炒了几个下酒菜，然后静静地坐在一边陪他，给他倒酒，认真倾听。酒后的主任话多，他告诉小路，深圳这里不像外地人眼中的那种流淌着牛奶和蜂蜜的宝地，它让人又爱又恨。当年他是不甘心老待在小城，于是义无反顾地奔向深圳追求所谓的梦想。一晃20年过去了，他才惊觉自己那个生于斯长于斯的南方小城，已是回不去了。家乡四季分明，物产丰饶，人情温良，可每次他回去没几天，心里就老想念在深圳和他一起见证风雨的老友们。可儿时的伙伴、年少时的同学也是他内心最温暖的呼唤。

当小路将有些醉意的主任送到家门口时，主任破天荒地拍了拍他的肩膀说，小路，别看我当主任，其实，我和你一样，都是外乡人，我们要时时刻刻、事事处处谨小慎微……

从那晚起，小路没有那么忧郁了，他想，连这么有文化有地位的主任也感到孤独，认为自己是外乡人，那他还有什么理由再去叹气，只有更努力地工作。

是啊，这几年打工，他和小英都是心有戚戚的同乡，心中都在默默牵挂对方。他最开心的事，就是每天能在公司看到小英那张灿烂的笑脸，听到乡音。

9月的一天，小英突然辞职了。办完一切手续后，她才告诉小路，因为她哥哥打算10月迎娶嫂子，家人催她赶回去换亲，所以她要嫁人了。小路听后，心里有一种说不清道不明的痛。但小路故意强装欢颜祝福她，小英望着眼前的小路，一句话也没多说，只是悄悄流泪。小路默默地帮她收拾行李，并亲自送她到汽车站，望着大巴客车载走了小英后，小路这才号啕大哭起来，一个心灵亲近的人走了，渐行渐远。

小路长久地怅然着，明显地变得愈发沉默，甚至失魂落魄。有时候，他走在深圳的大道上，看着这么大这么多人的城市，对于他来说却像一座蒙面的空城。

到了年底，小路也辞职了。他告诉同事们，回去结婚。

老段的鼾声

俗话说，人生渺渺道路漫漫，无论怎样辗转漂泊，均还有半生红尘。但对于老段的妻子来说，老段的鼾声是与她相伴了大半生。甚至都成了她入睡前的催眠曲，哪晚听不到这鼾声，她心里反倒不踏实。

老段为了让家人过得更好，随老乡先到城里打工。记得，第一次进城，仰首望着那些鳞次栉比的高楼大厦，老段觉得头晕眼花脖子酸。对城里的交通规则也是懵头懵脑。那天他一个人横穿马路，光着膀子，驮着一只大蛇皮袋，满身灰黑的汗水在夏日毒烈的阳光熠熠发光。他很小心地避让着拥挤的人流和呼啸而过的车流。他觉得要想在城市待下来，这过马路的本事也是必备的。

很快，老段适应了城市的快节奏，为了省钱，他们几个老乡合租一房。没过几天，老段独特的鼾声让其他三个老乡叫苦连天，白天大家提醒他，老段也不断道歉，态度极好，但晚上老段一躺下，鼾声如雷，夜夜响起。不到一个月，其他几个合租人被鼾声折磨得几乎崩溃，纷纷希望他搬出去。因为第二天上班，他们根本打不起精神，昏沉沉直想打瞌睡。

照这样下去，实在对不起大家。于是，老段决定每天晚上，给大伙讲故事，先让对方进入梦乡后，他再悄悄睡下。老乡们看老段如此诚恳，都表示不妨试试。

别看老段没读几年书，聪明的他肚子里还是积累不少故事。在乡下务农时，他借抽口烟的工夫就给乡亲们讲笑话，大家被逗得笑出眼泪来，而他却一本正经且满脸的严肃样儿，这表情其实也是一种幽默。

老段第一天晚上讲的故事，就是关于鼾声的话题。他绘声绘色地把鼾声分成三大类。第一类，平稳型。据观察，一般这样打呼噜的哥们长得很斯文，甚至细皮嫩肉，和女孩子的皮肤一样。他们总是回环往复一个调子，好像小夜曲。当然，这声音柔和倒也能忍受，如果声音巨大或属高音炮，平稳型的鼾声也是无法让人入睡的。第二类，恐怖型。打个比方说吧，就好像给皮球打气，又好像是拉风箱，更可能还像西北风猛吹破窗，由远及近，由低到高，越来越猛烈。但，突然又骤停几秒。这个时候的夜啊，死寂般安静。猛然间，这位打呼噜的爷们口中悠悠地吹出一口长气，胸腔里的压力顿时全部释放。一个回合结束后，没停几秒钟，另一个回合又开始了，好像这个人是一台永不知疲倦的机器，一个晚上都在运作。声音分成三组：“呼——耷耷”，“呼——嗒嗒”，“呼——啪啪”。往往在最高音处，似天边的滚雷，撼天动地，风狂雨暴，轰然而歇，悄无声息。每次高潮处，仿佛这爷们都要快憋死去了，让旁人听着心惊胆战，忧心忡忡的。不过，也有些人打的呼不是交响乐，而是改调为尖锐的汽笛声，完全能将沉睡的人吓醒坐起直冒冷汗。若听一个晚上，可怜的听众们小心脏都快要骤停啦。

老乡们听得津津有味的，他们打心眼佩服老段真能讲故事。讲完以上两种，老段很得意地喝了口水，然后继续开讲鼾声第三类，混杂型。这种打呼噜的男人一般长得挺粗糙的，十有八九很胖，一般都有一个圆乎乎的大肚子。他先发出几声低沉有共鸣的呼噜，仿佛拉开序幕，紧接着就开始磨牙，如小老鼠。再然后就说起胡话、骂起人来，甚至在梦中与人吵架、骂脏话；有时又窃窃私语一小会儿，紧接着大呼小叫、长吁短叹，最后开始咂嘴嘬舌头，好像在梦中他正美餐一顿。整个过程，这个男人就像演一场独角戏。

三种状态说完后，老段仍眉飞色舞地总结：山东人打呼闷，广东人打呼噪，东北人打呼像虎啸，河南人打呼时似昆角。老乡们听完后，齐齐用手指着老段说，你啊你，三种类型结合进行的，章法很乱。老段憨憨一笑，说，我想，我打呼就像马戏团表演，花样多变。在场的人被他逗得哈哈大笑起来。听故事的老乡们这时仍没有睡意，怂恿老段继续讲。但凡自己打呼噜的，是听不到这“美妙”的声音。其实，老段也经历过被别人的呼噜吵得睡不着的时候。那种滋味不好受。所以面对眼前这些老乡们，他的内心是极度内疚不安。

有一年，他坐火车去北京。好不容易买了一张上铺，侧首一瞧，邻铺没人，窃喜。心想等会自己的鼾声不会近距离扰民。晚上12点一到，老段正想入睡，没想到，这位神秘的邻铺出现了，他呼哧呼哧爬了半天才爬到上铺，老段一看对方那体形，吓傻了。只见这位“邻居”至少有250多斤，他一躺下，就扎扎实实塞满了整个床铺。等他一睡着，那鼾声简直是响彻云霄，如一个又一个响雷在你的头顶上炸开花。老段这回算是：小巫见大巫。这节车厢的人除打呼噜这位老兄睡得正香，其他人都和老段一样，彻夜难眠。

老段非常理解老乡们的痛苦。不久，他主动搬出去另租单独的房间，然后，将爱听自己打呼的妻子接到城里住，夫妻一起打工。平时，他的妻子和另外几个同村的女人收废品，一次无意中听说，打呼噜其实是一种病，会死人的。她听后心里很不安，好说歹劝老段去医院看病。

医生一检查说需要住院治疗，可当时，病房十分紧张，他只能临时被安排住在过道。过道上不只老段一个人，还有许多病人住着。第一个晚上过去，早上一醒来，过道上所有的病友们都纷纷向护士长投诉：老段的鼾声太恐怖，所有人一夜未眠。护士长想尽一切办法，终于将他安排在三人间住下，他毫不客气又美美大睡一觉。第二天早上，医生查房，同屋的另外两个年轻人仍在酣睡，医生喊了半天，他们才醒，一坐起来都双双用手指指着老段的鼻子大叫，你的鼾声太吓人啦！我们一宿没睡，好不容易凌晨才迷糊一下。当天晚上，两个年轻人主动申请睡过道。因为独特的鼾声，老段终于拥有独立的小包间。住院一周，他俨然一个名人，走到哪里，从医生到病友们对他都大喊一句：“呼噜大王！”而他乐颠颠地一一接受。

看不懂的阿凌

阿凌是我和小领共同的朋友，一个清华大学的高才生。不仅有才气，而且还很有个性。在没走出校门前，他的理想一直很远大，梦想也一直很绚烂。可是当走进社会这所大学，他有着诸多不适，常常显得茫然无助。好在清华大学的牌子是硬的，找份工作还算顺利，很快有公司聘用他，所以在人才市场没受多少煎熬。

然而，在工作中，他的老板并不是伯乐，没有领略到他的旷世才华，阿凌常被一个个小下属不可一世的指教惹得心烦意乱。然后被一家又一家的单位炒鱿鱼，几乎弄得无处安身。

道理很简单，许多志得意满的人最初也得对生活俯首称臣，可阿凌就是想不开，从来不愿意委屈自己。所以有一段时间过得相当潦倒。整日，他烟不离手，常常是缭绕的云雾后面躲着一张不得志且迷茫的脸。

我和小领免不了不厌其烦地给他讲处世的原则和道理，他虽一语不发，可眼睛里闪烁的尽是愤世嫉俗的光芒。作为他的朋友，我们算是尽力了，无数次给他“免费”打气：相信机会一定会飞越无数个夜晚的栅栏，向你靠近的，加油！

当然，我们知道他对自己的才能有着充分的自信，只是心态没放好。他没有急着再找工作，只是把自己搁在廉价的出租房里，饿了就吃方便面，一个多月再见阿凌就像是弯曲无劲的公仔面了。虽说他的外表懒散不堪，似只章鱼，但我心中最清楚他那八条“阴谋”的小触角，正伸向四面八方，其实他在养精蓄锐呢。

在最低谷时，他爱上一个女孩子，经历了一次深邃的感情，虽然他很重视这份感情，可是对方没有正眼看过他，并将他的爱情包裹一股脑打折后又退回来了，这次，他伤得很重。没工作时，他不会伤心，不难过更不会绝望，可失恋却让他大伤元气，因为他不轻易爱上一个人，这次打击无疑是沉重的，他仿佛奄奄一息地匍匐在自己那份浓浓的真情上。

我们知道他心中一定苦，一定很痛。记得作家周晓枫曾说过：“初恋”的受挫就像一次小小的骨折，也许在短时间内使我们不能行走如飞，但伤好之后，会让我们更加注意看清脚下的路。

就这样，阿凌足足自疗三年，这三年他在别人眼中成了这样一个怪人：从不去舞场演练“三步”和“四步”；从不与狐朋狗友筑“长城”；从不在众人面前装腔作势地谈经论道。只是回到他的孤独中去，孤独中竟然会潜下心来研究古今中外的性文化。每次与他闲聊时，我们惊奇地发现他总是神采奕奕的，特别是一谈到他的专题研究更是异常亢奋。他说，孤独使他成为不折不扣的观剧者，更使他对命运中涉及的每一个人每一件事都有了细心的观察。他说他非常享受孤独。

我们知道阿凌不胜酒力，但每次吃饭的时候他却老想喝点酒。他不喝酒的时候样子很威风，很了不起，一醉就十分可爱，一会儿说某某的是，一会儿又说某某的非，爱憎分明。他时常批评我和小领，直恨我俩的心太软，原则性不强，对待小人却没有前去教训的举动。说着说着，他就直拍胸脯和桌子对我们说，今后要好好保护我俩。可是，每次喝完酒，总是我们朋友几个将大醉的他搀扶回去的。每次我们好言相劝，别喝太多，他态度极好，但下回又照常大醉不堪的。后来，阿凌终于萌发追女孩子的念头。这个时候的他终于等来了发财的机会，精确的计算和直觉使他在股市上狂飙突进。真是风水轮流转啊！他终于学会开始装扮自己，穿上考究的西服，开上奔驰去飞奔了。

在爱情路上阿凌也如鱼得水。“康复”后的他神采奕奕，周旋于若干情人之中，他如振翅欲飞在万紫千红中的那只高高翘起屁股的蜜蜂。每次听他谈起新欢旧爱时，我和小领就会善意地敲打他：常在花丛中乱窜，难免会花粉中毒的。而他已乐在其中了，据说还有女人为争宠大打出手，阿凌却如旁观者得意在一边观看。

不久，我和小领都先后成家了，个个忙于家务，渐渐地与阿凌疏于联系。只从其他朋友那儿得知，阿凌还没结婚，仍乐此不疲地谈恋爱，下一步他打算全面撤出股市，另起炉灶去开一家实业公司。他想不断飞翔，这当然是件好事。但我真想找一个机会告诉他，时间就是一个狡猾的猎人，我们只不过是跑来跑去的小兔子，也许跑得太快、太急、太慌，难免会把美好的东西丢了一路。

扫街女子阿花

初秋。周末，倚在窗前看外面的风景。迎面吹来的风，是清冷的。在这座燥热的城市，难以寻找到寒冷。到了晚上，这座城仍是醒的，五颜六色的灯光，灯红酒绿的魅惑，车水马龙的热闹。

命运真是一个难以捉摸的东西，尽管你使出浑身解数却难以逃脱上苍的安排。阿花初中毕业，本来可以在村里当小学民办教师，因为老公要到南方打工，她想和他一起去奋斗。因为，家中有老人和孩子要养，尤其是孩子不断在长大，他们希望孩子们将来能多点读书，不要像他们这样没多少文化。进城后，很难找到一份既轻松又工资高的活干，阿花的老公在建筑工地干苦力，而她由村里的表嫂介绍，当起环卫工人，其实也就是扫大街。她与七八个老乡们一起挤在狭窄不通风的出租房，起初，最让她不习惯的是，她和老公不能常见面，老公在盐田区，她在宝安区，一东一西。有时大半个月都见不到老公一面，偶尔见一次，也只能跑到公园里，牵牵手，抱一抱，嘴都不敢亲，毕竟周末公园里游人如织，即使是老夫老妻的他们也不好意思太过亲热。

尽管这样，“牛郎织女”的他们每个月都争取见上一面，他们要聊聊老家爸妈的身体如何，孩子们是否又长高的事，两个人吃吃快餐，说说话，牵牵手，心里仍感甜蜜和安慰。城里的日子虽然过得清苦些，但一想到每天努力干活可以多赚钱给老人和孩子们，心里就觉得特别开心和踏实。

阿花原本是一个胆特小的女人，随老公进城半年后，不常和老公在一起，她也没办法依赖老公，每次遇到困难时，她偷抹着眼泪自己克服，也不轻易告诉老公，心疼他在工地干活又脏又累又苦，别再为自己多操心。

令她难忘的是，刚扫街没多久，有一天，凌晨4点她来到街上开始工作。夜都在沉睡，仿佛只有她一个人是醒的，天上的月朦胧一片，似乎眯着眼在打盹。她一边哼着歌，一边壮胆扫起来，突然，两只野猫从树丛中窜了出来，吓得她大叫一声后，丢掉手中的扫帚，往前猛跑几百米，才敢停下来，喘着气回头一看，什么也没有，只是虚惊一场。她马上返回原处，再次拾起扫帚，开始稳稳地定定地扫起来。自从这一次，那有如大山般裹挟她整个童年的负担，在那一刻一扫而光，就像卸掉心头上的一个沉重的包袱，阿花从此不再惧怕在暗夜里行走。不知不觉中，自己变成熟了，她已经撑得住更多的惊怵和岁月的沧桑了。在心情极为沮丧时，阿花猛然顿悟，只有把自己照顾好打点好，才能够实现为家庭多赚钱的梦想。绝不要成为老公的拖累，这就是一种关心。

大半年后，阿花已经是业务骨干。后来，单位规定，为了安全起见，凌晨扫地，一般安排两个人上班。天还没亮，似乎还能看到西边的残月。街上就可以看到两个女人影影绰绰的身影。被扫过的大街明亮而清晰。

和阿花搭伴的同事李大姐年纪大她一轮，她也是随老公进城打工多年了，每次都说，这或许是在城里待的最后一年，可每次过年回家一趟，好不容易赚回来的钱如流水般哗哗地花去，年一过完，夫妻俩又重新收拾行囊再次进城。周而复始。等孩子长大、成家，满以为可以歇口气，没想到，操完儿子的心，她又开始惦记孙子。李大姐的头发花白花白，乱蓬蓬地像霜打过的发白的蒿草。而阿花毕竟年轻，头发乌黑发亮，用一条白手绢束着。很扎眼，也很美。

她们先扫街道，后扫郁郁葱葱的树边。在漫卷的浮尘和落叶之间，有时也会传来空洞清脆的一响，阿花眼里会突然一亮，那是一只金属易拉罐，她捡起它，小心翼翼塞进一只又脏又破的蛇皮袋子里。那里面都是她在工作中得到的宝贝们。

阿花戴着口罩，别人都看不清她的脸，白净的额头上连汗水都是晶莹透亮的，偶尔还能看见她清澈忧伤的眼神。城市中的人大都行色匆匆，有谁会注意到她们俩？尤其广东这边，夏天的太阳着实烤人和伤人。阿花她们能受得住南方毒烈的日头吗？虽然是一个扫街的女子，但她仍爱美。扫累时，她会静静地站在街边的花圃前看花，一副梦幻般的神情。

一晃，阿花和李大姐一起扫街三年了，阿花将李大姐当作自己的亲姐姐看待。她们彼此照顾，相处融洽。有一天，李大姐在扫地时，因想避开一辆快速冲过来的车，脚不小心崴伤了。后来伤虽然好了，但走路还是有些不利索了，于是，她辞工回到老家安心带孙子去了。阿花很失落，很不适应。每次上班错叫新伙伴为李大姐。她真的好想和李大姐一样，早点随老公回老家。她愿意守着老房子和庄稼生活，种一园南瓜，夜里坐在槐花洁白的芬芳里，听布谷鸟在空山中彻夜鸣叫，在竹影婆娑的篱笆下怀想陈年往事。她爱她的老公，她的爱简单而平实。可在这个冷冰冰的城市，虽然与老公同在一片蓝天下，但连一个牵手也变得那么奢侈。

夜深人静的时候，阿花总在想，在这些鳞次栉比的楼群里到底藏着多少不安的灵魂？她和老公这些游荡于大城市边缘的人，在别人繁华散尽之后，他们又将去哪里真正安家呢？

求婚男士

这是一个喧闹而又寂静的移民城市，来自天南地北五湖四海的男男女女，云集于此，演绎着许许多多的喜怒哀乐变幻离奇。离异4年的失婚女子娟34岁了，是一个带着6岁女孩的单亲妈妈。娟剪一头短短的碎发，显得青春依旧。特别是嫣然一笑间，白皙的脸上就露出两个深深的甜酒窝，显得格外迷人。娟生性开朗乐观，一直信奉婚姻要“随缘”。但这次终是抵不住在婚介所工作的兰的劝说，来到婚介所，在十天里经历了令人啼笑皆非的三次被求婚——

艺术家B先生

娟首先答应与B先生见面。

坐在“龙飘飘西餐厅”里，娟感到几分别扭和不安。想到如今走到这一步，娟的内心深处更是涌起几丝苦涩和无奈。这会，

B生还没到，于是，娟将那些牙签一根根折断成节排在桌面上。然后又摆放成一个个小鸭子图形。

“Sorry，我迟到了。”一个陌生的男中音响起，娟仰头一看：只见一个高大健硕的先生站在了身旁，留着一头艺术家所固有的长发。黑色套装上扎着一条白色领带，显得格外扎眼，此乃B生也。

寒暄几句后，B生招手要了两份牛扒饭。

美院毕业的B生十分健谈，且绘声绘色的。你看，B生甩了甩他那长发问道：

“你知道毕加索吗？”

“知道一些，好像《和平的鸽子》是他的作品吧。”娟附和着说了一句。

“毕加索真了不起，我很佩服！你知道弗朗索丝吗？那是他的大情人。”话闸一打开，B生滔滔不绝地谈起毕加索和弗朗索丝的香艳故事。娟听着，不置一言。

好不容易这顿牛扒饭，在B生说到毕加索的另外两位叫玛丽和朵拉的情人，为争宠而撕打起来的场面中结束了。这时，从毕加索的故事中走出来的B生，边擦着油渍渍的嘴唇边定定地盯着娟说：“嗯嗯，我今天对你的感觉不错！噢，对了，在我们正式交往之前，我必须向你坦白，我不能对任何一个女人许诺什么，因为我是一个独身主义者。但，作为一个正常的男人不能没有正常的性生活，所以我打算找一个……”

不等B生说完，沉默已久的娟马上打断他的话：“B生，对不起，你找错人了，我不是你所要寻找的那个角色！最后，我祝你早日找到你的‘弗朗索丝’，再见！”说完，娟便扬长而去。

自那以后，每每娟的脑海里一闪出那位留着长发的“正常”男人，胃就开始不舒服，仿佛曾经吞进一只苍蝇。

私营老板G先生

兰又向娟推荐了G先生，并特别介绍G生是一位私营老板。

这天，娟与G生电话约定在万丰酒楼饮夜茶。当风尘仆仆的G生出现在娟的面前，还真把娟震惊了一番：1.80米的G生瘦得像一个大的“？”，有一张苦大仇深的脸庞，让娟觉得G生仿佛是位跋涉千里，一路餐风饮露的旅人。

G生狼吞虎咽地吃完点心后，便从他那黑色密码箱中，取出一大沓资料和一个半成产品，边悠悠地打着饱嗝，边对娟不厌其烦介绍产品的质量、价格。娟听着听着，就迷糊起来，她难以相信，眼前这位G生是一位“老板”吗？多像一个唠叨难缠的推销员啊！

娟主动买了单。一走出酒楼，G生煞有介事地对娟说：“有地方住吗？明天，我想在你们这个区跑一跑，顺便找找合作商。”娟认真地向他推荐了附近好几家比较便宜的招待所。G生一听50元一晚，便摇头说：“不用了，我能不能在你处借宿一晚，哪怕是搭地铺都行。因为目前，我正处于创业阶段，花一分钱都是浪费啊……”娟一听，头皮发麻，赶忙打电话找来弟弟，硬是将G先生送至汽车站。

娟满以为这场闹剧到此该落幕了，谁知第二天晚上十二点，娟和女儿刚睡着就被G先生的来电吵醒。G生非常兴奋地说：“我想好了，我和你合作吧，只需要投资7万元，我给你70%的股份。”娟一口回绝。但G生仍不死心地劝说：“要不，再多给你一点股份，75%，怎么样？我敢保证不出一个月就本利双收了……”G生大有磨破嘴皮子之势，娟气得立马收线。

不料深夜一点半，娟再次被G生发来的信息吵醒，而这次是留言：“此时此刻你一定玩得很开心吧，令在下佩服不已。”娟莫名其妙，气得把手机关了。第二天一大早便决定把手机号码换了。

副处长K先生

娟认识某政府机关副处长K先生的第五天。那火爆三天的手机这下哑巴了。娟仔细地回忆前三天那些尚未发酵的往事，一边琢磨着：“难道K先生神秘地失踪了？”

娟的思绪又回到了与K先生初次相约的那个弥漫着古典音乐的茶艺馆中。品着酽茶，听着拥有一个聪明“绝顶”的大脑门的K先生的高谈阔论，娟肯定了对方的才学不浅。

K生也是离异之士。他用沙哑的声音告诉娟：“我有一个3岁的小男孩，孩子三个月时就没有得到母爱了……”娟一听眼圈竟然红了，仿佛看到没有妈的男孩的无助和凄凉。娟突然没有来由地对眼前的K先生有了几分好感。是啊，一个大男人既当爹又当妈实在不易。娟刚想劝慰K生几句。只见K生话题一转，低沉的语调变得悠扬起来了：“啊，娟，我真的没有想到，你是这么漂亮，身材也保持得那么好，一点也不像生过孩子的妈妈，快告诉我，你是怎么保养的？”

“谈不上什么保养，平时喜欢做做运动，跳跳健美操而已。”娟有点得意地说。

“噢？平时还做运动，真了不起，看来你的生活挺有规律的嘛，我要向你学习！今后，我的身材就要靠你来改造改造啦！”K生接着说：“唉！过两个月我就要去英国留学一年，你说我该不该去？这可是公派的，机会难得！”说完，K生用极温柔的眼光看着娟。

娟爽朗一笑：“祝贺你拥有这么好的机会，当然要去啦！K先生你也真幽默，这事怎会由我做主？”

“娟，我刚刚认识你，真舍不得你。不过，你也可以来英国看我。这样的话，你既可以好好照顾我，又可以看看外国的风情，更能提高一下英语口语能力，你说，怎么样？”K生一口气说了一大堆。

娟听完，不禁笑了起来：“那怎么可能？你以为是出一趟差那么简单，更何况我是上班一族。”

“那又有什么不可能的，你也太看不起我了。这样吧，在我出国之前，我一定给你换个单位，这样吧，就到我所管辖内的公司吧，这样你来英国看我就方便得多了。娟，明天你赶快写一份简历传真给我，我可是一个很认真性急的人啊。”K生边说边将他那滚烫的手，伸过来搭在娟那圆润的胳膊上。娟马上挪开了他的手，然后不失时机抬腕看了看手表说：“呀，时间过得真快啊！”

K生十分识趣地起身说“那我们回去吧”，不失殷勤地将娟送至家门口，再三叮嘱：“别忘了明天将简历传真过来。”

娟总觉得心里有点不踏实，当然没有传真过去。谁知当天晚上K生又赶了过来，借着咖啡厅昏暗的烛光，将简历一字一句地修改起来，改完后对娟说："这份简历我拿回去，明天叫我的打字员打印好，得抓紧时间办理，因为我这个人做事一向不拖泥带水。"此时的娟被K生的真诚所感动，先前那些不安疑虑也随之淡化许多。

第三天，K生果然将打印好的简历交给了娟，喜滋滋地告诉娟："我已经找朋友帮忙了，他们说没问题，相信过几天便有结果了。娟，庆贺一下，我们去跳舞好吗？"娟欣然应允了。

跳第二曲时，娟实实在在感觉到，K生那只放在她腰际处的手，正慢慢地上下来回游动，最后竟有意无意地碰着娟的胸部。娟顿感不妙，但尽量克制自己，没发作起来，谁知这时，K生仿佛已陶醉在浪漫的萨克斯风中，冷不丁地将那热乎乎的嘴凑在娟的耳际和脸颊上，令娟感到浑身不自在。于是，娟停下舞步借故说头有点晕，便与K生走出了歌舞厅。

走在回家的路上，K生似乎没有计较娟的"小气"，对娟的舞步大赞一番然后亲昵地附着娟的耳朵根说："我去了英国，你一定要给我写信，读信就像看到了你人一样亲切。娟，我已经决定了，我要在英国的土地上向你求婚，好吗？"娟未语。

K生接着又说："如果我能拥有你这么漂亮的女人，哪怕是一个晚上，都足矣啊！"说着，K生忘情地勾过了娟的手。

此刻，娟完全看穿K生的心意，但她并未点破什么，只是轻松地开了一句玩笑："唉！我们都老大不小了，消化功能肯定不太好，当今流行的'快餐'也吃不起啦，好东西是需要慢慢品味吧。你说对吗？"

娟从K生的眼中看出深深的失望……

不离不弃的婚姻最幸福

多年前，阿涛眼前走过一个穿着吊带衫的女孩，一只玉臂像葱白一样。她专爱穿360度的圆台裙，像童话里的可爱公主。阿涛梦想将来的妻子也有这样的美丽。

当阿涛第一眼看到她的时候，就被阿云她那一头如瀑布一般惊心动魄的秀发吸引了。两个人相恋后，他总是拨弄着她黑亮的秀发，柔柔地，轻轻地，充满爱怜。结婚后，她梳起了一个好看的髻，干净利落，娉娉婷婷，十足一个幸福的小妇人。

自从有了儿子后，阿云经常忙于老公和儿子，忽视了自己，随着年龄增长，头发不再浓黑，有时会掉发。阿涛下班回来，看到地上有头发觉得很碍眼，皱着眉头说，你能不能管好你的头发，家里搞得乱七八糟的。阿云也开始反感老公的指责，心里很不爽，两个人开始冷战起来。阿涛有时就像一只困兽，气急败坏地在屋子里乱转悠。

说实在的，阿涛也承认，当年的阿云绝对是个美人坯子。

记得初次见她时的样子，披肩的长发和粉嫩的脖颈儿，很淑女很警觉的姿势站在他的门口。一说话，就脸红，一个很害羞的女孩子，清纯可人的样子。

他也曾猜想过，也许作为妻子的阿云，一定好想回到从前的青葱岁月，和小伙伴们一起在家跳舞，一起晚上去吃夜宵。突然间，人一结婚当了孩子的妈妈，丈夫的妻子，所有的一切都在变，而自己也瞬间变老了。

之后，他们在婚姻中，不断地争吵、打架，甚至在那个罕见的大雨滂沱的腊月夜，阿云竟然第一次逃出家门。在彼此的相处中，阿涛不断向深处挖掘，试图想找到妻子容忍的极限。而阿云的忍耐似乎没有底线，老公蓄意尖刻，制造事端，想找到激怒妻子的那只撒手锏。

但婚姻中的女人明显进步快，特别是做了妈妈后，阿云学会了忍耐和爱。想激怒她，显然不是那么容易。用阿云的原话说，她已从钢变成棉花了，对方力大，只会伤害他自己。她不再尝试着与老公讲道理，而是用温柔的方式，化解了许多误会与不快，最终收到好的效果。其实，她何尝没有她自己的忧思、孤寂、苦闷、哀怨。但她明白一个道理，婚姻需要包容和爱，需要维护和营造，不是用指责和抱怨来拆毁的。

岁月是魔术师，一切皆为它的道具，或许下一秒都会有颠覆性的变化。阿云始终坚持，而阿涛后来与老婆的日复一日的磨合之中，得以潜移默化地改造。人生不是童话，不是我牵过你的手，穿过开满丁香花的街道，还会与你在终点碰头。人生有许多的不确定，前山小路，后山风雨，有些风景总不在遥望之中。

其实，真正让阿涛有一个新的认识和改变是，当他深爱的母亲突然病倒直至去世后，阿涛这才真正长大。最让他不能忘的是，妻子的尽孝，她与自己的相伴，不离不弃。

记得，那是3月，是雨夹雪而不肯晴朗的3月。母亲却在这时候病得不轻，只能长卧在床。母亲曾用坚强刚烈指引过阿涛应对所有的苦难，而今她老人家却要走向远方，阿涛感到惊惧与愁痛。虽然每个人都有走向那片最后港湾的一刻，阿涛不愿意面对和接受，在他眼里，母亲永远不倒，永远强壮。阿涛5岁那年，父亲因病去世，是母亲一直守寡带大他，送他上大学，在城里娶妻生子。阿涛多次想接母亲进城和他们一起同住，但母亲执意留在乡下，理由是早已习惯农村的生活。其实，阿涛明白那是母亲的一片苦心，她不愿打扰儿子的小家庭生活。媳妇阿云也深知家婆的心意，内心感激不已。

当阿涛看到母亲那日渐衰弱的身体时，他第一次深深地感觉到生命是什么，它正像水一样眼睁睁地从母亲的身体流失，阿涛看到的是一条干枯的河床。阿云将孩子送到自己妈妈家照看 ，然后主动提出和老公一起去乡下陪护病中的婆婆。阿云出生长大都在南方，她要随阿涛回到东北乡下。一个多月，他们两口子衣不解带地守护婆婆，更多时间，阿云在床前伺候老太太的大小便，她的眉头都不皱一下。阿涛看到眼里，感恩在心中。他再一次发现阿云的心灵比外表还美丽。

一个多月后，婆婆最终还是很平静地离开了。这时的北方，依然刮着寒风，雪花还时不时地敲打着病房里那扇唯一的窗子，好像在催促着什么，阿涛连忙拉上窗帘，想把它们永远隔在外面。淡淡的月从蓝色山梁那边悲哀地升起。阿涛和阿云凄凄地相依守护着母亲的灵，那漆黑的什物里躺着母亲，母亲的宽厚、豪爽及生生息息的劳苦哪能被其容纳下？阿涛悲苦的泪如注地浸冷了4月的夜。夜很深重很沉重，淡淡的月光从榆树的叶隙里寂寂地洒下。

生之匆匆死之匆匆，苦之楚楚累之楚楚，阿涛不知道自己能到何方再觅母亲膝下的这份浓福，谁能再给他这劳顿的心以无边的抚慰？哀思如一缕淡淡的云，绕山梁忧忧地飘呀飘。一丝丝夜风低诉着，一把把清泪滴落着，山顶的月都碎了，凄凉如水。

回家的路上，他沉默不语，紧紧握住妻子有些粗糙的手，始终不愿松开。他一直追问自己：为什么失去了才感到真正的存在？为什么失去了才追悔莫及？为什么失去了才知道应该珍视？他深思："在我生命勃勃的年月，我将加倍珍视人世间的一切美好。"

回望，仍有许多悔事，年轻时，阿涛大男子主义思想严重，与妻子不断争吵打闹，庆幸的是，这么多年的时代巨变风云变幻，他们这个家仍然保持一种人间质朴的温暖。他有一个金不换的一起变老的伴。

多年后的一天晚上，灯光下，阿涛以凝视的目光打量妻子，从前那被痴情捂红的笑靥，早已悄无声息地化作两条浅沟，流尽了青春的靓丽。这个家，她操劳且辛勤。阿涛满怀感激地在深秋那倍显柔和的阳光下泡上一杯香溢的绿茶，递到妻子阿云的手上。

阿涛觉得，在浩茫而未知的岁月面前，我们所能做的，大约只能是感念眼前、感念此刻吧。惦记他日梅边柳边，都不如珍惜此刻身边的人和事。其实，人生许多大事，都是两个人背靠背、心贴心煎熬而来的，岁月已经把两个人凝结成一个整体了。其实，只要有真爱和忍耐，人生是可以雅致的。

任性的哥俩

在快要散尽的小歌厅中，仍有两个人在耗着：一高一矮、一胖一瘦；一个留着80年代艺术家到腰间的长发、一个是干脆利落的短发；一个圆脸、一个尖尖小脸；一个在自我陶醉地一首接着一首歌地唱，一个一边津津有味地喝着酒。不用多猜，这肯定是老张和阿灿。

老张和阿灿不是什么人物，他们只是我的朋友，对我个人而言，他们是一对非常有趣而任性的哥俩。

虽然，他们从外形气质到内在性格都是“背道而驰”的，但丝毫不影响他们多年的感情，彼此丝毫没有兴趣依据自己的模板去改造对方。

老张是贵州人，圆脸庞，笑眯眯的样子十分可爱，讲话、办事稳重且方正。虽说在山旮旯里长大，当年这小子却轻而易举地考进令多少城里人都羡慕和嫉妒的中国人民大学。现在是深圳一家报社的编辑主任，去年终于告别了暂住人员的身份，真正成为

"深圳人"了，可他仍在"漂"，因为妻女还在贵州。他像一个单身汉在自由地"晃晃"。有时，真想问问他，妻女不在身边不觉得"空"吗？不觉得累吗？这或许是我这等平庸且善良女子的担忧。我知道老张有着理性的头脑和感性的心，也许是品德决定他勤勉而恭让，不知他是如何在崎岖的仕途上，保持着内心那不经磕碰的诗人灵魂。

老张为人含蓄，从不多言，即使对朋友他也像个筛子，把小粒的主意漏出来，大粒的心思留在上面。也许他的含蓄与他极强的自尊心有关，他的自尊心严密设防，仿佛穿着棉衣才能出户。

如果用几何图形来形容他，我认为他是拱形，那种平直之上的微凸，像他的性格。拱形如桥，有着极强的承受力，俗事俗物川流不息地经过他，但不会压垮他。不言语时的他如理性的中药，但只要拿起话筒，仿佛变了一个人，他那柔情的声音和多愁的表情不小心地泄露他感性的一面。曾私下与其他朋友点评他，一致认为他是个慢性毒药式的男人，内蕴丰富，有着不徐不疾的渗透力……只要你与他交往一段时间，你就会发现自己已无药可医了。好在他已婚了，否则求我当媒婆的人就更多了。

如果说老张的生活方式是工笔的，那具有艺术家风范的阿灿就是写意的。阿灿今年四十好几了，却仍是天马行空的独行侠，也许是艺术家，眼光太过毒辣，他还是个唯美主义者，令我们这些好心且好事者都无从下手，只好默默为他祈祷了。他是湖南人，十足的"烟酒生"，长得比较精致和独特。虽然不是很挺拔，但走起路来很有劲，每走一步就像要在坚实的地板上留下他对人生那独特的感叹号。美院毕业的他不甘精彩的人生就在七彩的颜料中度过，毅然背井离乡来到北京自费修起社会学。如——

不甘寂寞的他对冷门的性学产生了浓厚的兴趣，前不久，他郑重地告诉大家最近没白天没黑夜地赶写一本关于性学研究的书。我们知道他好几年没有上班了，天天都在吃“老本”，我纳闷眼下的他不着急四处找工作，却在这豪言壮语地说要写什么性学书，这有销路吗？显然他不在乎。每次听他说起他的大作时，我不以为然用微笑对他礼貌地点头，一是不想打击他，二是权当他是酒后的胡吹海侃吧。嗬，没过多久便接到他电话邀请吃饭，理由是庆贺他写的性学研究的书出版了。一跨进餐厅，见他自己先喝得满堂红且手舞足蹈的，看来是喜事。当我捧起这沉甸甸的洋洋洒洒的58万字、760幅图片的书时，不由感叹这小个子真不能小看啊，能量挺大的。难怪常言道“浓缩的是精品”。冲着他是哥们的分上，我理应好好拜读，可一翻开，那些一如顶级片的图片令我这张老脸红透了，但面对他那么辛苦的劳作，不看又仿佛对不住，就打算作为夫妻间的床头书吧，谁知却遭来老公那惊诧的眼神：俺夫人难道开始对女人感兴趣了？因为阿灿这本书是大谈女阴的种种。于是，我只好将它藏起来，不仅要防着老公迷惑的眼神，还要防着家中老人和幼儿那脆弱的心。唉，这可怜的书啊。后来，听阿灿自己说，他一朋友的老婆竟然操起此书，把它从十几楼的窗口扔出去，瞧，他对自己 “产品”的遭遇没有半点难过和生气，当时说得兴高采烈、眉飞色舞且津津有味的，好像在说别人的故事。他的自嘲时常令小肚鸡肠的我感到汗颜。

与老张的寡言相比，阿灿就显得太闹了。每次酒过三巡，他的嘴就像漏斗儿，快人快语口无遮拦，而我们只能是听众了。说实话我就最佩服这家伙有一特长，他一口菜不吃，只要有尖庄酒就足矣，不管喝多少，以至于醉了，他都能一个不落地对每个人进行一番点评，当然都是赞美和鼓励的话，其中最为经典的一句话，也是他每次必讲的一句：幸福的人总是幸福的。虽然内容没有一点新意，但作为他的朋友，我们总是善意地大笑一番后照单收下。每次收场，他基本上将尖庄喝了一大半，这个时候的他还很清醒，甚至可以准确找到家门，如果喝完一瓶就难讲了，当然他从不承认自己的酒量有限。可他多次创下醉倒在路边睡到天亮的纪录，可怜的老张没少背他回家。后来朋友们对他进行深刻的讨伐后，他开始变乖了，朋友聚会散后，他回到家再喝完余下的酒，哪怕大醉也无妨。

虽然，我对这对哥俩的现状还有几许担忧和不满意，但我始终相信有才华且善良的他们明天的生活会变得滴滴香浓，意犹未尽。

卸下面具最轻松

在农村长大的桂华，当年以优异的成绩考上大学，走出山村，成为村里唯一的女大学生。她是我大学的室友，瓜子脸，长得很纤细，说话柔柔和和的。她不合群，性格比较孤僻，偶尔喜欢和我聊聊天，交往不算深，但她视我为最好的朋友。

大学毕业后，我们都忙于自己的工作和家庭，很少来往，断断续续得知，她为了出国深造竟然选择与一个外籍男人假结婚，成功得到绿卡，在美国混了几年后又兜转到上海，之后，我就没有听到她的任何消息了。

前不久，突然接到桂华打来的电话，她回深圳了，声音沙哑苦涩，不再柔柔甜甜，细算一下，我有九年没见过她了，她的声音变老了。

一见面，她的模样着实吓我一跳，又黑又瘦，眼部皱纹如蜘蛛网似的覆盖，我都不忍多看她几眼，我惊愕岁月无情。不难想象，这十年，她的确过得坎坷。更让我吃惊的还是她的性格，以前文静寡言的她现在一开口就滔滔不绝，别人休想插话半句。从她口中，我知道她在国外几经周折，后来又到上海创业，经过奋斗，她拥有一家规模不小的公司，事业搞得红红火火的。后来由于投资不慎，公司最终资不抵债倒闭了。于是她决定重返深圳，希望东山再起。面对她目前的身体状态，我好心相劝先调养一下，不用急着创业。和她聊天近一个小时，我才有幸说上这么一句话。

她说，不可能停下来休息，她必须争分夺秒去干事业，因为她习惯那种威风的感觉，若隐退，不甘心，也会很痛苦的。为了她心中的事业，47岁的她至今仍在独身。

桂华毕竟能干，拥有积极向上的生活态度和坚忍不拔的意志，很快就在深圳找到新的合作伙伴，开始新的项目创业。我是一个生意盲，所以从没过问她的生意。偶尔通通电话，很少见面，她常常出差，全国到处飞，她戏称自己就是一个“飞人”，有时候，一天都在飞机上来回折腾好几次。听起来，我都觉得累。我想，一个人不思进取当然不行，但若像上了发条似的机器一样运转，也实在不可取。

一年后，她给我传来好消息，她的公司形势一片大好。真为她高兴，借机我提醒她，生意重要，身体更重要，还希望她也该考虑婚姻大事，她说很享受当下。我只好无言。

有一次，大学同学聚会上，聚会的主题原本是“答谢恩师”。两杯小酒下肚后，她没把握好火候，也可能觉得自己事业小有成功，所以趾高气扬起来，其风头比在座的每一位老师都强劲，我急得直扯她的衣角，扯了半天她都没任何反应。反而她说的话更稠了。只要有人提出任何一个话题，她都显出自己在这行是专家，明明是外行，却认为自己对绘画、建筑、考古乃至收藏都有极独到的见解。好好的答谢恩师宴就变成她一个人的演讲会。老师们纷纷提出有事先告辞了。这时，我发现同学们也在躲她，借故上厕所一个个离场，最后，只剩下我一个人静静地坐在她身边，听她兴奋地演讲着。

听着听着，我也迷惑了，如果一个人到了刚愎自用、唯我独尊的地步是不是有些不妥？女人若将温柔丢失得一干二净的话，不仅将男人吓跑，连女性朋友也会吓跑。

人生如抛物线，忽高忽低。又过一年，她打来电话，因为与合伙人意见不合闹翻了，公司散了。她还告诉我，她终于病倒了，在医院准备动手术。

周末的一天上午，正下着雨，我买了一束鲜花去医院看她。她很虚弱，一见到我，她就在掉泪，这是我第一次看到她哭的模样，让人心疼极了。以前的她总是好强地硬撑着，一切喜怒哀乐都深藏着，生怕别人看不起自己是农村的孩子，内心有抹不去的自卑，所以她暗暗下定决心要很努力，要不断地证明自己不差，就这样在好强中累垮自己。

其实，好傻的桂华，她该知道，卸下面具做真实的自己，和自己交朋友是最重要的，只有这样，宁静喜乐的幸福才会与你相拥。

当我从医院走出，外面停雨了，天空竟然出现了彩虹，很美。我相信桂华经历过这些坎坷，也一定会雨过天晴。

找妈妈

月光如水，静静地流泻在阿华的身边，他深感心沉水底的清凉，如今，他愈来愈对妈妈有无尽的思念。记得，也曾是在这样一个月色融融的夜晚，他的妈妈一个人去了他乡。

阿华本来算是一个幸福的孩子，从小长得可爱，双眼皮大眼睛，特别爱笑。当年，他的爸爸妈妈还是很相爱的，生下他和弟弟后，两个人齐心协力努力干活，一门心思想把这个家搞得更好。每天，他们仿佛都有使不完的劲去找活干。而阿华小小年纪也很懂事，看爸妈那么辛苦，也会主动帮着做一些家务，并主动挑起照看弟弟的责任。等到父母忙完回来，他和弟弟都会被奖励一个大大的甜甜的棒棒糖。阿华觉得好幸福，每一天都是糖的甜味。

可是，自从阿华的爸爸迷上赌博后，一切都变了。父母开始天天吵架，最终离婚了。阿华的父亲不准他妈妈带走一个儿子。过了两年，妈妈改嫁他乡。从此，8岁的他就成了小大人，很快成为父亲的帮手，每天需要干许多的活，包括煮饭炒菜、洗衣刷碗，然后还要洗一家人的衣裤。

有一天早上，阿华和弟弟随父亲去赶集，小孩子爱看热闹，任何东西在他眼中都是那样的稀奇，不远处，有几只会说话的鹦鹉吸引了他。他放开爸爸的手，径直地走向那里，等他逗了几下鹦鹉，再转过身一看，爸爸和弟弟不见了。当时人多嘈杂，大街小巷太雷同，阿华迷路了，找不到回家的路，他成了一个走丢的孩子。

阿华一路哭着，揉着眼睛、抹着泪水，只觉得前面万丈的漆黑，在极度的惶恐中，他瞪大哭得红肿的双眼，在人来人往中搜寻，他多么希望看到爸爸和弟弟的影子。任凭他如何焦急和哭喊，从上午找到日落，他就是找不到家人。夜色袭来，他更像一个孤独的野猫无助地蜷缩在大街的某个角落里。他的眼泪已经哭干，此时此刻，他特别想念妈妈能神奇般出现，他需要妈妈的拥抱和爱。阿华又想起曾经有妈妈的家，每天都是香甜的。如今他更是可怜，成为流浪儿。好在是夏天，白天找爸爸和弟弟是又惊又恐又累，晚上疲惫之极的他歪倒在路边就睡着了。

第二天，幸运的阿华遇到同村的一位婶婶到镇上卖菜，他随婶婶平安回到家。他满以为，昨晚，爸爸一定会四处焦急地寻找他，一见到他回来，会很高兴地搂着他，但这只是他的幻想。爸爸压根就没有找他，见到他的第一句话就是：“你这个家伙，昨晚又躲到哪里贪玩去了，看我等会儿不揍你，快快快，洗衣服去！”阿华一夜惊魂未定的心变得更加冰凉，他一边流着委屈的泪一边洗着衣服也一边心想，如果昨天妈妈知道他丢了一个晚上，相信妈妈一定会发疯似的去找他，一定会着急地哭喊他的名字，一定会在找到他时，紧紧拥抱自己，很久很久。

阿华太想念妈妈，梦中常见到她，因为他已经两年多没看到妈妈了。他在想，哪一天，他一定要悄悄去看看千里以外的妈妈。

不久，阿华的爸爸也结婚了。他和继母都是麻将迷。他们只要赚到一点钱，就沉迷在麻将中，然后，将两个孩子反锁在家中。从开门声，阿华就可以判断出，爸爸是赢还是输。若开门声是温柔的，还吹着口哨，伴着笑声，那一定是父亲赢了，有时还会给他们牛肉干吃；如果门半天都没打开，紧接着就是踢门的声音，那两兄弟就等着挨骂吧。没有理由，也无须理由。他们就无条件成了受气包。阿华觉得，只要爸爸这时走进家门，巨大的恐惧感沿着后脊梁缓缓往上爬，直落心里沉下来。然后就是受到他青筋暴叠的指责。有时，父亲一个人去打麻将，继母在家待着。他们如受惊的小猫，继母叫做什么都马上乖乖地去干，不会有半点怠慢。尽管这样，只要父亲一回来，继母马上歇斯底里地做一件事，将父亲不在家时阿华兄弟俩所有的“劣迹”一一细数给他听，结局是他俩又迎接一顿挨打。

阿华他们被打的事，很快被邻居们传到妈妈的耳中，虽然她人没法回来，但她会想尽一切办法，托老乡们捎回一些东西，比如吃的、用的。阿华每次穿上妈妈买的衣服，高兴劲可以持续大半个月。

终于，在一个小雨霏霏、湿人衣衫的日子里，他随着邻家哥哥去找改嫁他乡的妈妈。妈妈住的地方，根本不通汽车，全是山路。他和好心的大哥哥被冷得直打寒战。其实，纵使晴明无雨色，入云深处亦沾衣。阿华手里捧着他送妈妈的礼物，那是妈妈最爱吃的煨盐土豆。

暮色中阿华的身影伶仃瘦小，一片孤独。村庄、远树、田界、草地，都是陌生的，不知要走向何方，才能看到妈妈。好在还有大哥哥陪伴着。走了5个多小时的山路，他终于在一家燕子瓦屋前，敲开门，看到两年多没看到的妈妈。

打开门，冷气袭人，毕竟是初冬了，风里带着凛凛清寒。那个冷，让阿华喷嚏连连，十指僵硬如木，夹筷子不牢。阿华抱着妈妈哇哇大哭，泪水汹涌而出。阿华在妈妈这个家住了一周，虽然吃的是粗茶淡饭，但只要能待在妈妈身边，他都觉得心安和幸福，连续几个晚上做的梦都是甜的美的。

开春的时候，阿华的妈妈亲自上门找到阿华的爸爸商量，她要将儿子阿华带回身边。终于谈妥。一路上，阿华哼着歌随妈妈回家。

心灵更美的健美教练

女友们聚在一起，除了谈家庭、谈孩子也谈美男。提到哪儿的美男出名？答案是五花八门的。虽有“米脂婆姨绥德的汉”的说法，尤其是以米脂美女代表貂蝉，绥德美男代表吕布为证。我却认为，云南剑川的男人是绝对的美男子。

剑川男人七尺昂扬，身板俊雅、面颊饱满、鼻梁挺拔，浓浓的剑眉梢至发际，一双大眼睛微微凹下去，聚两池智慧两池才情，眸子亮而灵动，浑体刚柔兼济，使女人望一眼都会心跳加速。

我认识的人当中，阿皓就是一个剑川男孩，一个26岁的、很有魅力的健美教练。他不是成熟男人，却是一个脚踏实地工作的人。认识他，正好他是我们团队的健美教练，面对我们这些大姐们，他没有半点不耐烦，有时为了一个小动作，他不厌其烦地教上十几遍。阿皓不仅有耐心，而且还很有修养。他的笑容让人感到温暖，他除了鼓励就是赞美，让我们自我感觉良好，跳起健美操来特别来劲，半年下来，减肥的效果十分显著。于是，大家提议以AA制的方式请阿皓教练吃饭。就这样，我们与阿皓有了交往。赴约那天，我们第一次看到阿皓穿着休闲装，更显俊美。果真是一个美男子，他喜欢坚持自己的穿衣风格。面对这样一个有品位、有自知、有追求的男孩，即便不开口言语，他的优雅帅气也有如锦衣夜行，无从遮掩的。

他还告诉我们，除了晚上当健美教练，其实他白天在一家公司上班，同时还利用有限的业余时间读书，为自己充电，他意识到只有不断地充实自己，才能成为真正有实力的男人。

由于我经常出差，去健身房的次数渐渐减少，但断断续续从女友们口中得知，阿皓的女朋友是一个瑜伽教练，身材修长，人长得很漂亮清爽，他俩站在一起真是一对金童玉女。再后来，又听说，他们回老家结婚去了，回不回深圳还是一个未知数。

时间向来就是薄情寡义的，久而久之，我将阿皓教练淡忘了，听说他离开深圳时是深秋，一个五彩缤纷的季节。

转眼间，秋去冬来。说实话，深圳的冬天一点也不寒冷，但只要10℃以下的气温，我以前的冻疮就不请自到，当温度上升，其实不用抹任何药，冻疮自然又好起来，我常自嘲，这家乡的“特产”真是年年见啊，这也成了朋友圈中的一小笑话。

眼看又要入冬了，我有些惶惶然。这天周末，我的手机意外地收到一条短信：“远方的姐姐，冬天快到了，我在家乡专门为你找到一种治冻疮的特效药膏。过几天，我将药膏寄给你。阿皓。”

这则短信，让人温暖。近三年没有他的消息了。没想到阿皓竟是一位细心的小男孩。原来，以前在健身房，我曾与女友聊过我那可爱的冻疮，没想到阿皓就默默地记在心中了。

不久，我就收到他寄来的小药膏，我专门给他打了一个电话，这才得知他的故事，内心受到撞击般的震撼：本来阿皓和妻子打算结婚后，还会再来深圳闯荡的，但是在婚礼的前一天，一场突如其来的灾难降临到这对新人身上，他和妻子去购物的途中发生了车祸，他还好，只是右手骨折，但他的妻子却成了植物人。有人劝阿皓放弃这段婚姻，因为他还年轻，人生的路还很长，怎能长期守候一个植物人？阿皓一口就回绝，并将婚姻进行到底，至今，他一直守候妻子身边，天天给她说话，有时读故事给她听，他愿意与她共度每一天。他坚定地告诉我，他相信，总有一天，在他爱的呼唤中，他的妻子一定会醒过来的。

电话的这一边，我早已泣不成声了，我知道所有的语言都是苍白无力的。我真想告诉他，阿皓你在我心中，绝对是最坚强的男子汉！我愿意相信并祈祷，你的妻子一定会醒来！我等待好消息传来的那一天！

都是帅惹的祸

阿峰是我的女友小月的男朋友，1.75米的个儿，高鼻梁和轮廓分明的唇，当过兵，全身透着英气，让人赏心悦目。阿峰浓眉小眼竟显得格外帅气，这让许多女孩着迷。

正因为这样，小月对男友很不安，常冒酸气，内心常涌出浓浓的不自信。其实，从外形到内在小月都算是上乘姑娘。作为小月的好朋友，我没少看到小月的笑和泪，当然也义务承担起她情绪的“垃圾桶”。

的确，阿峰的魅力不仅仅是外表，他还有一“绝活”——弹吉他。吉他一握在手，他自我沉醉的神情几乎与音乐融为一体了。比如，《秋蝉》、《红河谷》及《三月里的小雨》等歌曲，他边弹边唱，不时小眼睛流露出多情而忧郁的眼神，旁人不醉都难。而小月难免成了许多女孩子嫉妒的对象。

自阿峰跑业务后，关于他的传闻更是不绝于耳，他每到一个地方，开拓业务不出一个月，准会有当地的女孩子找上门想与他聊天，想听他弹吉他。

不久有传说，镇长的千金小姐阿妙对他情有独钟，她还是一个才貌双全的女子，对阿峰很痴迷，有点穷追猛打的劲儿。小月听说后心神不宁。因为她太爱阿峰了，整夜不睡觉都在胡思乱想。那段时间，忙坏了我这个倾听者。当时，我还没谈过恋爱，不知道出主意，只能给她递递擦泪的纸巾，然后装着很成熟的样子说："既然你选择他，就要无条件去相信他。"

长大后的我觉得这话多么幼稚，爱情中的男女似乎都昏了头，处于发高烧状态，没有理智。爱情本是自私的，年轻时的爱情更是单纯、简单和直接。爱一个人就想和对方时时刻刻相守在一起。

记得，我好像还对她说过 "用人不疑，疑人不用"的大道理。无论我如何劝导，作用都不大。最后，真性情的她竟然请了几天假，足足坐了7个多小时的大巴，由于晕车，小月一路呕吐，很辛苦地来到阿峰工作驻点的小镇。她想当一次神秘的"猎手"，试图寻找阿峰艳遇的蛛丝马迹。

用小月的原话说，这一趟尽管很累很苦，但很值得。因为她见识了阿峰精彩的一面，也找到情敌阿妙。在镇上，几乎所有的妙龄女子，都知道这里有一个叫阿峰的男子。人俊，吉他弹得好。阿峰俨然成了小镇上的明星。

在没见到阿妙前，小月认为小镇上的女子能美到哪里去？不过是"山中无老虎，猴子争霸王"。可见到阿妙后，小月算是打翻了五百年的老醋坛子。与她一席话，城市来的小月倒成了乡下妹子了。本想前去兴师问罪的，谁知对方落落大方地解释，她和阿峰仅是谈得来的一般朋友，并申明自己已有未婚夫。希望今后能与小月成为好姐妹、好朋友。小月仿佛吃下一颗定心丸，喜滋滋地安安心心地又坐上7个小时的长途客车，晕乎乎地回到家中。

阿妙还真是知书达理，从小镇回来后的小月收到她的几封来信，在信中，她常祝福小月和阿峰永远幸福。没过多久，阿峰从小镇调回厂部工作。小月每天都可以看到男友，心里可踏实了，有结婚的打算了。我真替她高兴和祝福。

谁知，一天晚上，小月抹着眼泪来到我家。原来她和阿峰又闹翻了。起因是一封信。那天午休，她闲着没事去收发室玩，顺便帮忙分发信件，谁知出问题了。她一不小心逮住那个镇长的女儿阿妙写给阿峰的一封信。她很伤心地认为，他们的交往绝对不正常。如果正常，为什么他们不正大光明地通信，非要偷偷摸摸？

起初，我都听糊涂了，后来才知前因后果。原来信封上的收件人名字并不是“阿峰”，而是阿峰的一位好哥们的名字，但酷爱书法的小月对字体的辨认力很强，她一眼看出这是阿妙的字，尽管寄信地址写的是“湘江河畔”，聪明的小月一看邮戳就一目了然呢。小月断定阿妙在用障眼法与阿峰悄悄通信抒情。小月拿着信马上找到阿峰质问。没想到阿峰装得很镇定地说这不是他的信。气愤至极的小月不管三七二十一撕开那封信，信的开头：“我日夜思念和深爱的峰”……

小月没有心情看完，随即将信撕得粉碎，然后狠狠地砸在阿峰那俊美的脸上，哭着跑开了。后来任由阿峰如何解释，这封信如一把无情的剪刀剪断了他们的恋情。从此，小月不再见他。

我是小月的老友，阿峰找过我好几次，他一再申明，他和那位千金小姐是清白的，是一般朋友，尽管阿妙一厢情愿地爱他，但他对小月真心实意很珍惜的。正因为不想让小月受伤害，所以才采取这种方式通信，谁知弄巧成拙。

分手后的小月，很快和一个相貌平常却死心塌地对她好的男人结婚了，日子过得平淡幸福。阿峰也没有和阿妙在一起，从此他却彻底陷入不断的艳遇中，他终日泡在情场、歌舞场、名利场中。多年后再见他，只能惊叹男人也迟暮，只见他眼袋藏寒，角纹蕴冬。他原本是一块好料，我想，即使才高八斗，如果不会把握自己，游戏人生，也会被人生所捉弄。

我真为阿峰可惜。

脚下就是梦中的家园

凡认识阿宇的人，都会这样评价：低调、深沉、腼腆、斯文、沉稳、儒雅。除此，他还有绘画、写作、作曲、写词、摄影、唱歌、跳舞等特长。这无疑告诉我们，他是一个热爱生活的人，一个多才多艺的人，一个让人羡慕嫉妒的人。

也许，一个太有才的人注定是孤独的。因为孤独，他的内心是丰富多彩的。

阿宇儿时内向而寡言，当他会握笔起就喜欢画画，即使在路边捡到一根小树枝，他也会在地上认真地画上几笔。地上的小鸡、天上的小鸟和水中的小鱼都会成为他画中的主角，他家的墙壁上布满了他的“杰作”。可他的父母并没有引以为荣，因为那个年代的口号是：学好数理化，走遍天下都不怕。一看自家的娃娃不爱数理化，却深深迷上画画，反对是坚决的。于是，机灵的他从明处转入暗处去画画。就这样，居然一画就画进了美院，从此，他凭借画画的才能走遍天涯。因为画画，让他顺利找到安稳的工作，告别漂泊。

对于阿宇的画，我不敢妄加评论，因为我是门外汉，只看热闹，喜欢按照自己的喜好去欣赏。凡丰富的色彩，在我的眼底，全幻化为斑斓的树叶，一如秋的舞者，那么浓艳、活泼而不可把握。那浓郁的温暖，又像春日明澈和煦的阳光。

偶读他的文字也是喜欢的，从内容到形式，如画般丰富多彩，我为其朴实端秀的内质所感动，画是色彩，文字则是他另一种的表现力。色彩是宣泄，线条是隐忍，也算是内涵。

平日的阿宇似乎沉默寡言，没有幽默风趣，一旦音乐响起，他跳起舞或唱起歌来，立马成了立体的且感情饱满的男人，他写的歌词，深情款款，题材广泛，写家乡、写祖国、写深圳、写少数民族、写父老乡亲和儿女情长……

绘画、作词、作曲、写文章，阿宇样样都不逊色。画画是他的专业，好，似乎顺理成章。我最欣赏的是他的散文。当清新、沉静、有内涵的文字出现在眼前时，触动着我的心灵。特别是他写家乡的那一组文章，祥和、宁静而悠远，美丽得让我有些疼痛的感觉。我知道这疼痛来自作者对被描写物的深切抚摸，来自作者人生的怀想。故乡大地的一草一木，都融入了他的心灵，化成了他的血液。

阿宇写游记和人物也让人眼前一亮，笔下的自然是恬静、清幽、安详的，语言是典雅、明丽、简洁的，他笔下的人不号叫，不愤怒，不冰冷，像一个人站在远远的山头上，俯瞰到的那条远逝的河流，舒缓、平静……

纵观他的画和文，不难看出，他正自觉和不自觉地想构筑一个理想家园。这个家园是纯绿色的，至真至美至善，它似乎已经深深地印在他的心中。这一家园像一片自然的绿地，但又不尽然，我想，应是他的心境，心境中那片四季常绿的梦吧?

正如有句话说得好：人生有涯艺术无涯。他坚持艺术理想，他的内心深处怀有一种强烈的回归大地、回归自然的梦想，所以，若能听幽谷的潺潺水响，若能常常看落霞散淡成烟，则是他所向往的理想生活。在油盐酱醋般的日常生活中，他显得那么格格不入……他只想逃，逃得远远的。

可往往，现实与理想总是一对冤家，矛盾总是相伴左右。他寻找的家园到底在哪里？抑或根本不在自然里，也不在现实中，更不在他的艺术里，或许只有在他的理想中，在他的梦境里吧!

他曾说过一句话："我所有的快乐都来自于美，感受美、发现美是我一生的追求。"其实，在我们的身边，美的东西无处不在，如果仅用眼睛看还是远远不够的，只有用心去慢慢体会，那么美才会真正显现出来。

希望阿宇能以从容淡定的人生态度走下去。他梦想的家园其实就在不远处。

孝子阿波

阿波的父亲曾读过几年书，识得一些字，在乡亲们的眼中他还是一个有文化的人，所以有眼光的父亲一心想送儿子多读书。阿波姊妹六个，他是老小，父母最宠爱他，五个大姐没读几年书就纷纷回家务农供他一人读书。

当年，上大学需要村干部推荐，然后全村人打分才能读成。按照他的成绩是完全没有问题的，但不巧的是村长的儿子和他同龄，也想上大学。他只能再等机会了。于是，高中毕业就去当兵了。

阿波觉得自己就像一个容器，吞咽生活所谓的苦难，面对困境，他愿意做一个哑者，用沉默消解，这样的沉默不是消极，而是更为务实和清醒的态度。他在部队几乎用一丝不苟的态度面对每一天，非常积极地工作、学习，很少回家乡，他告诫自己，当他回到家乡时一定是出人头地之日。部队中的阿波是幸运的，因为爱学习，加上勤奋，如愿考上军校，成为军官，转业时，分到当地市一级政府机关工作。阿波完成了一个华丽的转身。乡下的父母及姐姐们都为他感到骄傲，乡亲们更是羡慕不已。城里的他非常忙碌，就更少回家乡。

阿波自从成家后，当爸爸那天起，儿子生命中的每一个细节都将是无法复制的灵感。有了孩子后，角色的叠加，现实的亲历，方知为人父母的辛苦。他认为在成长的历程里，必须经过岁月的流逝，才得以体会到人世间这最珍贵的情感。他觉得自己这么多年，只为自己的理想或梦想打拼，而对父母的关注太少了，曾经自认为自己是孝顺的，努力变得更加优秀就是对父母的回报，但现在他的心开始隐隐作痛，对父母感到极度亏欠。

年迈的父亲偶尔给阿波写信，信中常鼓励他要多写好文章，这殷殷嘱咐一如当年父亲送给阿波的手套，时时熨帖温润着他的生命。对于阿波来说，每次读父亲简短的来信，能让他在事务繁多无暇他顾的日子里，感到十分慰藉，温馨的细节填充了心灵的荒芜。父亲的来信不常有，所以，阿波更愿意多给父亲打电话，向父亲汇报工作、生活和学习的情况。老父亲的声音洪亮，阿波特爱听，也更觉得心安，父亲也乐在其中。

可是，突然有一天，父亲那么动听的声音，阿波没法听到了，因为父亲今后不能用喉咙讲话了。他老人家患喉癌而且一发现说是晚期，阿波得知后，完全不能接受这一事实。他跑遍了本市大大小小的医院，咨询了众多专家教授后，阿波毅然地决定为父亲动手术。值得庆幸的是，手术非常成功，可父亲的喉咙却再也发不出一丝声音。手术后，一段时间，父亲的脾气变得格外暴躁和不安，年轻的时候他是那样爱讲话、爱唱歌，如今却成哑巴。

由于需要细致的护理，父亲被阿波当医生的表姐接回家，搬到另一个城市居住。打这起，阿波不管工作多忙多累，每天晚上都分别给表姐和父亲打去电话，关心父亲的身体状况，同时对父亲仍像往常那样，认真汇报自己的工作学习情况，虽然电话线那边的父亲是沉默无语的。阿波天天坚持这么做，他觉得这是他和父亲一个温馨而美好的守候。

有一天，阿波想，父亲虽不能说话但能听能看能写。于是，阿波便挑灯独坐为远方的父亲写信，每周一封。这回阿波犹如捡了宝似的喜滋滋地告诉朋友们："嗨！这下可好，我终于又找到了父子相互交流的好办法了。"

这段时间，阿波真正体会到父母老了。如今父亲成了无言的父亲。再看看母亲曾经飘逸乌黑的秀发，现早成了稀稀拉拉的白发，如同秋收后，晚秋时节庄稼地里残存的零星庄稼秆和枝叶，苍白、干结、稀疏。

无意中，阿波知道母亲很想看看大海。于是，在母亲节这一天，阿波请了一天假，亲自驾车载着母亲，在险峻的弯弯山道中穿行三四个小时，来到海边。在金黄的海滩上，阿波牵着母亲的手慢慢地走着，不时还拾起一枚又一枚漂亮的小贝壳放在母亲的手中。此时，阿波仿佛又回到了快乐的童年时代，妈妈牵着自己的小手在海边嬉戏、奔跑。而今却是自己用那双大手紧紧地握住母亲的手在海风中散步。母亲笑了，母亲那张已不再年轻的脸顿时如绽放的花朵，笑得那样美丽、那样满足。

第五辑

风起的日子

穿过坎坷岁月的女医生

昆明一年四季如春，而在白薇心中，她人生中最美好的时光，早在那一个冬日凝固。从此，她仿佛一直生活在“冬季”。

昆明军区对白薇来说，这是一个既浪漫温馨又痛苦绝望的地方。在这里，她与丈夫林立勇相识相爱；也是在这里，令她痛失爱夫，肝肠寸断。

那时，白薇是军区某医院的护士长，说一口杭州的软语，人长得白净，有一双会说话的大眼睛，那甜美的笑容让所有人见了她都忍不住称赞她是美丽天使。她的丈夫林立勇是一位年轻的军官，山东青岛人，长得高高大大，说话字正腔圆，声音响亮，直透人心。他们走在一起，令许多人驻足回眸，也被同事们称做“金童玉女”。这是她感到最幸福的日子，她愿岁月静好，青山常在，绿水长流。

可是，在那个风雨交加的春夜，一切都改变了。生命的衔接传递，转眼间，竟成了这样一种让人唏嘘的岁月蹉跎。就在那一天竟成了她与丈夫的永别之日。白薇心里还有许多话没来得及对他说，还有许多梦想没有去实现，可统统都来不及了。

事情来得太突然了，缘由是林立勇的上司突然被神秘暗杀，有人怀疑是他所为。林立勇深感奇冤，可当年时局复杂，一时无处申诉，刚毅正直的林立勇决定自杀以示自己的清白。

自杀前夜，林立勇只对妻子白薇说，明天，他接到一项重要的任务，可能要出远门很久很久，甚至随时都有生命危险。他暗示妻子，若他真的发生意外，希望她要远离大城市，最好去遥远的地方生活，改嫁给农民。白薇听后很愕然和担忧，她明白部队的纪律，不便多问，她相信自己的丈夫，稳重的林立勇办事一向严谨，出此下策，可能是迫不得已或身不由己。林立勇还对妻子说，今后无论发生什么事情，他希望白薇都要好好活下去。最后他安慰她，请相信一旦他有机会，一定会前去接回白薇。白薇眼含泪水点头。

那晚，他们其实都彻夜难眠，为了不让妻子过多忧虑，他故意装睡，甚至假装打呼噜。他始终能感觉到自己脸上有几滴暖暖的、痒痒的水珠在蠕动，仿佛荷叶上晶莹剔透的露珠在风中轻轻跳跃。他真的不想惊动妻子，更不忍去伤她的心，他知道那是白薇的泪水。此时，林立勇的心正在滴血，他是多么舍不下自己的娇妻。

林立勇一方面安抚妻子，一方面对警卫员小张交代，告诉对方，若自己一有不测，请小张保护好他的妻子白薇，带她尽快远离城市，改嫁老实厚道的农民。

当安排好这一切后，第二天，在一个风雨交加的冬夜，林立勇在办公室开枪自杀了。白薇得知后，悲痛欲绝。她绝对相信自己的丈夫是清白的，她暗暗下定决心，无论将来面对多大的苦难，她都要顽强地活下去，因为她要等到丈夫洗尽冤情的那一天。

当时，因为时间紧迫，警卫员小张突然想起湖南乡下，他那个大龄且长得不太好看倒也善良的亲哥哥张狗娃，于是他按照军官的遗言为白护士长操办婚事。事先只对自己家里人说起这个事，没想到乡村干部组织全村人，敲锣打鼓放鞭炮迎接白护士长，并顺顺利利热热闹闹地操办了婚事。对于张狗娃来说，这门婚事简直是喜从天降，从那起，他几乎天天乐得嘴合不拢。

由于张狗娃是地地道道的农民，身份可谓又红又专。所以尽管白护士长的前夫政治上“有问题”，但自与张狗娃结婚后，白薇就意味着已与前夫划清了界线，白护士长高贵、优雅、和蔼可亲，人们都喜欢她。当地村干部也从未为难过她，白薇在区卫生所由护士进修一年后改为妇产科医生。这些年，记不清她多少次使难产的母亲和孩子平平安安。所以，对她的医术和为人，当地农民是赞不绝口的。

在农村生活这十几年，聪慧的白护士长在农村学会了所有的农活。但农民老公张狗娃舍不得让她多做农活，在他眼中，白薇就是他的女王。他们生了两个孩子，一儿一女。白薇没嫁过来时，这个乡下汉子，从来不会爱惜自己，一年四季都爱穿一双草鞋，那是他自己用稻草瓣编织的。虽说，他不怕冻，但他的脚板常常开裂，甚至都可以塞得下一粒小黄豆。自从嫁给他后，她给他买布鞋穿，教会他养成早晚刷牙的好习惯。他渐渐习惯这种温暖，不再穿草鞋，望着脚上的布鞋，他常常幸福地傻笑着。

那段日子里，白薇的内心是最孤独的，她一如行驶在汪洋的一叶小舟，在浑然一色的海天间看不到一盏光明的灯。

在这里待了这么多年，白薇觉得村子里最好闻的，就是那些树木。没有人数得清一个村子到底会有多少棵树。那时，树的气味会分布在整个村子里。清苦的杨树叶子味儿，清甜的槐花香味儿，清香的果熟味儿，在整个夜晚，在清晨的阳光中，在雨后的短暂寂静中，它随着风，钻入人的鼻子眼里，进入人的心脾。那味儿是自然之气，白薇是最爱闻的。每次在她低迷时，思念林立勇时，她就爱看那些参天大树，然后暗暗告诉自己，不管怎样，她都要挺住，她一定要等待丈夫被平反的那一天。她从内心感谢村子里这些树木，让她闻过树香后更加精神地去面对明天。

白薇隐约感到，生命中有一些东西，像流水和轻烟，一旦从心愿上漂流过去，就再也找不回它们了。她觉得自己暂时是一个漂泊在外的人，她相信终有一天，她要走在回乡的路上。沿途的每一棵树、每一株草、每一朵已开和欲开而未开的野花都明白她的心意。她深深地知道她心中的爱人已经永不在人世，她依然向往着回忆着她和林立勇那遥不可知的爱情。那不死的、苇絮般的柔情，像爬山虎的叶子，延伸了无数个白天黑夜。

那天，清晨，金色的阳光张开翅膀，以温暖的轻柔的羽毛轻轻地抚摩她，她是从甜梦中醒来。凉爽的微风从遥远的地方吹来，携带着小鸟圆润婉转的声音，宛如山林里的泉水叮咚。白薇打开窗帘看到外面的世界云淡天高，冬日的阳光暖暖地照着即将铺上绿色的大地。她知道，她的春天一定不会太远了。

果然，1976年，她的前夫军官林立勇喜获平反了，她真的可以“回家”了。这一天，白薇等了18年。很快，昆明政府特“请”白薇回去工作。这时的她非常冷静且毅然地与张狗娃离婚返回昆明，儿子留下来，她带着女儿回城了。

当年，白薇嫁到这个乡村时，全村人敲锣打鼓放鞭炮来迎接她；如今，她要走时，全村人仍然以这样的方式欢送她。她满脸泪水纵横，内心百感交集。

后来，她这位农民老公专门到昆明两次去看她，就站在她的小区外，白薇都拒不见面。老乡们关切地问他，白护士长那么狠心，你恨不恨她？他闷闷地抽着烟，然后使劲摇头说："为什么要恨？！我张狗娃今生能娶到她，哪怕一天，我都知足了，更何况十几年啊！"

当回忆成为往事，当曾经的脚步不再慌乱，白薇才知道，真正能让灵魂苏醒，做回真实的自己的日子终于到了。重返昆明的第二天，她便独自来到她心中的爱人林立勇的老家青岛。站在海边，她不由长长叹息，这叹息撞开了她蕴蓄的万千记忆，过去的风风雨雨突然降临在情感的天地。

记得，第一次与林立勇一起来青岛的片断是那么令人难忘和温馨。当时西去的阳光给大海镀上橘红的粼光，茫无边际的华彩阔朗在他们的面前。面对这么阔远而美艳的浩瀚，笑意从心底荡漾而出，与那欢悦的涛声响成一曲。可这一切都是过去式。再次站在这里，已是十几年后的今天，只有她一人。

从青岛回来后，她带着女儿在昆明安静地生活着。女儿出嫁后，白薇独自生活了几十年，没有再嫁。一晃走过人生的75个春秋，她过得很宁静，很少与人交往，独守着一份年轻时的美好记忆。

夕阳的余晖涂抹的窗下，坐着她这样一位银发的老妇人，岁月凋谢了她如花的美貌，却使她高贵的气质更像经过长久打磨的璞玉。

转正

厂门口两旁各立着一棵梧桐树，高大、挺拔、苍劲，如两个威严的卫士。已是深秋，风卷残叶，寒意袭面，一夜间梧桐树树叶似乎落下了一半。

这回，刘老大的肠子彻底悔青了。早知道结果是这样，他是绝不会动一丝丝杂念的。上完夜班的刘老大根本不想回家，可又不得不拖着沉重的双脚走回了家中。

夜色浓郁，刘老大没有饿意，就一直呆坐在饭桌旁抽着烟，佝偻的背影如一个干瘪瘪的大问号，他才55岁，却早已是满头白发，如枯草在烟雾中摇曳，外面的风呼呼地刮着，似乎在呜咽地哭泣着。

老伴玉兰被带走好几天了，屋子显得更加空旷湿冷，平时满耳朵里听到的都是玉兰的声音，虽然大都是琐碎的唠叨声，但刘老大却很享受，每次都乐颠颠地守在老伴身旁，怎么听都不腻。可是现在有五天没有听到熟悉的声音，心里像有好多虫子在爬，怪痒痒的，想挠又挠不到，急得他老揪自己的头发，重重的叹气声，落在地上仿佛都化成了一个又一个感叹号。

刘老大是一个苦命人，据说，他生下来没几天，他的父母就病死了，他是吃百家饭长大的。好不容易熬到30岁娶个哑巴女人生了两个儿子，大儿子五岁、小儿子三岁那年，他的老婆突然得了一种怪病，一发病没过三天就死了，刘老大既当爸又当妈，足足扎扎实实辛苦地挨过五年，用刘老大的原话，他的祖宗终于对他开恩啦，让他遇到了天仙般漂亮的玉兰。

玉兰比刘老大小7岁，因为皮肤白皙，显得比刘老大年轻十几岁。其实，玉兰也是命苦的女人，和刘老大一样是孤儿，6岁的时候被自己的亲舅舅卖到妓院当艺妓，她会唱祁剧，弹古筝，还会写几笔娟秀的毛笔字，算是多才多艺的艺妓。新中国成立后，她被教育决定改过重新做人，后来，她到工厂打零工时，由组织安排她嫁给刘老大，一嫁过去，就当了两个孩子的后妈，她被照顾到厂里当固定的临时工，她尽心尽力地工作，性格温和可亲，为人开开朗朗的，同事们都喜欢她。年年被评为先进工作者。

玉兰嫁给刘老大一晃13年，把孩子们都拉扯大了，他们都参加工作独立生活了，前几年大儿子也成家了。老两口总算是安心清闲下来。

刘老大只要一想起那天晚上出的馊主意就特想猛抽自己几个耳光。

那是一周前的一个晚上，老两口喝了几两酒后，刘老大满脸通红笑眯眯地瞅着玉兰说，你在厂里做事都快15年呢，还是一个临时工，再过两年都50岁了，就要退休啦，那转正的机会就更少啦，若能转正，就是正式工，退休后还有退休金拿呢。两个人想想，是啊，能转正那真是一件喜事，老两口商量了半天，觉得请求党委书记一个人情。刘老大胆敢动这个念想，他认为现在玉兰在厂里算是一大名人。

厂里每逢过节、开会或职工聚餐之前，都有一个“忆苦思甜”的活动安排，厂党委就会安排一个特殊讲课人，那玉兰就是一个首选人才，口才好，能说会唱，最主要这个讲课人的身份必须是一个受苦人，其配偶也要是一个又红又专的人，那么无疑玉兰是最合适的。玉兰每次讲述过去受苦难的辛酸故事时，泪如雨下，姣好的面容梨花带雨，让听众同志们的心生疼生疼的，有时讲到激情处，玉兰眼泪鼻涕一起飞洒，在场许多女听众也跟着一起落泪。群众反映很好。虽说玉兰是制浆车间的临时工，却经常被厂党委抽借出来讲课，偶尔玉兰生病时，厂党委就安排其他人讲课，可群众不乐意，集体写信请求换回玉兰讲课。后来，厂区周边的学校因为重视思德教育，逢特殊日子厂党委又将玉兰外借，有时她一天讲三场，场场讲得惊心动魄，泪流满面，晚上回到家中，眼睛红肿，嗓子嘶哑，本来苗条的身材更如柳枝飘荡。但她从来没有说过一个“苦”字，回到家她就瘫软在床上。厂领导对她的评价颇高，全厂上上下下都认识刘老大的老婆，玉兰走在路上，人们都会主动亲热地打招呼拉家常，“玉兰嫂子”成了她的代名词。孩子们见到她马上端端正正给她敬礼，她每天都喜滋滋的。

刘老大对玉兰的好就更不用说啦，以前没讲课时，他觉得自己能娶到如花似玉的玉兰是自己上辈子修来的福气，又漂亮又贤惠，他对她是百分百满意的。自打讲课起，他更疼爱她，家里的活儿，他无怨无悔地全包，在家玉兰被宠得如皇后。他不怕别人笑他怕老婆，别人笑他时，他总是傻傻地呵呵直笑，右手习惯性抓一下头皮，然后不好意思地将头埋得低低的。

玉兰讲课也有淡季的时候，有时一个月都没讲一次课，老两口总在晚饭时喝上几杯自酿的米酒，几杯下肚，玉兰心中满腔热情就要迸发，她从不压着，对着老头子就开讲一个多小时，其实刘老大不知道已听过多少遍，每次刘老大都会端坐在玉兰的对面，如醉如痴地听着，每当玉兰说到伤心处，好几次她都哭得险些背过气。刘老大总是及时用他那粗糙如枯树根般的双手温柔地握住玉兰白皙的手，一同哀叹，一同落泪。

刘老大现在是锅炉车间的试炉工，那是全厂最苦最累的岗位，高温且灰尘大的力气活，当年他前妻病死后，一人带两个男孩，家里三张嘴要吃饭。他是主动申请去的，完全冲着这个苦累的岗位有特别待遇，每个月42斤粮食，还有高温补贴是半斤油、一斤白糖。刘老大曾经在食堂干过，厨艺是人人称赞的，平时谁家娶媳妇摆喜酒时，都会登门请刘老大去掌厨房大勺，几道大菜他必亲自掌火候和下味道，让人吃后咂嘴称赞的菜是芋头扣肉煲、永州血鸭、东安醋鸡、大三鲜和富鱼汤等等，凡吃过的人嘴上绕香三日不散。过了十天半个月，刘老大走在路上，有人遇到他都会开玩笑说，嘴巴好淡好馋哦，又想吃你炒的菜啦。玉兰算是有口福的，刘老大的家常菜照样也很拿手，即使一个青椒炒空心菜梗或者呛炒手撕包菜，其味道也是独特的。刘老大当然最清楚自己的女人嘴最馋哪一口。一个月至少有两次，刘老大下了早班已是深夜一点半，累得腿肚子发软，他仍从家里拿着叉子，来到附近菜农的田地里叉泥蛙，第二天就给玉兰做一道酸辣椒爆炒田鸡的菜。又辣又香，这是玉兰的最爱。当看到玉兰用两个美丽的兰花指拈起小泥蛙的小胖腿津津有味地吃着时，刘老大觉得好满足有成就感，嘴巴发出知足的咂巴声。每次他都舍不得吃上一口，玉兰硬塞到他嘴里几块，他才幸福地嚼了半天才慢慢吞下。玉兰吃完后，就会唱一曲《梁山伯与祝英台》或《孟丽君》的祁剧选段给刘老大听，算是奖赏老伴的辛苦。刘老大憨憨地笑着，点上烟抽着，玉兰每次唱得很开心的时候，也会接过老头递来的烟抽上几口。刘老大觉得妻子什么都好看，即使是抽烟的样子也觉得很美。不过，玉兰在外面从来没有抽过烟，只在老伴面前偶然抽上几口，那还要在她情绪很高的情况下，平时只是刘老大独自“腾云驾雾”地抽烟。

这时，刘老大感到好孤独，他好想再听一次玉兰给自己讲讲课，或者听她再哼一段祁剧或是花鼓戏。

不用掐指计算，刘老大都非常清楚老伴离开家有五天了，他记得玉兰被带走是几时几分。心烦，他死命地抽烟，一根接着一根抽，好像与烟有仇，每个烟嘴处都被刘老大的黄牙咬得扁扁的，牙印密密麻麻的，烟蒂扔了一地，若玉兰在家是绝不允许他这么死命抽的，抽得又猛又狠，本来就有慢性咽炎的刘老大被呛得直咳嗽，眼睛不知是被熏的还是太伤心，眼泪争先恐后地从眼眶中跑出，满脸纵横。

这段时间，只要在身边没有他人时，他就忍不住扇自己耳光，恨自己不该有“转正”这个念头，更不该请厂党委廖书记到家来吃饭，他恨死自己多嘴，真想死死揍自己一顿。

为了请廖书记到家里吃饭，他们老两口没少花心思，四处打听，好不容易从他的司机口中得知，他嗜好吃狗肉。秋风起，是吃狗肉的好时机。玉兰趁一次讲完课的机会，见廖书记大赞自己时，就悄悄邀请对方周六晚上到家坐一坐，吃一个家常便饭。廖书记爽快地答应。

厂区是不允许养狗的，为了图一个新鲜，他不去菜市场，专门托远方亲戚在乡下买了一条狗，老两口那天周末，早早起来就开始杀狗，一直累到晚上六点半，刘老大除了做红烧狗肉，也将自己炒菜的看家本领都摆出来，三个人吃饭，摆了八大碗满满的一桌，这狗肉香味一里以外都闻到。

廖书记果然守约按时来到刘老大家。开吃前，廖书记对玉兰的工作表现做了总结和高度表扬，刘老大听得是心花怒放的，玉兰殷勤地给书记夹菜，不停地将酒敬上，酒过三巡，廖书记也有些酒意，舌头似乎有点肥，说起话来不再是字正腔圆。刘老大一看书记喝得很尽兴，他壮着胆子，将玉兰转正的事向他提出，没想到书记答应得非常爽快，他高度评价玉兰的工作积极肯干，说，记得有一次玉兰嫂子发高烧打完吊针，针头一拔就赶去讲课，后来还晕倒在现场，可玉兰自始至终都没有对组织诉过一次苦，好同志啊！廖书记说到这里，不由地又喝了一口酒，接着又说，玉兰嫂子这么多年讲课都没有多要过一分钱福利，提都没提过，组织都清楚的，玉兰嫂子是一个难得的敬业的好员工，早该转正啦！本来每年厂里都会解决两到三个老员工的转正问题的。这是一件小事。书记说完，还拍了拍刘老大的肩头说：玉兰嫂子转正的事就包在我身上啦！

刘老大和玉兰一听，心里感到特踏实和开心，接着两个人齐齐举杯敬书记三大杯，刘老大没少喝，许是太激动，给书记满上酒，递上烟，自己又点上烟，陪着抽了两口后很自然地递给玉兰，玉兰顺手接过很娴熟且陶醉地吸着，完全忘记廖书记就在旁边。本来正在畅饮，大口吃着狗肉的廖书记顿时停下筷子，眼睛直直盯着玉兰嫂子，定定地看了好一会儿，喃喃地说了一句，你好像一个人……玉兰甜美地笑了笑说，廖书记您喝醉了吧？我是刘老大的老婆玉兰啊。说完，又吸了一口烟，脸上的两个酒窝显得更幽深了。

廖书记临走时，已是晚上九点半，他走出门口时紧握刘老大的手说，你等我的好消息吧。说完，打着酒嗝，摇摇晃晃地走了。

刘老大万万没想到，这个让老两口日思夜想的好消息竟是：玉兰被厂保安科带走了！说是，隔离调查。全厂一片哗然。

厂领导念在玉兰嫂子讲课尽心尽力的份上，没有马上交给市级有关单位，只是将她隔离在厂门口传达室里面的一间小屋。里面有一张简易小床，还有一张小桌子，上面有几张白纸，有一瓶墨水和一支钢笔，说是让玉兰嫂子在这里好好反思，写一写交代材料。将她安置在传达室，主要这里24小时都有人值班，无须再另派人看管。

玉兰嫂子刚被关在这里时，许多好事人总想趴在窗台上往里瞅，都是枉然，一是窗口特别高，二是窗户玻璃是有花纹且不透明的，瘦高的玉兰自从被关的那一天起，她就蜷缩在床里边的一角小声哭泣。一天三餐，单位派人给她打来食堂餐，她一天几乎没有动上一口，几天下来，人消瘦了好几圈，眼窝凹得厉害。

廖书记还算仁慈，玉兰被隔离的第六天起，允许刘老大每天可以给玉兰嫂子送一次晚餐，这让刘老大感激不尽，他每天至少可以见见玉兰，和她说说话，还可以给她做点好吃的。可是，每次从玉兰那儿独自回到冷清的家，心更如刀绞般的痛。玉兰自从嫁给他这十几年，他们从没有分开过一天，成双成对的。如今她何时回来，好像遥遥无期。每天他去上班，经过厂门口传达室，他总是扭着头眼巴巴地向那里望去，真希望玉兰站在门口对他微笑一下，然而一次也没有，他只能随着上班的人潮急急忙忙地赶去车间上班。下班时，他总是磨磨蹭蹭地走在人群后面，只想慢点跨出厂门口，他老是瞅着传达室，他多希望自己就是厂门口的那棵梧桐树，这样可以始终守在玉兰的身边。

刘老大对廖书记既恨又佩服，恨的是他把自己的老伴无情地带走了，佩服的是他仅凭一个小小的细节就断定，玉兰是他20多年前见过的一个当地无恶不作名声大震的土匪头头暴牙的三姨太。

当年书记还是20岁出头的小伙子，他参加了这次当地最有名的剿匪行动，最后成功一网打尽，他小小年纪就立了大功。虽说，他只见过土匪的那三个姨太太一面，但他对玉兰的印象特别深刻。

刘老大觉得自己动了“转正”的歪念就算了，请廖书记吃饭也算了，他恨自己那天晚上千错万错是不该一时糊涂将烟递给玉兰抽。刘老大后悔一切都来不及了，他恨自己不该贪喝，人不清醒还稀里糊涂将烟递给玉兰。这玉兰吸烟的动作十分特别，她是用大拇指和食指夹烟，然后反手将烟递到嘴边吸着，顿时，纤长白皙的兰花指纷纷反翘着，这与众不同的吸烟方式很吸引人眼球，烟雾中万千风情尽在兰花指间，如孔雀在灵巧而生动地飞舞着。刘老大在家里第一次看到玉兰抽烟的姿势，也觉得好新鲜，更觉得很美。

廖书记那晚初见也是先惊艳，后来往事重现，毕竟是当书记的，思想觉悟高，酒醒后，他认为问题十分严重，厂里这个讲忆苦思甜的名人、红人竟然曾经当过大土匪的三姨太，那还了得，如果传到上级领导，后果难以想象，所以必须尽快隔离调查。

在刘老大的眼中，他才不管玉兰曾经是谁的三姨太，他只知道玉兰是他现在最心爱的老伴，也是他最疼爱的女人。每次刘老大轮休的时候，他一大早就去厂党委办公室，想好好求求廖书记开恩，可是去好几趟，书记不是开会就是出差，但他坚持在厂党委办公室一坐就是一天，可每次扑个空。后来，他知道廖书记出差开会不过是到玉兰出生成长的地方去调查取证。

这天中午，刘老大中午下班时，好心的门卫传达员给他递话，玉兰嫂子让他晚上送饭时，别忘了带上那件大红色的灯芯绒的外套来。刘老大记得，这件外套就是当年玉兰嫁给他时穿的嫁衣，好喜气。因为玉兰皮肤白净，穿上它更显得白里透红，在刘老大眼里，玉兰就是仙女下凡。

送饭的时候，刘老大带来了红色外套，尽管玉兰的头发已花白了许多，玉兰一穿上红外套，一如当年的新娘子。刘老大真想抱住她痛哭一下，但他又不想惹玉兰伤心，故意装作很镇定，他握住玉兰的手不停地安慰她，说，廖书记是一个好人，一定会救你出去的，我们要相信他。刘老大笨嘴笨舌地说上好几遍后，他就傻愣愣地沉默地呆坐旁边看着玉兰，直到规定探视的时间到了他才肯挪步走开。刘老大给玉兰送了三天饭，虽然他每天都想办法给她做点开胃小菜，但玉兰还是没吃几口，本来就苗条的她更如病柳，走起路来摇晃晃的，随时好像就要晕倒。玉兰的话极少，只有两句：你来了。然后就是：我想回家！别的，一句也没有。说完总是低头抹眼泪。

已是深秋，天气日渐寒冷，好在传达室里面有烧火炉，房内不太冷，他知道玉兰和他自己一样都觉得无比孤单。走在回家的路上，刘老大也一直在掉泪，其实他心里根本没底，廖书记真的会帮助他们吗？玉兰到底什么时候才能回家？

这八天，他没有睡过一天安稳觉，但第二天照旧上班，人如皮影般飘来荡去。刘老大抬头看了一下桌子上的小闹钟，已是凌晨2:30，可他一点也不想睡。他决定明天早上要给玉兰送去她最喜欢吃的辣椒炒田鸡，想给玉兰好好补补身体。

他站起来背上竹篓，拿起叉子就向附近乡村走去。这一趟刘老大收获不少，完全可以炒一大碗。等收拾好一切时已是拂晓。他累得倒头昏睡了一会。醒来一看6:30，脸也没顾上洗，提起做好的饭菜就向厂门口走去。

还没到上班时间，可厂门口前已是人山人海，刘老大有些纳闷，他还没到人群边，眼尖的门卫值班员已向他疯狂地冲过来，大叫着，刘老大，你你你……来得正好！玉兰嫂……嫂子，她她……她走了……

刘老大一听，瘫软在地，辣椒炒田鸡洒了一地……

原来，玉兰嫂子也正巧是在刘老大去叉田鸡的时刻，大概凌晨两点多，她穿着当年结婚时的那件大红色灯芯绒外套，然后解下裤腰带一头系在墙壁上的一口用来挂衣服的钉子上，另一头死死地套在她自己的脖子上，然后整个身子使劲往下蹲着将自己吊死了。据厂里一些参与善后工作的人说，玉兰嫂子死前将自己的头发一律向后梳，并用口水将额前的头发一丝不苟地往后捋着，服服帖帖的，一点不乱，露出饱满光洁的额头。

一段时间，人们都在议论这件事，都说，玉兰嫂子死得太可惜啦。其实廖书记就在玉兰自杀的前天晚上回到厂部，调查结果是玉兰仍是苦命的女人，她是被土匪暴牙硬抢过去的，当时她不从，不吃不喝三天，后来被土匪暴牙打得半条命都快没呢。玉兰被抢去当三姨太还不到两个月，土匪暴牙就被抓了。

厂党委本来打算在第二天上午开会，决定对玉兰嫂子解禁，放她回家的，谁知玉兰却在凌晨抢先一步走了。

后来，厂部特意将玉兰嫂子按照正式工的待遇料理后事，并补发一笔安葬费给刘老大。

他在岁月中成熟

岁月如流，许多光阴虚度，往事也难免淡忘。但有些人有些事总有深刻印象，总难磨灭。

诗人M是我认识的诗人朋友中最有意思的人，他很有才，诗集好几本，散文和报告文学也写得好。他的文字简练，内涵丰富，深入浅出。他不仅文笔好，口才也棒。他的讲课精彩引人，激情四溅，宏论滔滔，紧紧地抓住听课人的心。

但私下里，M和老朋友在一起时，话并不多，爱喝点小酒，酒量一般，多喝几杯就歪倒一边呼呼睡一觉。散席时，他最喜欢的一个动作就是对朋友们轻捶一拳，反身就走。一拳传达了语言不能表达的深情。

M才华横溢情感丰富，常常暗恋某个女子，然后又失恋。有段时间，暗恋的对象结婚了，他就日日饮烈酒作颓靡状。眼眶深陷，眼神发直，脸色发青，而对方丝毫不知道他的心思。

M早有妻有子，但仍然抑制不住自己饱满的情感，有时参加一个活动，或是开会回来，他总能从心里“带回”一个自己暗恋的人，然后不停地为对方写诗抒情。他的妻子在嫁给他那天起就知道，M是一个多才多情的男人，但她爱他，对丈夫的精神“出轨”，她视而不见。她一直在包容M，我等旁人真替他的妻子打抱不平。

哥们几个喝酒时，他要不低头喝酒，一言不发；要不抢着酒喝，滔滔不绝。一看后面这种状态，知道他又“暗恋”别人了。我们没法劝他，道理讲过一箩筐，丝毫不起作用。下回继续再犯。我们习惯听着，明白他不出两个月，就会走出来，再休整几个月，然后又难免陷入下一场“暗恋”，周而复始，这仿佛是他人生的主菜单之一。

前不久的一次“暗恋”，让M有些伤筋动骨，其后遗症延续了大半年，后来还差点出家，他的家人急坏了。

M这次喜欢的女子是在一次文学座谈会上认识的。参会人员有50多位，他一眼瞧见了与众不同的女子S，不仅仅因为她个头高，鹤立鸡群，而是她的气质，非常令M欣赏。其实那天迷上S的人不仅是M，S是上海人，高挑的个子与1.85米的M站在一起，旁人看起来也觉得很般配。有时，大家也会有意无意拿他俩开个玩笑，说他们是天生的一对。S听后，满面娇羞，仙女一般美丽。会后，主办方安排部分诗人、作家到美丽的杭州西湖采风，M一直守候在这位女子身旁，听她说话，给她递水打伞。S话语不多，始终微笑地在听M讲天文地理、趣闻逸事。M还没有来得及表达心中那浓浓的情意，短暂的三天采风活动结束了，大家各奔东西回家了。M回到家后，失魂落魄的，满脑子都是S的倩影。M知道S有一个幸福的家庭，夫妻恩爱。S对M落落大方，没有任何特别感情的表达。M知道，是自己自作多情，老毛病又犯了。

他忍不住为对方写了几首情深深意切切的诗，发电子邮件给S，S很礼貌地回复他，只赞美他的诗写得好。多一句其他的话都没有。这让M万分失落。然后，他又给她写了一句话的信：“如天赐以缘，可以不再借助于文字以相应，而剪烛晤谈。”可这次S没回一个字。这让M更受伤，他害相思病足足大半年，然后到一庙里疗伤去了。当然对外只是说要静心创作，一待居然好几个月。他妻子找他好几次要他回家，都被拒绝，最后只好求到我们这些朋友头上。于是，在一个春寒料峭的周末，我们带着说服的任务去探望M。

古城外，青山环绕，郁郁葱葱。早春稀有的冷风，吹在河面解冻未久的微波上，微微发抖。走过一丛松林里，隐约有个古庙。湖光山影，衬出夕阳里的归帆。

M并不住在庙里面，他在附近租了一间农舍。见我们来，他兴奋得手舞足蹈，没想到人静酒后，娓娓话旧时，他那种不拘泥于实际，富于想象的思绪，就很自然地流露出来。他即兴作诗几首，每首都是爱情诗，我们都知道他尽管身居山中吃斋念佛，可心里仍然牵挂红尘中的S。经我们多次相劝，他最终还是老实地回家了。

一晃过去6年。多次聚会，也没见M再提起曾让他神魂颠倒的S，我们都暗暗为他高兴。谁知，有一天，M将我悄悄约去茶馆，仿佛有要事相告。一坐定，他就对我说：“我刚从上海开会回来，我又见到S，她比以前瘦多啦……”然后，长吁短叹着。一副心疼不已的样子。我刚想开口劝慰几句，他接着又说：“我回来给她写了一封信。你稳重，我信任你，你帮我看看妥不妥？

然后，我再发邮件给她。”

S：

你好！

回返的路上，一路感慨万分。不知不觉已经认识你近7年。7年也许不算长，可想起来，还是有一种想流泪的感觉。7年了，没有你的音信，而心，却始终依然牵念。

再次见到你，发现你瘦了，可我宁愿喜欢你胖乎乎的样子，喜欢一个不是特别“苗条”的你，你一定要保重身体啊。多少次，魂牵梦绕，盼着能够见到你，可真见到你了，也没能单独与你找个小酒馆吃顿饭，没能把酒喝得开心而醉，反倒是，酒桌上，不得不顾左右而言不由衷。（不过，反过来想想，已经非常幸运了，能够见到你，已是万幸，不管怎样，还要感谢，感谢一切吧……）

这次上海开会，我总处于一个被动的角色，我不能很好地照顾你，不能让你开开心心地玩。有时候，我曾这样设想，如果能够找一个小酒店，喝杯酒，说说话，或是坐公共汽车，慢慢地去一个陌生的小镇踏踏青，散散步，或是在夜晚的时候，一起坐下来，看看天上的星星……让一切在缓慢之中，静静地与你相处一天、两天或是三天，甚至是更久，该有多好。可是，很多时候，却不能，只能一次次地等待，再等待，也许，还会再等7年，甚至更久，甚至可能是数十年，但我无悔，也许，这等待，本身就是一种忧伤的幸福。我呀，我也不知该怎样评说自己，我总觉得，我是一个缺点以及弱点特别多的人，我的确不够优秀，但我能够遇到你，是一种幸运，也许真的是前世之缘。还是一句话，感谢，感谢这美好的相遇。

其实，送你去机场，于我来说，是非常残忍的一种行为，我实在不愿意去送你，却又非常想去送你。不愿去，是不愿接受一种匆匆的别离；愿意去，是因为我愿珍惜与你在一起的分分秒秒。

你走后，在回返的路上，忍不住泪水涟涟，我不知自己为何如此脆弱……如今，除了祝福你，一次次地祝福你，我不知该如何是好！只愿你天天快乐，幸福长远！

我知道，会有很多人喜欢你的，谁叫你那么醒目呢，这不是你的错，这是一个真实的你。但是，说句自私的话，我更希望你丑一点、老一点。那时候，我会爱你“衰老了的脸上痛苦的皱纹”！哈哈，这当然是玩笑话。

总之，当你快乐的时候，请你忘记我；当你忧伤的时候，请你想起我，我会是你永远永远的朋友。认识你，我无悔。

愿开心快乐与你相伴。

看完信，我释然了。感叹岁月会修理人，能让人真正成长，M这次的表现明显比上回成熟和冷静，没有冲动，只有牵挂、心疼和祝福。的确，他只想表达自己的情感，没想去伤害对方，更不愿去破坏对方的家庭。我在想，这算不算是一种美好的祝福呢？

凤娘的一生

陆一坐在病床边，守候在已熟睡的母亲凌凤身边。70岁的凌凤面容枯槁，脸如缩枣，眼窝深陷，一团如秋末芦花般的白发，无力地飘斜着搭在枕头上。她身子瘦小如猫，蜷缩在苍白刺眼的病床上。

这个凌凤，就是当年被小镇号称“第一大美人”、“第一只美凤凰”的女人。那时她高高的鼻梁，脸像桃皮一样，泛着一种天然的红韵。薄薄的嘴唇，一笑，露出了两排洁白整齐的牙齿。修长的丹凤眼睛，白皙的脖子上有一颗朱砂痣，人们说那是美人痣。

如今她却是奄奄一息的暮年病人，一年中三分之二的时间是神志不清的。偶尔清醒时，她能认出陆一是自己的儿子，陆玲是她的女儿。不清时，嘴里胡言乱语，谁也无法解读她所说的密语。

凌凤这一生当过老师，唱过戏，下过乡，干过农活，卖过豆腐，扎过纸马。如今，虽然精神恍惚，但有一件事她记得牢牢的，那就是唱戏。在病房里，她常常半夜坐起来，手挥舞着，嘴上咿呀咿呀哼唱着，露出两排被岁月磨损得不堪入目的牙齿，仿佛驳杂的钟乳石，见证着沧桑的历史。在空旷清静的病房中回荡，其他病友听起来都觉得瘆得很，纷纷要求搬出那个房间。后来，只剩下她一个，直到殁时。

陆一望着眼前风采尽逝的母亲，除了心疼，更多的还有委屈，甚至些许抱怨。虽然，内心无数次渴望，用自己强壮的双臂抱一抱她，感受一下久违的母子情深，但他没有这样做，只是每天和姐姐轮流到医院照顾母亲。有时，趁母亲熟睡时，陆一还是忍不住用手悄悄摸了摸，母亲那枯瘦起着折皱如小鸡爪的双手，他的心紧了一下，眼睛开始湿润。

45岁的陆一对“母亲”这个词没有太深的感触。10年前，他才真正嗅到母爱温馨的味道。当年姐姐7岁，他只有5岁，30岁的妈妈弃下他们走了。小时候，父亲在儿女面前几乎不提母亲这个人。最多两个字“走了”。当他长大一点时，左邻右舍告诉他：“你母亲是资产阶级小姐，吃不了农村的苦，只爱唱戏，不会干农活。她不要你们啦，到城里享福去啦！”听后，陆一很伤心，心中将痛苦和怨恨都化为动力，发愤苦读，最终考上大学，走出农村，当了一名老师，如今担任当地一所名校的校长。他一直企盼有一天，让她母亲好好看一看，当年她轻易放弃不管的儿子，如今有多优秀，让母亲感到后悔。虽然有这样的想法，但30岁以前的陆一始终没有主动去找母亲。随着年龄增长，从亲戚、朋友们的口中，他渐渐还原了母亲的故事。

凌凤和陆一的父亲陆玉峰高中毕业后，同在一所学校当代课老师。陆玉峰年轻英俊的模样像一棵银杏根植在凌凤的心里，陆玉峰嘹亮的歌声也常回荡在她的耳畔。两个人郎才女貌，相恋不久就结婚了，然后生下一儿一女。凌凤是一个受学生爱戴的老师，为人平和，一点也不清高。好请客，不嫌累。哪怕过节时的蒸扣十碗，都能应付自如。所以与邻居们处得挺好。

假如生活一直这样走下去，虽平淡但也幸福。后来，当地突然出台一个“婚出婚入”的土政策。陆玉峰是农村户口，所以一家几口全都迁回农村生活。

凌凤一直是在小镇长大，她的父母是祁剧团的名角，家庭条件不错，让凌凤没吃过什么苦。受父母影响，从小她就爱唱爱跳，四岁就上台客串演出，长得可爱又漂亮，几乎从小演到大。聪明伶俐的她好学，一直读到高中毕业。结婚后，命运似乎与她开了一个大玩笑，受当时政策限制，她和老公没资格再教课，从此回乡干农活。

在农村那段时间，凌凤最渴望就是偶尔进城去卖菜，她有一张巧嘴，语甜嘴巧。很快就卖完，时间若充足的话，她溜进戏院看一场戏，解解瘾。有时，就逛城里的商店，喜欢看那些红艳艳的花布头，买一盒面油或者一把精致的牛骨梳什么的。尽管老公不喜欢她打扮自己，但在冬天，她仍然每天偷偷抹点面油。而村里的其他女人都不屑这样做，所以她们的脸上往往皴成山芋皮。而凌凤虽是两个孩子的妈妈，可还是修长的身材，顶着一方花头巾，那菜担子简直就成了她的道具。

她果真是一大美人，皮肤白净，鼻高眼凹，一双凤眼特别传情。在清澈的水面上，她也不忘照一照自己红润的脸庞，然后满满地掬一捧清水，把脸擦洗一遍又一遍，洗出自己的美丽和自信。村里的男人们忍不住多看她几眼，而一些女人就恨不得想用眼神如刀似的剜凌凤一下。

其实，知道她过去的经历，人们就不会那么惊讶她的美、她的气质。她曾是祁阳文明铺祁剧团的台柱子，扮相轻盈娇俏。唱小旦，饰演年轻姑娘和性格泼辣或具有风骚的妇女形象，前者形象诸如严婉玉、孙玉姣、杨排风等，后者诸如阎惜姣、潘金莲等。

如果有人和她谈得来，她会滔滔不绝地讲起祁剧的来源和特点。她会自豪地说，祁剧比京剧的历史还早400年，旧称祁阳戏、祁阳班子。伴奏的乐器主要为祁胡、月琴、三弦、板胡（瓜琴）4大件。她爱戏爱到骨头里，听到哪儿戏锣响起来，就浑身不自在，扔下地里的活，非跑去看戏不可。她常常会哼唱祁剧的唱段，韵味十足。

当年在学校，她是那样的受欢迎，逢一些重大节日，她都会作为主角登台演出。即使你看不懂手势，听不懂婉柔旖旎的对白，但也能让你陶醉，恍如置身满树繁花中。

没想到来到农村，人见人爱的凌凤却成了令人嫌弃的人。陆玉峰本身在农村长大，很快适应新环境。凌凤不会干农活，绝不是他满意的好帮手，久而久之，陆玉峰在言语上对她多有抱怨和指责。她每天谨小慎微地努力干活，但仍比不上其他能干的村姑们。每天她的笨拙都会被众人讥笑，自尊心强的她晚上回到家中就想跟陆玉峰撒撒娇，吐吐怨气。哪知，累了一天的陆玉峰哪有精力去哄她，倒下就酣然入睡，将妻子晾在一边。凌凤觉得自己在农村好孤立无助，蚊虫叮咬、家长里短、受苦受累她都可以忍，但不能忍的是自己的老公也嫌弃她的不能干。她终于熬不住，提出离婚，一双儿女一个没带走，走得很决绝。她又重返城市，能听且能演她喜爱的祁剧，她感觉自己重新活过来了，她的新生活开始了。

不久，她嫁到衡阳，这是她眼中更大的城市。第二任老公邓明也是一名老师。一次，邓明出差到文明铺，来到新华书店找资料，正巧遇到低头看书的凌凤，他被对方的侧影迷倒，他看到过凌凤唱戏，还是她的粉丝，这次偶遇让他有机会大胆追求她。高大潇洒、风趣幽默的邓明也让凌凤喜欢，于是火热通信两个月后两人就匆匆结婚了。

毕竟交往不深，感情基础浅，也谈不上多了解。邓明在学校是出了名的花花公子，即使结了婚，他的花心也没收回。婚后不到一年，邓明和他同班组的一女老师出轨了。当凌凤得知这一切，来到邓明的单位出手打了那个女的一个响亮的耳光，邓明站在两个女人面前，无所适从也无地自容。那天，下着大雨，凌凤没带伞，身上尽是雨水，她哭着冲了出去，邓明追上去，凌凤用一种对待负心郎似的眼神盯了他很久，痛苦扭曲了她那张本是仙女般的脸庞。然后她哭着奋不顾身地冲进了雨雾。离婚，是必然的。

个性好强的她离婚一个月后，惊愕地发现自己怀孕了。她无奈选择人流，没有男人的陪伴，孤零零躺在手术台上，疼得几乎晕死。

凌凤重回自己的家乡。因为长得漂亮，做媒的人特多，于是认识了她的第三任老公：高大壮实的李胖子。他是卖猪肉的，死了老婆，有3个孩子。凌凤每天尽心尽力地照顾着这三个孩子，却从没对人提起乡下自己的两个孩子。李胖子身体强壮，每天拼命干活，一家五口衣食无忧。他没有多少文化，做事粗放，讲话粗鲁，这些凌凤都能忍，最让人受不了的是李胖子特别爱喝酒，酒一喝多就爱打老婆，好几次差点将凌凤打残，好在平时对那三个孩子照顾不错，他们及时救下这个可怜的后母。为了保命，凌凤只好再次选择离婚。

长大且成家以后的陆一，对母亲多少有些理解了。想想看，那时的她，不停地结婚、离婚，一如陀螺仿佛被命运的鞭子死劲抽打着，疯转着。她心力交瘁，哪还顾得上自己的孩子啊！

和陆玉峰离婚后的这两段婚姻，令凌凤身心俱疲，第三次离婚，她有种死里逃生的感觉，从此对婚姻万分恐惧。一个人过好多年。54岁那年，她第四次结婚，也是她今生最后一次结婚。嫁给一个在工厂老实巴交看大门的男人，这个男人不仅矮，而且丑，因驼背，人称“驼子张”，他不爱言语，但对凌凤是百依百顺。每天早上，都会给凌凤做一碗桂花酒酿。“驼子张”认为这东西养人，捧碗喝下去，一阵轻滑香软，饱了腹，暖了胃。整个人醉得白里透红，也像一朵饱满的栀子。有时，凌凤对“驼子张”使小性子时，他第二天早上，照常会颤悠悠地把桂花酒酿端上了桌。凌凤半天没出来，他就拿着扇子端着汤碗朝门缝里扇，渐渐地，香味弥漫了整个屋子，凌凤和从前一样噘着嘴，似乎不情愿地坐到了餐桌旁，喝了起来。谁也没想到，这次很不被看好的婚姻却走了15年，她尽力帮对方的女儿带大了孙女，两个人相敬相助。

凌凤在59岁那年接触到佛法，开始吃斋念经。她变得平和安静，敛约含蓄，深居简出，很少和邻居来往。她经常走进她自己的那间小屋，把门关着，默默地诵读佛号。“驼子张”会意，绝不在此时去敲她的门。

愈来愈老的凌凤内心觉得极亏欠自己那对亲生儿女，许多年都不曾见过，不是不想，而是一次又一次的离婚、再婚，她实在是觉得没有脸面见孩子们，越久不见就越难见，越难见就更怕见。凌凤从亲戚口中得知，儿子陆一很争气，读了大学还当了校长，他的父亲陆玉峰在前几年也病故了，乡下只有她的女儿仍在农村，这使她感到愧疚和牵挂。善解人意的“驼子张”想办法主动向单位提出病退，让凌凤的女儿顶职进厂当工人，圆了凌凤的心愿。

自姐姐调进工厂后，一直对母亲怨恨在心的陆一，感动于母亲心里还有他们，仍有一颗爱孩子温柔的心。他终于携妻女去看望母亲。后来逢年过节，大家都聚在一起热热闹闹的，虽然陆一知道自己一下子很难与母亲走得多亲近，毕竟分开的时间太长，但他很知足，他知道母亲生活得不易，他愿意尽可能去孝顺她，关爱她。

“驼子张”早凌凤三年去世。凌凤就和自己的女儿住在一起。没过一年，她也患病住院了。有时，当母亲清醒的时候，陆一会附在她耳边问：“妈妈，您爱过我爸爸吗？”凌凤似乎从未听懂过，嘴里总是叽里呱啦说个不停，无法解读。

就在凌凤临终前的一刻，她始终在喊一个人的名字，这下陆一听得很清楚，那是父亲的名字“陆玉峰”。陆一不懂，母亲为什么在弥留前叫的是父亲的名字，是爱，还是一种亏欠？

陆一和姐姐将母亲葬在乡下父亲的坟旁，让他们“团聚”。每年清明陆一姐弟俩带着孩子们来祭祀。凌凤坟上的草似乎比别的地方葳蕤茂盛，绿得滋润。

每一次祭扫完，陆一都坐在旁边的石块上停留片刻，心想，人生何尝不像一场戏，到戏该歇锣的时候，如烟云飘散，一切复为寂静。

撕碎的纸条

蒲婷一想起自己的婚姻，就揪心。她做梦也没想到会与恋爱、结婚数年的丈夫劳燕分飞。

起初为给儿子创造更好的环境，夫妻俩满怀雄心壮志地告别家乡来到深圳打天下。可天下还没打成，丈夫却“半路出家”成了他公司老板的女婿。

三岁的独生儿子判给了蒲婷。为了不让儿子卷进这场“硝烟”中，蒲婷只好将儿子送回家乡的娘家。思念儿子的夜晚，蒲婷常常失眠。每每躲在被子里哭泣，她暗暗下决心，一定努力赚钱，将儿子尽早接到身边。经过四年的拼搏，蒲婷从流水线普工晋升为部门经理。很快她咬咬牙买下一房一厅的商品房，于是，儿子被接过来读小学。

蒲婷在家里努力地扮演着母亲和父亲双重“角色”。她希望儿子能身心健康长大。但随着儿子年龄的增长，她发现儿子对他爸爸思念日深。算算，儿子差不多有五个年头没见到爸爸了。特别令蒲婷心酸的是，每天晚上给儿子盖被子时，看到儿子的小手紧紧握着，他爸爸在他3岁时，给他买的一把玩具手枪。这把玩具手枪的黑色外壳，早被儿子玩成锃亮的白色。

蒲婷知道对儿子不能再隐瞒了，便坦白告诉他事情真相。渐渐地，蒲婷心痛地发现儿子变得越来越胆小、越来越孤僻、越来越懦弱，从不愿意和同学一起出去玩，更不愿意到同学家去玩。有时候，蒲婷加班，很晚才回来，儿子就一直等着她不睡。以前天不怕地不怕的儿子现在竟说：“妈妈，我一个人在家好怕，你早点回家陪我，好吗？”望着儿子眼中怯生生的泪光，蒲婷的心几乎碎了。

为了儿子，心高气盛的蒲婷终于主动去找四年未见的前夫，晓之以理，动之以情，希望前夫也能常带儿子出去玩玩，尽一份父亲的责任。当蒲婷告诉儿子，这个周末他爸爸要带他出去玩的消息，儿子兴奋得一个晚上都睡不着。第二天，他竟揣着那把玩具手枪去见他爸爸了。

晚上儿子回来了，蒲婷看到儿子眼里放出一种兴奋异常的光。儿子不停地细致地对蒲婷讲述，他和爸爸一起的每个细节，并兴奋地告诉蒲婷：我现在当哥哥了，我有一个三岁的小妹妹（前夫现在生的女儿）。说着，他喜滋滋地从口袋中掏出爸爸写给他的一张纸条，上面写着爸爸的手机号码。他小心翼翼地将纸条看了又看、折了又折，然后十分宝贝似的放在自己的文具盒中。看着儿子那种快乐和幸福的表情，蒲婷直想掉眼泪。这一夜，儿子睡得好香。

这种快乐持续了两个月。直到有一天，蒲婷发现儿子闷闷不乐，面对文具盒和旁边一小堆纸碎片发呆，并且刷刷地掉眼泪。

蒲婷追问了半天，才知道儿子这天又想念爸爸了，便打电话给他，希望他能带自己去吃麦当劳，因为儿子的同班同学也要去麦当劳，儿子想让同学看看自己有一个好爸爸。谁知他爸爸在电话中很冷淡地说：爸爸很忙，今后没事不要乱打电话给我。儿子很失望也很伤心，然后将他的宝贝纸条撕掉了。

蒲婷得知这一些后，心如刀绞般的酸痛。儿子除了想得到一份父爱，还能有什么事去打扰父亲呢？她深深地知道，她可以把双倍甚至几倍的母爱都给儿子，但儿子也该得到另一部分爱——父爱，这是她所不能代替的。

蒲婷多么希望前夫也能明白这一点啊！

一次“约会”的陷阱

眼睛是心灵的窗户。我见到许多神色各异的眼睛。有的眼睛明亮有神，有的扑朔迷离；有的暗藏玄机，有的清澈如水；有的机敏智慧，有的无精打采……

我见到过一双独特的眼睛，我的女友阿华的男友阿灿的那双眼睛，水汪汪的，亮晶晶的，黑莹莹的，会让人恍惚，很清澈很清纯又似乎有一些多情和无助，他那样的眼神，有入骨的专情和温柔的错觉。女孩子往往只要和他对视一分钟，就会觉得自己被对方爱上了。阿华当年就深深陷入这双眼睛中，经历了一段苦恋。

阿灿的眼睛让阿华迷醉，更让她无比受伤。她的男友总是无辜地被别的女人爱着，当然他也享受其中，永不拒绝。阿华总是一路辛苦地跟着男友身后，去收拾一个又一个烂摊子。最终，两个都说怀上阿灿孩子的女人找上门，劝阿华知趣退出，阿华气疯似的跑到湘江边哭泣。

这时，有一个男孩悄悄地走到她身边，他是阿华的朋友阿义，其实，他一直暗恋阿华，因长得又矮又丑，他从来不敢奢望漂亮的阿华能多看他一眼。阿华受伤这段时间，阿义对她展开火力追求，他做梦都没想到，一朵热辣辣的红玫瑰，有一天可以盛开在他内心那片荒芜已久的土地上。经过一段时间的追求，心灰意冷的阿华终于答应阿义的求婚，她觉得，太帅气的男人太伤人了，嫁一个丑的，日子会过得安心些，于是，很快他们就结婚，阿华嫁去桂林。第二年，生了一个胖小子。做了母亲后的她，满目柔和。慈悲体恤，是百炼钢化作了绕指柔。看她的双眼，有一泓清泉荡漾，一直照进别人的心底，那么明亮灼人，向上的，昂扬的，繁星一样。婚后两三年，阿华和阿义过得还算是幸福、宁静和满足。

有一天，阿华突然接到前男友阿灿的电话，他告诉阿华，他出差到桂林了，四年没见过她了，想见一面聊聊天。阿华犹豫了一下，可好奇心仍拽着她前去赴约。其实，阿华想法很简单，她想看看这个曾经伤害过自己的男人，如今是不是过得很惨？她没告诉老公，是偷偷去的。谁知，一到约定的地点，她不仅看到前男友阿灿，而且还看到老公阿义。阿华险些晕倒。原来，这两个男人竟然拿她出不出来约会打赌。显然，她的老公阿义输了，当场脸都气绿了，显得很受伤。无论阿华后来如何解释，阿义从此不再相信她。从那以后，阿义好像受了什么魔咒，只要一看到阿华接电话或者无意中发呆，他就会破口大骂她："骚货，又想哪一个野男人啦？"一次，她忍了，可十次八次这样侮辱她，阿华真受不了，她不知为此哭了多少次。也试着想与老公沟通，但他似乎已经铁石心肠了，当他做工程有钱后，公开在外面养二奶，他就是想让阿华吃醋伤心或绝望。

后来，她老公的生意越做越大，最大的工程在深圳，他决定将家迁到深圳。迁之前，他提出和阿华离婚，儿子他带去深圳，将桂林所住的一套房子留给阿华。

阿华记得，儿子望着出租车载走妈妈时，小男孩声嘶力竭地叫喊着。他离开一贯温暖安全的巢穴，那种惧怕的重压排山倒海而来。他只不过是上幼儿园，晚上妈妈就会接他回家的。所以，她iong是不放心地回头看看，心里倒不是太难受，有些小担忧，但为了他能更独立，她下狠心，任他哭叫。

而如今，她真的理解当年孩子的难受。儿子判给前夫，她无奈离开。已是5年级的孩子并没有太多不舍，只认为妈妈要出差，过几天就回来，所以很轻松地对妈妈挥挥手说，回来时别忘了给他买零食。粗心的孩子哪里知道，出租车后尾厢里装的都是妈妈的行李。他们商量，离婚暂时不告诉孩子，等他上初中后再说。因为孩子先要到深圳读书，到一个新环境，不能让他有不良情绪。阿华答应愿意配合。

其实，这一走，她自己也不清楚下次再见会是哪一天。因为儿子被前夫带去深圳，详细地址也没有，只知道在龙岗区，他有大项目在那里开发。幼稚的她以为，一个区有多大，到时她一定能找到孩子。

同样坐在出租车中的她，心灰灰的，仿佛人间所有的乐趣生吞活剥地，都被武断拿走，压抑地，憋闷地，无比孤清零落，全部的情绪沉溺在离别的孤苦无依中，泪水如决堤的海奔涌。她觉得自己很惨淡，婚姻没有了，孩子也远离了。过去在婚姻中的种种不公平的待遇，她都历历于心。自从结婚后，她真的只想做一个贤妻良母，她努力做到了，但只因那次的意外约会，她觉得自己有说不出来的满腔委屈，甚至含恨，她并没有想去幽会偷情。可不自信的老公永远也不会相信她的心里有多苦、有多冤。可这一切都成为往事，往事如烟。她觉得自己做了一个梦，梦醒后，什么都没有啦，只有无限的痛苦。

20年都过去了，我从没看到过她。不知她如何？一次偶然听到一个朋友的朋友说起她，在一次桂林财富大会上与她有过一面之缘。从他嘴里所表述的阿华印象，我有些恍惚。他说，那是一个绾着高高发髻的女人，气质高雅超凡脱俗，轻启朱唇，声音像银铃一般悦耳。

最后，他还神秘地说，当然这也是据说，这个受伤的女人与老公分手后，做了一个当地富豪的情人，但这个男人并不常陪她，几乎是她一个人住在空旷的海滨别墅里。任荒草蔓延过她的窗户，她也不去打理。她默默地看着大海潮起潮落，月亮升起又落下来了。一个人渐渐老去……

听着听着，我开始走神。记得，我们曾经坐在湘江边，吃着香香的炸耳片和豆角酥，聊着各自的心事，感叹明天的烦和忧。然后，又对视哈哈大笑一番。

历史的烟云、宇宙的变幻都在我们眼前。阿华你现在究竟在哪？我们最后一次见面在桂林，后来就杳无音信了，电话变了，再相见不知是何年？近几年家乡巨变，我几乎成了外乡人，也无法找到她的家人。但，我一直有一个简单的念想，希望哪一天，走在深圳的大街上，我突然能被她叫住，相认，那该多好！因为她亲爱的儿子在深圳。我相信她一定会来！

孤独的萨克斯

夏季，刚被雷阵雨清洗后的C市，驱散了暑气。往日热闹的街头，行人渐稀。我独自漫步，倍觉这座海滨城市的清幽、美丽。突然间，一曲乐声飘了起来。随着乐声飘来的还有一股湿漉漉的香气。驻足细听，是我喜爱的萨克斯吹奏，袅袅的、幽幽的，且带着长长的颤声，我循声寻觅，原来就从不远的梦幻歌舞厅里传出。

我轻快地踏进舞厅，不经意走向9号台，欲坐，服务员小姐迎过来礼貌地对我说："先生，对不起，9号台已被预订。"我只好挪到旁边坐下，要了一杯咖啡慢慢品着。

台上，一柱灯光投射在那位满脸络腮胡子的萨克斯吹奏者身上。随着一段徐徐的间奏，起而代之以滞涩缓慢的旋律，吹出落日的惨淡的余晖映照下的一大片长满野草的荒原来。乐声凄美悲切，像一串串高高低低的叹息。台下的听众都沉浸在萨克斯乐声中，个个不知不觉地向荒原走去，又仿佛走进一个陌生而奇异的梦境。这时，我随意向 9 号台一瞥，摇曳不定的烛光中，发现一个女子的背影，乌黑的披肩长发，在一袭洁白连衣裙的映衬下漆似的闪光。我来不及细想，又被飘动的萨克斯声拽了回去。

萨克斯所演绎的任何一首乐曲，都弥漫着难以诉说的孤独和凄美。自此，我常常步入梦幻歌舞厅。每次，我都惊喜地发现，那位白衣女郎总是独自一人端坐在 9 号台。在萨克斯演奏时出现，演奏一结束便悄无声息离去。令我疑惑不解的是，为什么她偏爱 9 号台？为什么总是独来独往？是失恋的少女，抑或是离婚的怨妇？我为自己的职业敏感而失笑，也为这神秘的女郎所好奇。

这是一个圆月高挂的晚上，萨克斯乐声从歌舞厅里传出来，如同蓝海里腾起一片朦胧的水雾，缥缥缈缈，时聚时散。吸引着我快步朝歌舞厅走去。她仍然守着 9 号台，静静地一动也不动，如一座美人雕像。我忍不住走近她身旁微笑地对她说："小姐，如果不介意，我可以坐在这儿吗？"她受惊似的抬起头，一双忧郁而美丽的大眼睛闪着冰砾的光辉。然后又漠然地瞄了我一眼，微露贝齿，轻轻地说了句："请吧。"

我有些窘，一向谈锋甚健的我，一时竟找不到合适的话题，便自我介绍起来："我叫叶帆，报社记者。"说着从上衣口袋里掏出记者证递向她。

她不由仰起头，打量了我一下，才说："噢，你就是叶帆？我常在报刊上读到你的文章，情感细腻，我还以为出于一个女孩的手笔呢。"说罢，莞尔一笑，苍白的脸颊上印出两个浅浅甜甜的酒窝。她的声音轻柔且缓慢。

"过奖了。请问小姐芳名？看来你对萨克斯情有独钟。"我轻轻地问。

“我叫白薇。我非常喜欢听萨克斯的吹奏，它是一种孤独的乐器，如同中国的洞箫。”

“我也喜欢萨克斯，感染力强。特别对漂泊的游子来说，萨克斯的吹奏好像在冥冥之中絮絮地为你祈祷着什么，顿时那种飘零的心情像觅到知音般感到安慰。”话题挑开，我的表达也变得流畅起来。

“你听，这是美国歌曲改编的《SAD MOVIE》，是一个女人述说着一个悲伤的故事。”说着她便沉浸在乐曲的情绪中了。萨克斯的吹奏犹如气球似的膨胀、膨胀，突然猝地爆裂，炸为无数碎片，流星般陨入黑暗。此时，白薇的眼眸中闪着晶莹。我刚想启口探问，她倏地站了起来说：“叶记者，对不起，我有事先告辞了。”

“你……我……我送你吧，不过，是……是自行车……”我一时窘得满脸通红语无伦次的。

她犹豫了一下，又轻轻地点了点头。

街上，灯火璀璨迷人。我扶着破自行车，与她缓缓地步行在一条林荫小道上。默默地走了好久，我沉不住气小心翼翼地问道：“白小姐，恕我冒昧，刚才你好像哭了？”她停住脚步，并没有看我，幽幽地回答说：“是的。因为《SAD MOVIE》触痛了我。”不待我问，她缓缓讲述一段刻骨铭心的悲伤故事：“五年前，我刚从艺术学院毕业就与男友一同从哈尔滨来到深圳。当时，人生地不熟，生活相当艰难。我们只好在市各家歌舞厅跑场。我跳民族舞，他吹萨克斯。常常一个晚上，跑七八家，累得我上楼梯都抬不起腿。有好几次，我差点晕倒在中巴车上。后来我们挣了点钱就买了一部摩托车。春夏秋冬，几年风雨无阻。虽然那时累点，但有他在身边，觉得特别幸福。白天不赶场的时候，他就坐在床上吹萨克斯，我就仄歪着靠在他的身边听他吹，任时光飞逝……”

灯光下，我看到她苍白的脸上泛出一抹幸福的红晕。接着，她又悠悠地叹了一口气，低着头若有所思。

我没有打断她的思绪，静静地等待。

“他吹肯尼基的《回家》特别出色和感人。”她好似追逐着远去的萨克斯乐声，黯然神伤地说：“唉！回家，他真的回家了……”

“回家？他为什么不带你一块回家？难道是他抛……”没等我说出“抛弃”这两个刺心的字眼，她立即打断我的话激动地说：“不！他绝不是那种人！他像大哥哥一样呵护我，爱我。我每次买回来的演出服装或新衣服，他总是细心而认真地修剪那些多余的线头，然后将每粒纽扣一针一线地加固……”她的声音哽咽了。

我有点茫然不解地看着她泪光闪闪的眼睛。

“那是去年9月9日的一个刮着台风的晚上，雨雾蒙蒙，天地难辨，我们跑完场在一个拐弯的路口与一辆疾驰而来的货柜车相撞。当场我昏死过去了……等我醒来，我才知道我已在医院昏迷三天，我脑部受了震荡，腿部仅擦破了点皮，而他却撇下我，留给我一支孤独的萨克斯，走了，永远地走了……”她说着说着，腮边的两行泪珠流淌在月光里，如同溶进平静的湖水里。我一时怔住了。那个比利时的天才乐器制作家当初为什么发明了萨克斯，给本已纷繁复杂的世界又添无穷的哀伤。眼前的白薇仍然抽泣着，我一阵心痛并歉疚地说："对不起，是我不该多问，惹你伤心了。"我握握她的手来安慰她，但伸出的手却又悄悄缩回去了。我不敢轻易触碰这只白蝴蝶，生怕惊飞了她。

当白薇怅然若失地走后，我懊悔刚才没有留下她的电话。回去的路上，眼前尽闪出她那长长的黑睫毛上挂着晶莹的泪滴和忧郁的大眼睛。

自后，接连几天都没见她在梦幻歌舞厅里出现。后来我因采访需要到外地一个半月，回来的当晚，拖着疲惫的身子直奔梦幻歌舞厅，依然不见她，忍不住向服务员打听，得知白薇有好长一段时间没来听萨克斯了。顿时，一种不祥的预感如同一团阴影，紧紧笼罩住我。我越想排斥这种不祥的预感，就越加感到这预感在迅速地弥漫。

这天，正在办公室写稿的我，忽然接到一个自称是白薇的朋友的电话，并约好晚上在梦幻歌舞厅 9 号台相见，说有要事转告，而且提醒我一定记得带上身份证。

晚上，我满腹狐疑地坐在 9 号台等候。不一会儿，一个戴着眼镜十分纯朴模样的小姐朝我走过来，慎重地问："请问，你就是叶帆记者吗？"我点了点头。她说："我是白薇的朋友，请将你的身份证给我看看，好吗？"一听是白薇的朋友，我毫不犹豫将身份证递过去便迫不及待地问："白薇她好吗？她在哪儿？"

"眼镜"小姐证实了我的身份后，便坐在我的对面，表情凝重地说："我是医院的护士。白薇小姐在我院住了一年半了，都是我负责护理她。大前天，她……"小护士声音哽咽地说："这是白小姐临终前托我将这包东西交给你本人。"说完，将一个档案袋递给我。我颤抖着打开一看：一本农行存折、一封信和一盒磁带。我迅速拆开那封信，跃入眼帘的是一行行娟秀的字体：

叶帆记者：

你好！

当你看到这封信时，我已随男友“回家”了。世事总是难料，就在男友遭到车祸不久，我便病倒了。经医院诊断是血癌。我知道，我活在世界上的日子不多了，所以在接受住院治疗的这一年多，我几乎每晚都溜去梦幻歌舞厅倾听我生命中的音乐——萨克斯。

“但愿人长久，千里共婵娟”这是人们心中的一种美好祈望。9月9日是我与男友相恋的纪念日，谁知，这一天又成了男友的祭日。所以，我去梦幻歌舞厅都选择“9”号台。每每听着萨克斯，仿佛觉得男友就坐在我身边……

肯尼斯的《回家》是那么幽怨和凄美，总让人渴望拥有一个自己的家，疲惫后可以回家。真的，我好渴望拥有一个自己的家，不需要有多大，也不需要有多豪华，只要能避风雨。叶帆，你有所不知，我和我的男友都是孤儿。家，对于我们来说，也永远只是一个梦。真羡慕有家的人，他们是多么的幸福啊！

我很荣幸，在人生最后一段宝贵的日子里，能认识你这位朋友。我喜欢你的作品，更敬重你的人品。每次见到你，你总是那样的谦逊和真诚。我坚信你是一个好人。

由于病情不断恶化，加上大量的药物化疗，我那美丽的长发每天都大把大把地脱落，身体日益虚弱，我知道很快我就要追随男友而去了。在这期间，我曾想见你一面，但我最终放弃这个念头。因为，我担心你见到我现在这副模样会难过的，我想我会很坚强且带着微笑“回家”。

叶帆记者，最后我拜托你一件事，请你帮忙。在这本农行的存折里还余有五万元人民币，请接受我送给你的一万元，去买一部摩托车，采访方便点。我希望你能多写一些脍炙人口的好文章。

我是一个孤儿，没有亲人，请将余下的四万元人民币代我捐给市社会福利中心，以表我的微薄之意。谢谢！

我要走了，遗憾的是我永远带不走萨克斯音乐。这一盒磁带录的是我男友生前所吹奏的《回家》，我一直带在身边，陪伴我度过许多日子，现在将它转送给你，留作纪念……

从此，每年在阴雨霏霏的清明节的这一天，人们总可以看到一个男人提着一部小录音机来到白薇的墓前，从录音机里飘出幽怨、孤独的萨克斯，好似一个孤独如青灯的老人发出的垂暮之年的凄凉的叹息……

红尘里 谁人与共

月亮悄悄悬上来了，还有星星缀满夜空。那个夜，静得像盛满月光的瓷器。马璐听见自己胸腔的轰鸣，它浑浊，厚重，仿佛混沌之后的重开天日，也仿佛她在瞬间脱胎换骨，她感觉内心有一种叫宁静的喜悦在慢慢上升，它是那样决绝和彻底。

马璐的家乡山清水秀，一年四季，入眼皆青山翠竹，溪水淙淙，山岚缭绕，白雾低回，几近于人间仙境。她在青山绿水中长大，一切皆从于自然。她善良，单纯，多情，毫无心机。

大学期间，马璐曾深深地爱过一个男孩。经历一个激情迷茫非常疼痛也相当青葱的青春岁月。她时常想起过往的那些心领神会的瞬间，这突如其来的爱情，令她通体透明，一种不可或缺的飞翔。

一次很普通的日子，她如往常一样去打早餐，因为学校有活动，那天人出奇得多，娇小的她只好站在远处，等其他同学全部打完后，她再靠近窗口。过了一会，一个高个子男生举着大盘子出来，经过她身边时，顺便将盘中两个热乎乎的大包子分给了她，说了一句："别傻等了，包子都卖完了。我送你两个吧。"说完，他风一般地走了。马璐愣在那里，半天没反应过来。

那是一张英俊的脸庞，浓密的黑发，深情的眼眸闪烁着轻盈的灵光。但又是一张多么傲气十足，蔑视万物的脸。有时，明明阳光明媚时，他却一脸阴沉，所以显得格外特别，让许多人关注。

一个月过去了，马璐始终找不到感谢的机会。他的名字却很容易打听到——林风。显然他是学校的名人，长得帅，学习好，喜欢音乐，他会吹奏好听的笛子。有时在夜里他吹奏笛子，声音清越，吹出了月光、竹林、沙滩还有仙人掌……让听者的不开心和压抑都在笛声里风吹云散。他一度让学校许多的女孩子迷恋不已。

马璐一直觉得自己只是一个丑小鸭，对林风只是远距离的欣赏，从来没有想过她会成为他的女朋友。而此时的林风如骄傲的王子，他正和学校公认的校花热恋中，他或许从来就没有关注过有马璐这个女孩子，上次的包子事件，他只是随性而为，而在马璐心中那是一次颇为甜蜜的片断，她愿意无数次独自回味着。但内心似乎又在等待什么。

不久，她听说，林风失恋了，很痛苦。然后疯狂乱找女朋友，在他眼中，所谓短期一周就分手，长期最多不超过一个月。林风成了众人口中的"花花公子"，这个时候的他人憔悴、颓废。马璐看在眼中，急在心中，她很想去帮助他，但又不知从何帮起？她心里认定，即使林风是狂浪之徒，她也会爱上他身上那股邪游的气息。

林风不断地糟蹋自己，疯狂抽烟酗酒，终于病倒了，好几天只能躺在床上，人极度虚弱，瘦得厉害。马璐得知后，顾不上女孩子的矜持，每天跑到他的宿舍照顾他，一个月之后，他身体好起来了。很自然，他们恋爱了。对于马璐来说，这份恋爱是怯怯的喜悦里仍藏着落地成灰的惊扰。

经过这一切，林风似乎收心了，他变得爱笑了，还会讲笑话逗大伙乐，有时会莫名向别人绽开一个明媚的笑，露出贝壳似的牙齿。那个把笑容和忧郁藏在冷俊外表下的男生终于变得更自信、平和、从容、洁净，又柔韧无比。

许多同学都在替马璐担忧，大学毕业后，他们会不会分道扬镳，是否还能如愿结婚?

马璐内心有些忐忑，但有一件事令她感动，那天她和林风约好，周三他来看她。可那天竟然下起倾盆大雨，她觉得他会爽约。没想到，晚上10:30他赶了过来了，只为看她一眼，并送一包她爱吃的芝麻糖，那是他奶奶亲手做的，托老乡送来，林风想让她吃上最新鲜的一口。虽然他赶上了到市里的公交车，但从市里到她上班的地方，已没有车，他就在雨中行走一个小时。风雨太大，即便打了伞，他身上还是湿透了。他见她的一瞬，灿烂地笑了，露出一颗可爱的虎牙来。看她吃上一块后，说："你早点休息呵，我得赶回去。"说完，将一张纸条塞给她。然后林风转身大踏步走了，走进了雨幕中。马璐马上打开纸条，上面写着："秋月当空，叹生前缘轻缘重，寂寥处寸心相知。春雨凭栏，念日后花开花落，红尘里谁人与共?世间情事，不分谁对谁错，全归此缘，缘深缘浅，都是天意。我爱你，直到永远！"

她终于知道，一颗叫爱情的种子已经在这场雨水孕育，等待着吐穗扬花。

第六辑

与女人有关

40岁以后才明白

是不是时过境迁才真正读懂真实的残酷？是不是四十不惑后才真正懂得激情永远不是爱情？如今已经做了外婆的玉婷更是懂得，没有爱情的日子才是宁静喜乐的。

有谁不曾在年轻的时候，爱上几个不堪的男人？可是当年却全身陷入，不能自拔。

那是一个午后，阳光透过窗外的树枝洒进屋里。她无心在家看书，便来到中心书城瞎逛，累了就随即走到优雅舒适的茶馆小坐。

坐了一小会，这时，服务生递了一张纸条给玉婷，她打开一看，上面写着一行潇洒的钢笔字："赏花宜对佳人，醉月宜对韵人，映雪宜对高人，品茗宜对雅人。如果不介意，我想请你品茗聊天，如何？"落款是：茶舍主人石涛。面对这样的句子，玉婷能不神思飞扬？她顺着服务生手指的方向望去，一个长得很儒雅，斯文，笑容很暖人的男人，正向玉婷走来。几句寒暄后，他们从古典文学聊到西方文学。那天，玉婷和石涛聊得畅快淋漓，共进晚餐后，彼此留了电话才分别。

自从相遇后，两个人都无法将对方从记忆中抹去。其实他们都有家室的人，心里却装着外人，即使在家也是神不守舍，坐立不安。玉婷反省自己是不是迷上对方？是因为石涛博学吗？细想，自己的老公也是博士啊。难道是因为对方帅气？可自己的另一半也是高大英俊型。暗对了半天，她总结一条，石涛比自己的老公有情调，连注视自己的眼神也有许多不同的内容。最主要的是对方很懂自己，她的表情有细微的变化，对方就能察觉，更能猜到自己下一步的全部想法。他俩的默契度100%，这让玉婷回味无穷。还有对方那充满磁性的声音，更显性感。也许是磁场相通吧！

如今的玉婷很冷静很客观地看待当年自己荒唐的冲动，当时的她做了情欲的奴隶。她仿佛被一股邪魔牵着走，一直走，走到深渊，最终难回头。玉婷哪里知道，这石涛是出了名的情场老手，他当然很懂她，不出一周，他积极主动约玉婷看电影。她精心打扮后欣然赴约。看完电影，走在回家的路上，在树下，在黑暗中相互找寻，试探，然后牵手。后来来到花香弥漫的小河边散步，就着皎洁的月光深情地凝视，掏心掏肺地亲密长谈。玉婷好喜欢在黑暗中握紧他的手，沉默无言，循着肌肤的温度探寻灵魂的迷宫。

以前，玉婷就嫌自己的老公木讷，不解风情。现在就更加嫌弃老公，觉得他在石涛面前就像一个土农民。玉婷永远忘不了有一次，在老公生日的晚上，她为了所谓的情调，特意悄悄买一件性感内衣，洗完澡后兴致勃勃穿上，本想好好与老公温存，没想到，她的老公瞪大眼睛很不解地对她说，玉婷，你怎么穿泳装睡觉啊？玉婷听后，气得差点当场晕倒在床，她只好很委屈地重换一套睡衣。那一晚本是温馨的气氛瞬间被老公的无趣打破。很久，她都没有释然。

或许在她的心里，一直有一种强烈的失落，觉得老公不懂她，也不够爱她，而且没有品位。她觉得他们夫妻的鸿沟越来越远，甚至遥不可及。

玉婷似乎在等待生命的男人能走近她，而这个男人必须润物细无声地渐渐靠近她，抓住她。恰在这个时候，石涛出现了，她把所有的爱都转给他，全然忘了自己已是妻子，更忘了自己还是母亲。小女儿几乎扔给老公去管，每天接送孩子去幼儿园，给女儿讲故事做游戏，都是婷子的老公任劳任怨去做。而她总可以找到各种理由和石涛约会，恨不得分分秒秒都想缠绵在一起，每次都疯狂燃烧激情。

后来，他们有了一次所谓浪漫的“私奔”。他们背叛自己的爱人，偷偷来到丽江古城。那几日，他们手挽手，沿光滑的石板街寻觅当年马帮的足迹，在粉墙黛瓦的古屋前倾听岁月的诉说，看清澈的小溪水流走昔日的繁华与衰落。或者，踅进茶馆或酒吧，在一壶茶或一杯酒中品味他们爱情的绵长，心中感受到从未有过的闲适与从容。玉婷这一刻只有一个愿望，赶快回去办离婚，然后她要和石涛一生一世，永不分开。

在丽江小住那晚，玉婷觉得淅淅沥沥的雨声安谧了她漂泊多年的心。清晨，他们嗅到了甜丝丝的空气，撑着伞，依偎着去看雨。小城还是宁静的，玉婷感受到柔软的时光在流淌，她愿意静静地享受其中。

满以为生活就是这样诗意和浪漫。所有的爱都寄在他的身上，可是，一切都是错，一开始，就是错。本来说好各自回去离婚，然后他们马上再结婚。那愈燃愈烈的火焰，让他们不离婚好像就无路可走了。其实，这只是玉婷的想法，石涛认为像玉婷这种尚有三分姿色的女人肯定是风月无边的，他只想分享一点撩人的月色。甚至根本就谈不上爱，更别说会和她结婚。其实，这一切都是虚影。是婷子一厢情愿的想法。

陷入爱情漩涡的女人的智商等于零，玉婷一回家就对老公直言她不爱他，并承认有外遇，想要离婚。老公听后格外伤心，看妻子那么决绝，他带上女儿搬出去住，然后很快办完离婚手续。

离婚后的她如自由的小鸟，每天都觉得天是那么蓝，花是那么美。但很快她感觉有些不对劲。因为她夜夜等待都落空，石涛不再如从前那样殷勤，有时一周也接不到对方一个电话或信息，打去电话总是无法接通，玉婷陷入黑暗和叹息中。

从丽江回家后的石涛，并没有遵守彼此的诺言——离婚，反而时常带上妻子在大众场合秀夫妻之爱。但妻子最终识破了他的演戏，最终和他离婚了。石涛很快和另一个漂亮少妇打得火热。过了半年，他迅速娶了一个比他小20岁的女孩。这时，痴情的玉婷总算彻底清醒了，石涛从一开始就只是把她当作一份婚外的小点心。

离婚3年后的玉婷在老公和女儿的呼唤中，重新回到家庭。她已从一个不知深浅冲劲十足的女人，变成了为生活负责的女人。回想和石涛的邂逅，觉得就是两个臭味相投的偷情人，与爱没关系。现在的她完全可以心平气和地与过去的不堪挥手告别，走向平平淡淡却宁静幸福的人生！

路过的爱情

小时候，对这位阿岚姐的印象很深刻，她比我大十几岁，算是大姐姐。她个子高高挑挑，白白净净，有一双会说话的大眼睛，明亮透心，说话声音特别轻柔，给人亲切感，对我们这些不懂事的小妹妹们，她热情地关心和提醒。

比如说，女孩子生理期时，夏天不能吃冷饮，冬天不能下冷水。每次，我们这些疯丫头和男孩子混在一起打水战时，阿岚姐只要看到一定会制止，然后将我们叫到一边，温柔地对我们说，女孩子千万不要和男孩子追追打打，女孩子很容易受伤的。她语重心长地说，我们似懂非懂地点头。她满意地笑了，满眼荡漾着爱。

阿岚姐这句温馨劝诫，我没忘。但做梦也没想到，端庄美丽的阿岚姐自己却没有牢记，后来一切的痛苦和后悔将与她一生相伴，这令我痛心和遗憾。每次想到她的故事，我只能深深地叹息。

当年，没考上大学的她很幸运遇到厂里招工，顺利地参加工作，在蒸煮车间上班。她很清纯可爱，嘴巴甜，逮谁都叫

“师傅”。

因为性格好，班组男女老少都喜欢她。18岁的她正是少女怀春时，悄悄喜欢上了顾师傅，顾师傅长沙人，比她大6岁，刚结婚。他大学一毕业就分到我们厂。他学中文的，在众人眼中就是大才子，虽然长相并不出众，但他多才多艺，琴棋书画皆通，最重要的是淳厚善良，朴实温和，和人讲话永远是专注真诚地微笑着的。他风趣，爱开玩笑。他和阿岚姐同一个班组，他是班长。平时在工作当中，他很关照这个可爱懂事的小妹。

阿岚姐虽然没读过大学，但她是文学爱好者，参加工作后，她一直坚持学习，爱看一些西方文学名著。有时，上班空闲时，顾师傅喜欢找她一起聊文学。毕竟两个人年龄相近，爱好相同，两个人待在一起就有说不完的话题。那么文静乖巧的阿岚姐每次听到顾师傅讲的笑话，总是笑得花枝乱颤。在不知不觉中，阿岚姐爱上了顾师傅，一份恬静的忧伤，在如花的季节颤颤地绽着淡蓝色的无望的花蕾。因为顾师傅有美丽的妻子，她只能将相思深藏心中。表面装着无所谓。暗地里，用积攒的热乎乎的体己钱，偷偷给顾师傅买衣服、裤子，甚至托朋友到上海买手表，然后在顾师傅生日的那一天悄悄戴在他的手上。顾师傅懂阿岚姐的心意却故意装傻。她一度瘦成了麻秆，楚楚可怜。

顾师傅妻子为他生下一个胖儿子，从此每天顾师傅口中念叨着都是儿子的吃喝拉撒。阿岚姐绝望之后，慢慢调整心态，心想只要每天上班能见到顾师傅就满足了，渐渐地，她的相貌又恢复最初的美丽。毕竟青春逼人，许多男孩子大胆追求她，她对顾师傅的心思就淡了许多，人也变得更加开朗和精神。

也许习惯了一直被人暗恋，或者说被女孩子追逐和爱着的感觉是一种过瘾的幸福。一旦，当阿岚姐目光从他身上挪开，顾师傅有强烈的失落和难受。尽管他一直知道对方爱他，曾经痴狂、疼痛和挣扎，但他只享受其中，却从不想给对方一点点承诺。当阿岚姐要远离他，去追求属于自己的爱情和幸福时，顾师傅就故意对阿岚姐有一些近乎示爱的动作，递工具时，他用手轻握了她的小手，她幸福得全身颤抖着。敏感的她欣喜若狂，几个晚上都兴奋地睡不着，闭上眼睛，回味的都是顾师傅说话的神情。阿岚姐的状态瞬间又被打回原形，在她眼中，其他所有追求者与顾师傅相比，实在差太远了，她心中仍然爱着顾师傅。

为了自私地将阿岚姐的心笼得更紧，顾师傅主动对阿岚姐嘘寒问暖。这所谓的“爱”是毒药，很快她就被“毒倒”，傻傻乎乎地沉浸在顾师傅对自己的关爱中。

有一天，正是车间装料期间，由顾师傅和阿岚姐负责。为了逗她开心，顾师傅拿阿岚姐开玩笑，羞红了脸的阿岚姐如热恋中的女子，忘了此时此刻正是上班时间，她撒娇似的“打”了一下顾师傅，顾师傅也没忘乎所以，左右躲闪后又笑着“打”回阿岚姐。这时的她面对面看着顾师傅，幸福而灿烂地笑着退着躲他，他们完全忘了，这不是浪漫的公园，而是重要的工作场所，她退着退着，一不小心就掉到正在敞开口的大蒸球中，一声惨烈的叫声吓醒了顾师傅，也惊动了上班的所有人。

要知道，这个蒸球直径6米，里面有大量的具有腐蚀性的硝碱，幸好里面装有草料，但她仍被严重烧伤。阿岚姐被厂里火速送到长沙省医院抢救，命倒是被捡回来，但她如花似玉的脸几乎毁了，尤其是右边脸严重破相，曾白皙修长的双手，如今也只剩下5个指头（左2右3）。大腿和双脚也被伤得厉害，走路相当困难。最后，阿岚姐被厂里定为工伤，长期深养闺中。那年，她才26岁。

自从出事后，阿岚姐彻底变了，她在家中几乎不说一句话，以泪洗面。40岁以前的她，几乎不跨出家门一步。每天都活在后悔和痛恨中，恨自己曾经一时的迷恋而造成终生的伤害。那个曾对自己关爱的顾师傅，自从她出事后，从没再出现在她面前。出事的第二年，顾师傅和他的妻子调回到长沙，从此，他在阿岚姐的生活中消失得无影无踪。

幸好阿岚姐还能自理，也能行走，只是有点一跛一跛的。烧伤后皮肤如红烧后的鸡爪子的皱皱皮。初看怪吓人的。她是长姐，她的小弟弟结婚时，她实在是抑制不住的狂喜，主动要求参加婚礼去祝贺。这是她出事后，第一次出现在众人面前，平时就缩在家中，帮父母干点家务，从不和外人有任何交往。连他大弟弟结婚时，她都一个人躲在家中度过，这回，不同，她主动要参加，满桌美味佳肴都勾不起她的食欲，她一门心思只想瞧一瞧喜气的新房，于是她慢慢地左右“扭”动地走过去。阿岚姐摸着丝绸被面，满脸幸福的样子，仿佛她是今日的新娘。她的手毛毛糙糙，一碰到被面就拉出一条丝来，小弟媳一看，心惊，脸拉得老长，阿岚姐完全不顾他人，继续摸，她几乎陷入在温柔而美好的氛围里，一直沉醉，脸上泛着羡慕和幸福的光彩，摸到最后，小弟媳强行地扶着她出去。

这时的阿岚姐额头上皱纹横生，在迅速走向老化与衰绝的过程中，是那颗对爱情挣扎的心仍在支撑着她，听她大弟媳说，她这个大姐在家开口一唱的都是爱情歌曲，一天到晚都在哼着。

阿岚姐今年57岁，仍是处女。但她依然向往着遥不可知的爱情。这个念头像倔强的爬山虎的叶子，延伸了无数个白大黑夜。

从村姑到白领

山村的夜晚很宁静，有时会突然有歌声响起，那是夹带着稚气的童声，显得极为清亮，且传得很远很远。清寂的夜一下子被搅乱了，于是，喧闹起来，生动起来了。

对于邹一丽来说，并非所有的往事都是过眼云烟，20多年的岁月流水，冲刷不掉铭记在心头的记忆。进城多年的她，始终不会忘记家乡的夜晚是那么真实和美好。

当年，父亲突然因病去世，家中还有两个弟弟需要照顾，她初中毕业就回家帮母亲干农活。邹一丽是村里最漂亮、最娴静的姑娘，她常在田头、山梁、河边不停地劳作。山间芳草萋萋、河边鱼跃浪飞，常见她忧思满面，但没听见过她劳累后的叹息。她心中一直有一个梦想，那就是进城打工，赚钱给弟弟们读大学。

机会终于来了，同村表姨的女儿嫁到城里，不久要生孩子。表姨的老伴前年病故，她有一儿一女，都在城里工作。如今表姨年纪大，身体不太好，她需要从家乡带一个保姆进城。邹一丽听到这个消息，主动上门请求表姨带她走，表姨一直对小姑娘印象好，便满口答应。

16岁的邹一丽就这样来到城里，开始她的打工生涯。她做事勤快又扎实，嘴巴甜，人又长得白白净净，笑起来特别甜。表姨的女儿一家人都对她很满意。

邹一丽是个爱读书的女孩子，每天忙完家务活，一有空她就找书看。她圆而温顺的眼睛里有一丝微微的笑意和坚忍，那是她留在青春时光里的芬芳。多年后，她的眼睛始终汪着一种鲜活而柔和的神采。

同村的其他老乡，在城里待上几年，马上学城里人打扮、化妆，内心长满了相互缠绕的荆棘枝条。而她的内心，始终是这样简单而踏实地面对生活。

邹一丽尽心尽职带小孩6年，小宝贝很快就要上一年级了。表姨的女儿建议22岁的她也该为自己明天打算。是进工厂打工，还是回家乡找对象结婚？就在她要抉择何去何从时，一场突发事件彻底改变了邹一丽的命运。

清晨，一场风不期而至，裹挟了阳光和云朵的碎片笼罩下来。邹一丽送完孩子上学，拖着有些疲惫的脚步迷迷糊糊来到小区后面的公园，一个人坐在草坪上看着沉默的大树和飞来飞去的蝴蝶，突然，心里发慌，有一种强大的孤独感和恐惧感向她袭来。

果然下午，她们收到噩耗。一辆油车与公交车相撞起火了，表姨的儿子出事了，熊熊烈火吞没了表姨的儿子。全家人陷入深深的绝望和痛苦之中。邹一丽刚接回孩子就听到这个消息，她突然感到一阵晕厥，胸口发闷，耳中嗡嗡乱响。

表姨清瘦的身子伏在被子上伤心地在啜泣，看见邹一丽进来，她一把将邹一丽搂在怀里。此时，邹一丽发现，表姨那稀疏的头发已两鬓染霜，眼角是密密的鱼尾纹。痛苦扭曲了表姨清秀的脸庞。邹一丽怜惜和难过的眼泪止不住向外涌。

儿子的突然离世，表姨大病一场，卧病在床大半年，邹一丽全天候着表姨，照顾她老人家衣食住行。在邹一丽的心里，表姨就像自己的妈妈，多年来，彼此关心照顾，她们就像母女俩。

后来，汕车单位不仅做出相应的赔偿，而且无条件解决受害方一个招工指标。表姨毫不犹豫将这个指标给了邹一丽，她从此成了国营单位的正式工。

邹一丽感谢表姨对她莫大的恩情，她非常珍惜这来之不易的工作，每天认认真真工作，谦虚请教每一个员工。为了快速提升自己，她参加成人高考，读夜校，取得大专文凭，虽然她从一个打字员做起，但一直很努力，不管是工作，还是在为人方面，她都竭尽全力去做。人称“女拼命三郎”。有时工作加班到凌晨四五点，这是经常的事，但她从不叫一声“苦”，第二天8点，照旧打起精神准时上班。

经过20年的打拼，邹一丽早不是当年的农村女娃，她是单位的骨干，部门的领导，她全身散发出一种干练的风采。

同村的老乡再见她时， 邹一丽时髦短发，浓眉大眼，宽肩窄臀，衣着随意而时尚。每次聚会结束时总有人盛情拥抱她，她高兴地笑纳，有一副什么风雨都见过的雍容泰然。

许多老乡羡慕她，她能遇到贵人表姨进城，最后还能成为公司正式工，如今还是部门领导。邹一丽说，当她失落伤心时，她最喜欢到公园走一走，从石头缝里寻找春天最早的一抹绿意，也在秋风中捡起一枚枯叶。她从来不认为只要能吃饱就是幸福。她要不断地奋斗，用成绩来回报自己的母亲及对她恩重如山的表姨。她说到，也用行动做到了。

岁月为爱见证

一民，虽是中专生，但班上每个人都称他“博士”，在我们如痴如醉读金庸或是琼瑶的小说时，他却跑到图书馆借来四书五经研读。

只要与之交谈，他肯定非常耐心地对你讲解《论语》，透过他那厚厚的眼镜片，你就能看到他眼中写着“博学”两个大字。叫他“博士”，无可非议，我们心中都服气。

一民不苟言笑、对人呆板冷漠，但了解他的人都知道，他是“铁皮暖瓶”——外冷内热。他朴素克己，尤其他的自觉和严谨让我们惭愧不已。学校的宿舍经常停水，一些调皮的学生就愤怒地将所有的水龙头拧到最大限度，一旦来水，声响如小瀑布。一民住在四楼，每次停水期间，一民总是竖起耳朵，只要听到水声，他就像离弦的箭一样射出去，从四楼跑到一楼，然后从一楼爬到七楼，把全楼近百个水管一一关闭。

每次都是这样，那些调皮的男生从来没有因为一民的举动而有所收敛。在他们眼中，一民是一个怪人，有怪癖，他要求自己天天冷浴，即使隆冬也照样坚持，湖南的冬天是冷得刺骨。同学们好心劝他放弃，他反驳，清洁是其次，主要是对意志的锤打。最初他体态瘦弱，经常看到他感冒，鼻塞和喷嚏是常有的事。中专两年，他硬是一天不缺地坚持洗冷水澡，后来，有一次发高烧都讲胡话了，好点仍坚持去洗，大家都觉得他太“疯狂”。可他就是一个说到就一定要做到的人。

别人有事求助于一民时，他绝对有求必应，甚至披肝沥胆，别人的一声咳嗽他都会当圣旨办，所以我们常让他帮这助那、买书拎包的。有时他被使唤得筋疲力尽了，只要人家夸上一句 “一民，你可真是一个大好人啊”，他马上就会喜笑颜开，一副心满意足的样子。

一民对女人的宽容度特别大，他对班上所有的女生都有着友善亲切的关心，但是感情从不出轨。我们有时开玩笑说，其实男人要有点可爱的“坏”那才是一种魅力，而一民是一个过正的男人，女人只会敬而远之，就像蒸馏水太过纯净反而不便于使用一样。可他一根筋，坚决反对这种说法，他说，有一天他要是爱上哪个女人，他一定会一辈子对她好，绝不会变坏！没过多久，他与我们班上的小倩——一个温柔安静的女孩谈恋爱了。

毕业后，他与小倩一起分到外地。过了一年，他们走进了婚姻，生了一个宝贝儿子。

一晃20年过去了，由于一民的性格使然，他在仕途上没有什么起色，一直在一个行政机关工作。多年来，他没有想办法动脑筋去赚钱，从不曲意逢迎领导，只是规规矩矩地当好他的办事员。

我听另一同学说起当年一民的一天：每天早晨骑着中年“级

别”的自行车，乐呵呵地先送儿子上学，然后载着媳妇小倩，从喧嚣的闹市中穿梭而过，送小倩安全到单位上班后，他准时来到自己的单位。下班时间一到，他就放下手中的一切工作，赶去接媳妇，然后两个人双双对对，手牵手去市场买菜。每天都是这样，周而复始，一年又一年。我们都在纳闷：一民和小倩真的甘心就这样平静地守着那个小地方过上一辈子吗？

前年，趁着一个出差的机会，我来到他生活的小城市，特意去看望一民和小倩。他们当年结婚早，现在儿子都已经读大学去了，如今幸福地过着令人羡慕的二人世界。来到他们的小屋，我与小倩坐着闲聊，一民忙着做饭。聊到谁谁同学成了“大款”，谁谁校友仕途顺达，谁谁昨日还衣衫黯淡的难兄难弟们，转眼间都已脱胎换骨青云直上了。甚至还聊到那位曾经追求过小倩的某人，如今当上大官时，小倩听后只是淡淡一笑告诉我，她嫁给一民很知足。

小倩对我说起一件小事，她认为一民果真是一个说到做到的好男人。小倩体虚畏寒，医生建议她每天晚上要用热水泡脚。小倩自从嫁给一民那天起，一民就坚持给妻子洗脚，一洗就是18年。

听小倩静静地说着，我仿佛看到一幅温馨的画面：一民蹲下来为小倩洗脚，抠脚心逗她发笑……在女人心中，其实老公当多大的官、有多少金山银山都不是最重要的，只要能对自己有一份迁就、体贴和无微不至的怜爱，女人的心永远温暖。那一刻，我明白什么是：相濡以沫。

是啊，执子之手，与子偕老。岁月沉默如金，岁月为爱见证。

低音中的岁月

从小，晖就被大家称为“百灵鸟”。记得，小时候的她长得水灵可爱，模样很俏丽，两个小羊角辫扎得高高的。如果在背后唤她一声，她回过脸来，眼睛又黑又亮，让人喜爱。

她喜欢唱歌，音色透亮纯美，一如天籁之音。她是我们学校音乐老师们的宝贝，只要学校举行文艺演出，她必定是一个小小报幕员。若有合唱表演，不管是学生或是老师们的，她铁定是领唱。从小学到初中，她的生活一直如她的歌声处在美妙的高音。

初中毕业后，她的“高音”似乎不再出现，取而代之的却是经常“唱”着岁月的低音。

晖中专毕业后，在车间上了几年的三班倒，就办理停薪留职来到广东惠州闯荡。工作中，有一个大她10岁的同事K，属离异无孩男。他对晖特别关照。晖刚开始对K并没有什么特别好感。后来，K经常约她聊天请她吃饭，同时还细心教她学讲粤语。有时周末，约她一起看电影。逢节日还特意给她送精美小礼物。K

追了她3个月后，他们开始恋爱了，很快就租房住在一起，每天下班，他们俨然一对幸福的小夫妻手牵手去菜市场买菜，然后大哥哥似的K为晖做可口的饭菜。当时，晖觉得自己是世界上最幸福的女人。有一天，她发现自己不小心怀孕了，顿感恐慌，因为还没结婚，她想去做人流，这时的K表现得更加体贴入微和温柔。他马上很认真地向晖求婚，并信誓旦旦地说，今后要对晖和孩子一辈子负责任。晖感动得热泪盈眶。很快，他们就登记结婚了，晖只给家乡的父母打了一通电话，告知结婚的事。没有婚礼，也没有亲朋好友的祝福。一切悄悄地进行。但晖一点也不在乎，虽然仍住在出租屋，每天挤着公交车上班，老公赚钱也并不多，但她很知足。她认为只要K永远专心爱自己就够了。婚姻在一个阶段已经开始鸾凤齐鸣、琴瑟协畅。没有什么抱怨和莺语，彼此适应，依偎一起，拥揽，晖幸福地感觉到那种血浓于水的亲情。晖爱K，她愿意做一个小女人，在他面前，低眉敛目的安静。

当晖怀孕5个月的时候，K就不让她上班了，晖在家静养着，每天给肚子里的宝宝讲故事，每天让胎儿听音乐，自己也大量读育儿方面的书，做好一切准备迎接新的生命到来。时间似流水，差不多，还有一个月就瓜熟蒂落了。晖认为她的生活似乎朝着幸福的路上奔去，然而，那一通电话，瞬间将幸福之舟全部沉没。

这天晚上，K正在厨房忙着为晖做晚餐，正要炒菜时，他的手机突然响了，他一看，马上关上炉火，然后竟然跑到阳台上去接电话，神情有些奇怪。敏感的晖觉得好蹊跷。于是，她蹑手蹑脚地躲在老公的背后，仔细听完K和对方的通话内容。原来，那通电话是K的前妻打来的，她哭着告诉K，她忘不了他。晖万万没想到此时的K对前妻说，我心里只爱你一个，要不是你不能生孩子，我绝不会选择离婚的……晖听后，气得浑身发抖，头晕眼花，一下子瘫坐在地上。这响声惊动了K，吓得他面如土色，马上挂掉电话，迅速扶起晖。

接下来的时间，晖像疯了似的和老公吵架，她恨K骗自己，说是爱自己才结婚的，其实她只是K眼中的一个生育工具罢了，她双手握成拳头失去理性地捶打自己的肚子，她想让孩子坠下，K吓坏了，使劲抱住她发誓，他是爱晖的，他解释，他只是在电话中安慰一下前妻。此时的晖，根本听不进任何解释，她觉得伤透了，从此，她不再相信K。

每次晖哭累了，她就像一只伤痕累累的老母鸡，独自蜷缩在逼仄的出租房里，然后再睡得昏天黑地。醒来后，她自责好对不起肚里的孩子，哭了半天。她甚至听见自己的每一根骨头都在轻声叹息，每一根头发都在埋怨自己，为什么当初那么轻信这个离过婚的男人的誓言。此时，老公不在家不知外出干什么去了。晖想，他也许又去会前妻吧，她不想理会，也不想闹，她太累了。此时的她在心里打定主意——离婚。

27岁的她决定一生下孩子就离婚。说是，成全K和他的前妻吧。她恨恨地想，你们想借我肚子生孩子，那孩子一生下，她就带回老家，K休想天天见到儿子，但每个月对方必须付生活费和今后孩子的学费，晖不想再见到这个男人。她真的说到做到，在家乡一待就是18年 ，其间孩子的爹来看过三四次，之后就是每月汇钱。因为她不想让他多看，也不想让儿子记住这个不负责任的爹。

虽然，在我们面前，晖表现出来的总是淡淡的神情，但我相信她是一个在幽暗角落而独自垂泪的女子。她不想让她的父母和儿子看见，更不愿让朋友们瞧见。

有时，我们善意建议，孩子也需要父爱，适当让孩子和他爹交流一下感情。她一听，杏眼圆瞪说，休想！我是母爱，也是父爱！我们哑然。深深地心疼她，这么多年，好强的她一手带大儿子，她在孩子面前从不谈他的爹。

离婚后，她也曾谈过两次短暂的恋爱，只要对方一提出将她的儿子还回前夫，晖断然拒绝，就不再与其交往。她总对关心她的人说，她很满足现在的状态，三餐饱饭，一枕甜梦。她决定锁心静守儿子的成长，不谈爱情。

我只在乎你

最初认识你，除了记住一个美丽的名字——白小柔，其他，如三月的江南烟雨，细细的雨丝，浓浓的雾气，渐迷蒙、渐飘散了。说实话，你长得太平凡了，在这万千佳丽，美女如云的世界里，你一如尘埃般渺小、不起眼。

我外派工作一年回来后再见你，我简直惊呆了，你的腰身苗条，肤色白皙，令我突然想起"肤如凝脂"的古句来。脸色红润润的，真正的面若桃花。眼睛变清亮，眉毛变婀娜，红唇变温润了，就连以前似黄毛的头发也变成黑亮软缎般齐腰的长发。

随着岁月的流逝，我们必然容颜老去，而你却乘着岁月的驿车，驶向成熟的美丽。很快，同事为我解开了谜底，原来是爱情让你焕然一新。

终于你下决心走出围城了。在五年的婚姻中，只因为你没有生育能力，没能给老公生下一儿半女，就像犯了滔天大罪。每天你都饱尝老公的拳打脚踢。虽然厂工会主席十分勤快地到家中调解，但效果都不佳。当着工会主席的面，你老公认错态度无法挑剔，保证书也照写不改，这些保证书堆在一起，足以出本书。当工会主席前脚一走，你老公的后脚又踢上来了。每天上班，我们经常看到你的脸上 “挂彩”，红一块的，紫一块的。那时候我们年纪小，真不知如何去安慰你。心里除了难过就是心疼，同时对婚姻充满困惑和恐惧。那些年长的阿姨们显然镇定些，她们一边给你抹药，一边骂着你的老公，然后劝导你，如果实在熬不下去就离婚算了。这时的你只是低着头哭哭啼啼的，除了责怪自己不争气，对老公却没有一句怨言。其实，你除了不会生孩子以外，什么家务活都不逊色，还会烧一手好菜，一桌十大碗的菜真是色香味俱全。可每次你的老公酒足饭饱后就对你大打出手，丝毫不念及你的好。尽管如此，你仍然不想离婚。直到你的老公在外面有另一个女人，并且已怀孕3个多月时，你老公对你直接下逐客令——离婚。你几乎是被逼着走出家门的。

起初，离开那个早就没有了温暖的家时，你很痛苦也很挣扎，渐渐地，你发现在生活中，没有那个整天打骂自己的人，心情反而更开心。你开始与同事们的对话多了，人也变得开朗起来，大伙终于可以看到你难得一见的笑容。

世上的事就有这么奇妙，你离婚两年后，这神圣的爱情突然降临了。本来你不再相信爱情的存在，因为自己已是33岁的女人，理应成熟、坚强、入乡随俗、中规中矩，必须习惯接踵而来的责任与失去。

你做梦没想到，爱你的人竟然是一个新分来的大学生阿林，白白净净、高高大大，且比你小十岁，你犹如受惊的小兔子四处躲藏，你不是不想得到幸福，而是这种幸福来得太突然，来得太不合常规。你们各方面都有差距，面对小伙子的猛攻，你想以柔克刚。在那个年代，很兴认干姐干弟。你便对阿林说，我没有生育能力，是一个不完整的女人。不如，我认你为表弟吧。没想到阿林很坚定地说：“不，我不要你做我的姐姐，我要你做我的妻子，我要照顾你一辈子。不能生孩子没关系，我们可以去抱养一个！”

这句话好耳熟啊，那是杨过对小龙女说过类似的话。杨过将所有强敌全都视若无物，爱到极致，死又算什么？爱人非完璧又算得上什么？他一门心思只要现在，实实在在地与爱侣在一起，死寂如古墓也好，险恶如江湖也好，他只要与小龙女在一起，就胜过在天堂。

在我眼中，杨过是个大气度、真潇洒、重情义、高智商的好男人，本以为现实生活中不可能有这样的男子，阿林却让我改变了看法。

你们最终成为恋人了，阿林的快乐一点点地感染你，让你这颗曾经受过伤的心得到宽慰，也觉得生命像这艳阳天辉煌起来。

在相恋的日子里，你们面对家人的反对和世俗的不解，当中有些人是真心宽容，有些人却暗藏讥嘲。你想打退堂鼓，可阿林始终锲而不舍。要知道在帅气十足的阿林身边，其实包围着许多青春靓丽的小阿妹，可阿林偏偏喜欢你，他常常深情地对你说，今生我只在乎你!

你终于接受阿林，并愿意和他一起面对人生的坎坷。经过那些沧桑，你只想静静地依偎在一起就相当满足了。回想过去的一幕幕，生命中伤感的际遇，全飘逝无踪了，你在你爱的人身旁，不染哀愁地淡淡地微笑着。

说心里话，你们当年的恋情，我的确非常担忧，祈祷受过那么多苦难的你不要再次受伤。事实证明，我们的担忧是多余的。你的身体向来很虚弱，记得你们恋爱不久，你因为肝脏有毛病需要做手术，在医院一待就是三个多月，在病床前倒水倒茶、倒屎倒尿的都是阿林一手包办，尽心尽力却没有半句怨言。你们恋爱两年后，终于走入结婚殿堂。阿林没有失言，婚后你们一起去福利院领养了一个小女婴。

一晃15年过去了，前不久，家乡来友人，我问及你的情况，友人告诉我，你们幸福地相守在一起，恩恩爱爱。当年收养的女孩，现在都上初中了，乖巧懂事，品学兼优。

是啊，在喧嚣的尘世，相爱的人让承诺成真，是多么幸福的事！

梦醒时分

丽娜每次唱起这首《梦醒时分》就会泪流满面。细听，确实她的故事一如这首歌词中所表达的：“你说你爱了不该爱的人，你的心中满是伤痕，你说你犯了不该犯的错，心中满是悔恨……早知道伤心总是难免的，你又何苦一往情深……”

最初她和H谈恋爱的时候，我就劝过她，当时陷入热恋中的她哪听得进去啊！如今，我仍提醒她，忘记过去，努力朝前走。因为有些事情你现在不必问，有些人你永远不必等！

漫漫人生几十年里，究竟有多少情境就像这样，明明不合适，明明没兴趣，明明很勉强，明明是一个无解的困局，偏偏不肯放弃，偏偏坚持到底，最后落得一个惨不忍睹的局面。

丽娜离婚后，仍然对爱情充满无比向往和幻想，如果没有它，她认为自己就会变成涸泽里的一尾鱼，迟早会枯死。我作为她的朋友，怎么相劝，认为她与这个小男孩的恋情多么不靠谱，但她硬是不撞南墙绝不回头。我只有干着急的份。

老友们在一起，我们又开始苦口婆心劝她要小心，她的男友H比她小15岁。丽娜事业有成，是某保险公司的经理，她的孩子大学毕业都参加工作了。她完全没有任何负担，用她自己的话，她要享受生活，体验爱情，感知激情。

其实，从开始，丽娜不知该如何对男友H定位，当H靠近她时，当H牵她的手时，她知道自己已经彻底投降，只因H与久远的那个初恋男友极其相像，她面对H一点防范心理都没有，甚至不愿有，好像如飞蛾扑火般势头迎上去。

相处三年半的时间，分分合合，丽娜的心早已疲了，她只是守着灰烬过冬罢了。聪慧的丽娜一开始就知道这是一个错，不管走过千山万水，走尽天涯海角，H永远停留在原地，而她早已过尽千帆，回不来了。她明明知道H就是“三不”原则的男人：不拒绝、不承诺、不负责。但她仍自欺欺人地想着他是“三心”男人：看着舒心、谈得开心、玩得顺心。所以愿意假寐。就这样一个面容相似而灵魂完全不一样的他，让丽娜晕头转向。本来面对这样的男人，正常女人应该闻风而逃八万里，可丽娜除了因为H像20年前的初恋男友外，还有她内心的骄傲在作祟，更可能还有一种灾难性的好奇心，她甚至不自量力地想，以她的品质，是否可以让一个如此玩世不恭的、厚颜的男人改邪归正？H 多次对丽娜开口借钱，丽娜都一一借出。这些，我们都不知道，分手后，她在哭诉时候讲的，我们非常心疼，这些钱都是丽娜辛苦赚来的。是啊，以友谊的名义借出的钱，关乎社会公德，有一天或许借款人可能会还回来。但是如果以爱情的名义借出去的钱，就难说了，人财两空，是经常发生的事。对得益的一方，那是本事；对出血的那一方，那是爱的代价。

丽娜不得不承认，她不可救药地爱上他，他手感很好，有力量感，还有肌肤的质感。

每次和H外出旅行，虽然路上有些小插曲，但都不影响大局。丽娜和H俨然夫妻俩，那是演技还是内心欣喜所趋，无法获知。是的，一个陪你玩得很开心的男人，拒绝他是需要勇气的。

不是不可以拒绝，是她没有独自面对生命的虚无与寒冷的勇气，哪怕小小的爱，借来的爱，也能够给予她一寸一寸御寒的内心力量。这三年多，丽娜一直处于被动的状态，都是对方有绝对的主动权，凭什么？只因为他年轻，可以任性，可以重新开始他的生活，而她觉得时间已过大半，就没有实力？其实，丽娜一直扮演一个卖火柴的小姑娘，死死拽着手中的那一团团转瞬即逝的温暖。

事实上，丽娜错了，起初就是错。纠缠三年半，人生百味差不多尝试了九十九，欢喜与悲伤的两极体验，渴望之后是更深刻的绝望，到最后全部归于天凉好个秋的无奈。两次假孕事件让丽娜清醒许多，唯一不能放下的是自己的不甘心。最令丽娜吃惊的是，H虽小，却是一个情场老手，他可以让丽娜在最依恋他时，迅速冷下来，对她放话："我随时可能结婚，很快的，像我这个年纪。"当她心情沮丧想下决心与他分手时，他的一句话一个眼神一个拥抱，就让这个傻女人回头。

其实，丽娜和H这段恋情完全没有任何悬念，结局显而易见。丽娜给对方买车买房，百般讨好，只为H不要轻易离开自己。她哪里知道终有一天，她在H的记忆中，只是一个过客，一个符号。她无法想象，与自己夫妻相称几年的H，瞒着她，竟然与她的手下，一个年轻俏丽的女孩子暗度陈仓，直到这个女孩怀孕了，她才醒悟过来。原来，她深爱的H马上奉子成婚了，新娘不是她！H对丽娜无情摊牌，分手。任丽娜不要尊严的苦求都无济于事。当时，丽娜恨不得想杀了这个负心郎，然后同归于尽。吓得我们这些朋友天天守着她，开导了好几天，她总算明白过来。

真是旁观者清啊，H最给不起的就是这一生一世，丽娜已经是他的昨夜之灯。他的行李还没走，他的心早就对未来无比憧憬，也许她的祝福于H都是多余的，因为这会让他的行李超重，她唯一能做的，只能躲在纯棉窗帘的背后，默默地注视着他远去的背影，独自哭泣。

没错，那曾经的情爱和由此带来的伤害，依然潜伏在丽娜的身体深处。但我相信随着时间的沉淀，丽娜总有一天会清醒过来！

诗人不懂女人心

阿芊，南方人，高高的个子，瓜子脸，面细嫩白柔，行动举止透着优雅，语言如古筝流水清脆悦耳。当年有许多优秀的男孩追求她，但她一个也没瞧上。

有人赞阿芊如桃花，说她是最娇柔又最妩媚的花。我觉得喻为桃花不妥，桃花的花期短得令人惆怅也令人伤感。我更希望阿芊如梨花。岑参的诗句："忽如一夜春风来，千树万树梨花开。"觉得梨花耐人观赏。

虽说雪是天上的雪，而梨花却是人间的雪啊！想想这雪缺少的是香气，而梨花既洁白又芳香。如果能真心欣赏如梨花般女人的男人，一定是男人中的精品吧，梨花没有夺目的色彩，更需要有内涵和深度的男人来解读。阿芊这朵梨花将会遇到怎样的男人来品读？

多年以后，她告诉我，在朋友们的一个聚会上，她被一个心高气傲的诗人所吸引，当时，这位诗人在声情并茂地朗诵叶芝的诗：

当你老了，头白了，睡思昏沉，
在炉火旁打盹，请取下这部诗歌，
慢慢读，回想你过去眼神的柔和，
回想它们昔日浓重的阴影。

多少人爱你青春欢畅的时辰，
爱慕你的美丽，假意或真心，
只有一个人爱你那朝圣者的灵魂，
爱你衰老了的脸上的痛苦的皱纹。

垂下头来，在红光闪耀的炉子旁，
凄然地轻轻诉说那爱情的消逝，
在头顶的山峦它缓缓地踱着步子，
在一群星星中间隐藏着脸庞。

诗一朗诵完，阿芊也醉倒了。之后，在这位诗人的火辣辣的追求下，本来很有定力的她竟然轻易就答应了他的求爱。当诗人为她写了两首《致梨花》和《每夜我都在思念你》诗后，阿芊对他的才情彻底倾倒。

的确，优美的文字令阅读者晕眩。阿芊说是文字诱引她步入婚姻的圈套，同时也是文字让她能在生活粗大的褶皱间，发现一些闪光的砂子，看起来那么像被打碎的小小金粒。可怜的阿芊真以为自己幸运地走进一个大金矿呢！

恋爱半年，她不顾父母的反对，一意孤行和诗人结婚。当年，她对父母提及的柴米油盐报以嘴角的冷笑，坚信自己已拥有更高层次的幸福，像她老公诗中的理想，就是穿着干净而粗糙的衣服，也会散发着清清的寒香。

阿芊做梦都不曾想到，在若干年前年轻的自己，拥有可人的姿容，生活的烦恼也只是不知怎么打发掉那些痴迷的追求者，而现在的烦恼则是在婚姻中，如何与这位优秀的诗人和谐相处。他文中的境界是多么高远而旷达，现实生活中的他却很有功利性，每走一步都带有目的，任何事他都要斤斤计较。尤其是诗人自己可以百花齐放，却不允许自己的老婆与任何一个男人说一句话。

最让阿芊痛苦的是，诗人写下柔情似水的诗句，转瞬间，可以对她露出狞厉的面孔，甚至加以拳脚。因为倾心诗歌中那些优美的表达，她坚持着这段败笔的婚姻。用了十年的时间她才清醒，不要把对文学的想象，轻易运用于具体的生活。其实，我们这些凡夫俗子每天必须像个被生计追剿的逃犯日日奔波，直到头白齿豁。阿芊明白，我们不是生活在真空中的道理。

可是，阿芊的诗人老公却不理会这一切，家中事无巨细都是阿芊的活儿，他好像只做一件事——写诗。经常外出聚会，去高谈阔论他的诗，却将她一人撇在家中。有时，通宵不归，这让阿芊牵肠挂肚和心烦意乱。面对这一切，她老公不以为然，反而认为，他作为诗人是不可能困在家中，只守着一个女人，那他这个诗人就变成废人呢。他需要不断寻求艳遇，不断寻找灵感。阿芊无语，深感困惑。也许这所谓的诗人容易将爱情艺术化，当爱情并非想象中的艺术而成为俗不可耐的东西时，诗人就像智商极低的孩子一样，无所适从了。他们更需要轻盈飞翔的翅膀，或者说更需要有灵性的女人。

本来，女人是乖巧的、柔弱的、细腻的，尤其对她心爱的男人来讲，在他们看来是极其微不足道的举动，都可能伤害到她的柔弱心肠。可是这位诗人是粗犷的，婚后的他根本无暇顾及她的细枝末节。

阿芊很困惑，她说，为什么女人结婚前说一句冷了，男人就马上把外套脱下来给你披上，现在若喊冷，他就会顶你一句，心里想着不冷就会不冷。阿芊一听就委屈地哭了，她的老公万分不解，大声嚷嚷，你怎么这般娇气？

无独有偶，曾在张欣的《上善若水》中读到一篇《过马路》，大概内容：她结婚多年后的先生，每次在过马路时，总是行动敏捷地一个人往前冲，抛下作者一个人站在街边左顾右盼多个回合之后，再一路小跑着冲过马路。作者总是很生气质问老公这一点，可老公却颇不以为然，因为在她老公眼中，这是一件太小太小的事，都是大人，难道不会自己过马路吗？看后，会心一笑，继而又是一阵相同的心酸和无奈。

阿芊的心情我懂，可身边这些男人们却不知能否读懂女人的心。是啊，女人为什么要嫁人呢？只因为需要一个人更疼爱自己，只希望老公的手温暖而有力，同时还是支撑自己一生一世的精神慰藉。没错，女人嫁给你们，就是要你们疼爱的。

错过的情书

一

考入中专那年，阿莉正好15岁，花季的年龄，虽然穿着打扮十分朴素，但青春裹不住，周身洋溢着朝气。她爱笑，一笑脸上两个酒窝，那爽朗的笑，清脆入耳，很阳光，很有感染力。我和她同桌，又同寝室，很自然就成了形影不离的好朋友。

她的梦想本来是考大学，但她很懂事，想早点参加工作，为父母减轻负担，于是放弃重点高中，选择读中专，想让弟弟有条件读大学。她私下向读高中的同学借来课本自学，然后还将《大学语文》囫囵吞枣地学了一遍。她酷爱文学，读中专时，她写了一篇两万多字的短篇小说《梦境》，在当地的一家有名的刊物上发表。这令同学们大开眼界，也让老师刮目相看。那时的我，只能偷偷在日记中写一些类似打油诗或是寡而无味的短句来。

阿莉是学校的名人，被同学一致誉为校花。那1.70米的高挑身材亭亭玉立，在南方很少见。她是美丽的白天鹅。

在中专同学中，有初中毕业考入的，也有高中毕业的。当时，学校早恋的现象很普遍。学校坐落在美丽的湘江边。每到下午放学后，湘江的沙滩上出现两人一对、三人一群的同学。有时，周六下午，阿莉约我一起去沙滩散步，顺便还带上一本散文或小说，走累了，就坐在沙滩上吹吹风，看看书。有些同学就开始议论，说她装给那些优秀男生看的。我觉得他们的说法很幼稚和可笑。仅凭她的漂亮回头率就百分之百，更何况她还内秀，才气逼人，每天学校广播室的稿件大多是她写的。

我是她的密友，所以常常有幸读到别人给她写的求爱信。有时，课间做操那会工夫，阿莉的课桌里就收到十几封求爱信。这时的我特兴奋，总是雀跃不已地向她报数共有几封信。而阿莉的神情总是淡淡的，甚至是不屑。这让我这个旁观者感到讪讪然。

胆小的求爱者是悄悄传递情书，胆大的就干脆直接找上门，阿莉机灵而狡黠地说，对不起，你迟到了，我有男朋友，他在某某大学读书呢。这让对方彻底死心，只能另寻芳草。面对那一封封热情似火的情书，她有心情时就像老师批改作文一样，仔细地用红笔将人家的情书修改得五花八门的，毫不客气指出情书中哪些地方是病句和错别字，最后配上评语，并将改好的情书亲手交回给求爱者。好家伙，这真是一个大损招。让本来信心满满的求爱者，觉得无地自容，一下子像泄了气的皮球。好多男生元气大伤。

多年以后，在同学的聚会上，许多男生都对阿莉这一损招进行严厉的“讨伐”，我当时也看不惯阿莉这一招，实在太伤人自尊了。唉，都怪这些男生也不看清楚他们所要追求的对象是谁，若给一个文学爱好者写情书，下笔前，岂能不好好酝酿和斟酌一下？好在，这些受伤的男生们如今早就释然了。

的确，阿莉心很高，在她心中早有一个很清晰而具体的模式：大学生，身高1.75米以上，1.85米以下，不抽烟不喝酒，除此，还要求对方也是一文学爱好者，说是两个人要有共同语言。

二

其实每个人心中对未来的恋人，或多或少有些标准的。阿莉是一个克制力很强的女孩子，我见证了阿莉的中专生活没真正谈过恋爱。当然，我指的是没公开手牵手的那种，但她有一段心恋。多年后，阿莉说，那是她的初恋。

阿莉读中专时每天必做的三件事：学习、写作及和我聊天、散步。可有一天，《化学分析》的老师调走了，新的老师一来，阿莉就开始有心事了。这位新老师K二十岁，风度翩翩，长得白白净净， 1.83米的个头，高高大大的，讲一口流利的普通话，这在我们那里极少见。阿莉发现心中男友的标准他都一一达标了。

至今，我还清楚地记得，K老师第一天给我们上课时的情景，我相信班上所有女生的眼中都闪烁着欣赏和赞赏的光芒。K老师上课风趣幽默，下课与男生打篮球，球技一流。K老师除了教学还负责广播室的工作。兼学校广播员的阿莉，从此与K老师经常可以见面。K也是文学爱好者，与阿莉同为北岛和舒婷的粉丝。K老师非常悉心指导阿莉讲普通话。我发现，阿莉渐渐喜欢上K老师，每次学校举行篮球比赛，只要K老师上场，阿莉那双凤眼就像磁铁般紧紧吸在K老师的身上，那目不转睛的神情让男生们十分嫉妒。K老师的魅力令所有女生倾倒，阿莉的笑脸常常像向日葵一样转向K老师，一提到K老师，她就聊个没完。趁散步之机，我对她进行软硬兼施的“审问”，她除了脸羞得通红，小嘴却死硬死硬的，一点不承认。但，我知道K老师在她心中的位置很重要。

俗话说，旁观者清。我看出K老师也非常喜欢阿莉，但他毕竟是老师，就很克制。有一次，阿莉病了，白天没上课，晚上也没上自习。这时，K老师来班上发作业，发完后，似乎不经意地在阿莉的空位坐下。突然，好像我和K老师成了同桌，心里莫名其妙窃喜一会。只见K老师用轻描淡写的口气向我打听阿莉的情况，临走前，他让我转交一份资料给阿莉，资料的内容，正是他当天在课堂上所讲的知识点。显然，K老师很关心她，担心她生病落课后会影响学习，于是他工工整整地手抄了一份笔记。

这举动曾让我嫉妒了半天，心想K老师真是偏心，上回我生病时咋就没见他帮我备份一份笔记。当我转给阿莉时，我几乎能嗅到从她心底发出喜悦的花香。她把那几张纸当宝贝一样收藏着，后来，时不时拿出来看看，脸上写满了甜蜜和幸福。那段时间，我很失落，因为阿莉心中有了小秘密后，就经常忽视我，有时她宁愿静思也不想和我聊天，这让我郁闷。

三

突然间，阿莉紧锁心扉了，她不再祈盼每天多见K老师一面。本来去学校广播室是她最乐意的事，可现在她找理由并推荐新人去代替她的播音。她极力避开单独遇见他。这是为什么？他们之间到底发生什么事了？后来，我终于明白了，原来她吃醋了。那段时间关于K老师的传闻特别多。而阿莉情绪巨变，与那个晚上我们宿舍的聊天有关。

记得，熄灯后，8个女生躺在床上开始聊天。话题都是围绕K老师的。有人说K老师奉母之命已处对象了，他的对象也是我们这一届的，叫W，长得娇小玲珑，很白皙。她与K老师同岁，曾是K老师母亲的得意门生，他母亲非常喜欢这个准媳妇。还有人说，K老师很爱小W，据说有人已看到，K和W在大街上手挽手，可亲热了，没准早亲吻了。“亲吻”的行为在当年看来，肯定离结婚不远了。

这个W，阿莉和我都见过，阿莉还跟她打过交道，因为她们都是学生会的干部。当晚，阿莉始终沉默，静静地听着。阿莉属于热水瓶型，表面冷若冰霜，心里却热情似火。第二天一室友说，阿莉昨晚在梦中伤心地大哭。之后，我发现阿莉变得沉默寡言，她把所有热情放在看书、写作和学习上。在我面前，几乎不提K老师一个字。

一晃，两年中专生活结束了，我们毕业了。放假前夕，每个学生都疯狂地找老师、找同学签名留言纪念。我找K老师留言，临走前，他让我叫阿莉过来，并让她带上留言册和《化学分析》这本书。都毕业了，为什么带《化学分析》？我有点丈二和尚摸不着头脑。

阿莉还是去K老师那儿，不一会儿，就回来了。阿莉说，K老师向她借《化学分析》，说第二天还给她，我们都纳闷，也没多想。我很好奇地看K老师给阿莉的留言：“人最难的莫过于战胜自己，只有战胜了自己，就一定能抵达成功的彼岸。我们都做到了。最后祝你成功！祝你快乐！祝你永远美丽！”

四

第二天上午，单位的客车准时到校接我们，同学们拎着行李与校友们挥泪作别，心情惆怅不安。这时K老师匆匆忙忙赶过来将书还给阿莉，说了一句：别忘了，回家后好好读读这本书啊！阿莉接过书，草草地塞进了包中。没敢多看他一眼，低着头，我想她一定有些不舍。

分配到厂里，优秀的阿莉到总工会工作，我和其他同学分到各个不同的车间上三班倒。由于上班时间不一样，渐渐地，我们相见的时间少了。虽说，后来我也调到机关上班，可那会儿我正热火朝天谈恋爱，而阿莉却利用业余时间拼命学习，不久就考上电大中文系。

毕业后，阿莉揣着文凭停薪留职就去上海打拼。一年后，她成功调进上海的一家外贸公司。再后来结婚生子。

我一直以为，阿莉与K老师的那段情早在中专毕业时就彻底结束了。后来一次中专同学聚会时，阿莉说起后来的小故事。她说，当年听了那些传闻后，心里十分失落和难过。但她并不想争取什么，参加工作后，她努力投入工作和学习中，对K老师渐渐淡忘了。

直到有一天晚上， K老师的好朋友，也是一位老师来到厂里找到阿莉，告诉她，由于学生打群架，K老师在劝阻时被误伤，头部和手受伤住院了。K老师希望阿莉去看看她。

第二天，阿莉请假半天，买上水果罐头匆匆来到医院，正要推门，她从门上的小窗口向里一望，只见W侧坐在床边，手里端着小碗，细心地在给K老师的嘴里喂东西。一看这情景，阿莉觉得自己是多余的人，于是，悄悄地将一大堆的水果罐头让护士转交就走了。阿莉清楚地记得，当时她迎着风，泪被吹了一路。从此，她决定从心里将K老师放下。

后来，阿莉在上海安家了。有一年，春节回家过年，决定清理一些杂物，当整理旧书时，阿莉竟然在那本有些发黄的《化学分析》中抖出一封信。打开一看，阿莉愣住了，那是K老师给她的一封情书。里面有一个美丽的约定：在阿莉20岁生日那天，K老师将在湘江的浮桥边等她。可阿莉从来就没去翻开这本书。

当看到这封信时，阿莉已是两岁孩子的妈妈。

迷路的小米柳暗花明

往事如梦，有些回忆像茶叶沉入杯底，我们不要轻易搅动它，更不能去品味，因为隔夜茶伤身，不如将它静静地泼掉。尽管这样，我还是不由地回忆起小米来，她是我朋友的妹妹，由于一次过分的举动，让我曾经不得不开除她的友籍。

最初见到小米是她十六七岁时，那模样真是美，长得亭亭玉立，鹅蛋形的脸粉红粉红的，很惹人爱。小米一笑，露出洁白、整齐的糯米小牙更迷人。她从小就喜欢唱歌，乐感特别好，声音又甜美。

再见小米，她已是一个21岁的妙龄少女，典型的重庆辣妹子。她没考上大学，因喜欢深圳，所以揣着高中毕业证就来闯荡了。

由于学历不高，加上竞争激烈，她来深圳三个多月都没被哪家公司聘用。许是病急乱投医，被她的老乡引见就到夜总会唱歌去了。一次偶然的机会，我和几个朋友去夜总会玩，看到了小米。

原是鹅蛋脸的她，长大后却变成玲珑精致的瓜子脸，细而长的秀眉下，眸子小而灵活。眼角是临着风的飞檐，勾人心魄地翘起，斜着瞄人时便有不可名状的风骚。说着话，她还不时向旁人瞟去那迷人心窍的眼神。虽然有种难言的娇美，但总觉得与她的年龄不大相符。小米身材玲珑有致，能歌善舞的她经常令男人们倾倒。

与她闲聊时得知，她在夜总会干了近一年，从最初的厌倦到现在的迷醉。她对音乐有迷醉的感觉。但我觉得，在夜总会上班总有些不妥，便认真劝她还是到公司工作为好。她似乎听不进去。后来，因为我老出差，工作忙，很长一段时间没有去那儿玩。她也没给我打电话，我能察觉骨子里好强的她，不想在我面前暴露所谓的自卑。

过了不久，我就隔三岔五地接到她的电话。她告诉我，她爱上一个男孩。不过，他是她女友敏的男朋友，她说她要想尽办法夺友人之爱。我苦口婆心地劝她要理智，我说，天下的好男孩多得是，别一叶遮目。但小米忧伤地说，没办法，她心中只有他已容不下别人了。所以她不想放弃。

任我百般开导，她依然一意孤行。后来从她的电话中得知“春夏秋冬”：有时，当成功约出那个男孩一起吃饭时，她喜悦得要飞起来；有时，她的声音低沉得可怕；有时，她一打通我的电话半天无语，然后突然号啕大哭。这一惊一乍的，吓得我差点有些神经质了。面对这起起伏伏的情绪波动，还有她强烈的嫉妒心，我真替她担忧。心中隐隐有一种不祥的感觉。

再后来，突然就没接到她的电话，我打过去，手机已停机。我以为年轻人的爱情来得猛去得快，所以，也没太在意。谁知，有一天刚下班我接到小米姐姐的电话，她告诉我，小米坐牢了。

为了能得到她心爱的男孩，小米竟然对敏投毒，幸好发现及时没有出人命……

一听，我半天说不出话来，我真的不愿意相信那个可爱的美丽的小米，为了爱情真的会去杀人？

两年后的一天，我去看从狱中出来的小米，她很后悔当年的荒唐行为，我相信她是真心忏悔的。她说如今的她就像一只被生活击打的台球，屡经磕碰，最后还是要掉进自己的陷阱中去。她告诉我，见面的第二天，她决定离开深圳去昆明学一门技能——花香美容。我赞同，觉得换换环境也好。

是啊，人生的路要走稳，特别在爱情的路上更要慎重，小米真傻，天下之大，何患无芳草呢？抢来的，再好，也不是上帝赐予的礼物，它需要用双倍的代价偿还的。我愿小米今后的路走得更稳健。

小米去昆明后，没再联系我。一晃十多年过去了，偶尔我会想起她，不知她在昆明过得好不好？结婚没有？有当妈妈吗？

没想到，今年我意外接到小米的电话，那个既熟悉又陌生的声音。小米经过多年的拼搏，她已经拥有自己的事业，可以说已是昆明美容行业的大姐大了。她现在有一个虎头虎脑的儿子，日子过得既充实又平静。

我去昆明开会，与小米相见了。那一刻，我们紧紧地拥抱了一下，小米哭了。我知道，她因高兴而落泪，她终于迎来了属于自己的春天。我仿佛在有意无意间见证了小米的成长。她真的成熟了，虽然有些沧桑，但让人踏实。

分别前，小米告诉我，她现在喜欢阅读，学会了思考，再也不会做傻事了。这着实让我惊喜和欣慰。

挥别情人节

小杏是我多年的女友，她长得很恬静，小巧玲珑，让人怜爱。特别是她说话的声音很有女人味，柔而不腻。小杏比我大10岁，她的女儿嫁到美国，小杏即将当外婆了，可我仍然喜欢甜甜地叫她小杏。

小杏在女儿3岁时离婚，如今20多年过去了，她仍然单身，每天闲云野鹤般生活着，我曾劝她，孩子大了，也该好好找一个伴，可她总是莞尔一笑，然后淡淡地说，曾经沧海难为水。多年来，我一直不太懂她。

雨落如深潭的一个午后，小杏给我讲起她年轻时的一段爱情故事。小杏还以书信的形式，将她当年的故事写下来了——

自从与你分手后，我一直不想去回忆，甚至有意回避这一切，我以为我从心里忘记你了，真正做到心静如水了。可是，两年后的一天，我无意中得知你就要结婚了，泪水仍扑簌簌地淌下来。

自从遇上你，我才知道每年2月14日是情人节。

记得，第一次你我过情人节的那个晚上，淡淡的月光清透着微妙的神秘，你轻轻地拥着我坐在公园那棵紫荆树下，在我的耳畔尽情地倾诉着你对我的爱。你温柔的目光渐渐凝固成无言的山盟海誓，并将它完完全全地袭入了我的整个身心，当时，27岁的我第一次强烈地感受到了爱与被爱的甜蜜与幸福。

我们相爱了，在思想上，情趣、爱好、性格的相互欣赏中走着艰难的爱情历程。

也许，遇到你是我一生中最不应该的事。从一开始，你我的身份就不“平等”，你是大我3岁的未婚青年，而我已是3岁女儿的母亲——一个离婚的女人。

我知道我没有打扰你的权利，我曾找出许多理由去拒绝你，甚至逃避过，自责过，可是当爱情就这样不宣而战地突然降临，所有苍白的理由都像黎明后的黑暗在阳光下纷纷溃散了。

今天又是情人节。夜，风雨骤来。我按捺不住心中的那份惆怅和心痛，独自撑伞来到青潭村，竟染上浓浓的愁绪，真希望，你能站在村口，候我，微笑着一如当年……走近，再走近，但终不见你的身影，我才醒悟，你我搬出村好几年了。如今我不过是个怀旧者。走进青潭村，却再也走不进你我曾经相亲相爱过的那间泛着霉味的小屋。真想仔细去辨认脚下的那些石缝，竟再也寻不见你我在这里遗失过的最初的笑语和足印。如今人去楼空，只有伊人在叹息，“念天地之悠悠，独怆然而涕下”……

忠实的双脚最终将心力交瘁的自己带回了家。这时，夜深人静，爱女早睡着了，只有书桌上那束玫瑰花正红艳艳地盛开着，那淡雅温馨的香味四处飘溢着我的小屋。这是清早我为自己买的，我不得不承认，我骨子深处流淌着浪漫和柔情。这，也许正是女人们最美丽的伤痛。

冷雨敲窗，挑灯独坐，仿佛已成习惯了。戚戚淡淡的往事，明明暗暗的未来，我一直是个注重记忆甚于愿望的女人，习惯怀旧，虽然你我分开两年了，可我还是忍不住沉浸在往事婆娑的香气中。想想与你相爱的日子里，连空气中都充满了我的爱和感激。虽然那些羽毛一样的细节，薄薄的，却给我带来一生足够的温暖。

记得那是隆冬的夜晚，爱女突患急性肠炎，你不顾自己也在发高烧，二话不说抱起我的爱女在寒风中高一脚低一脚地直奔医院，你整整守候了一个晚上。后来，女儿的病好了，你却累得住进了医院……

还有一次，爱女患眼病需要动手术，听医生的口气，似乎有一定的危险性。我心里如一团乱麻，六神无主，是你在医院忙前忙后，跑上跑下，不仅找专家们会诊，而且还亲自下厨为我的爱女做可口的饭菜。动手术的那天，你一刻不离我左右，紧紧地拥着不时颤抖的我，不停在安慰我说："肯定没事，一定会好……"

每逢周末，你就带上我的爱女去公园划船、放风筝、钓鱼。你总是变着花样与她玩游戏。每每望着这其乐融融的场面，我的眼睛总是湿润的，内心极度感动。我真的不止一次地感谢命运对我无比仁慈，是它把幸福的花环戴在我的额头上。我真的跪下来过，呜咽着感谢命运之神，发誓一辈子两辈子三辈子地报答你，我甚至憧憬着我们美好未来，悄悄地甜蜜地设计我与你的孩子：皮肤要像你一样白净，智慧、幽默也要像你……

在那个时候，你几乎是我眼中微服降临之神，小小的恩宠也会令我无所适从。是啊，谁能遗忘昙花一现的恩情，谁又能抵御爱情滴水穿石的力量？我仿佛是一个富有光泽的梨，感情的刀捅进来，便立即用甜蜜的汁紧紧包围了它，我从伤口中散发出香气，在安慰里睡眠，在幻想里欢跃。我甚至单纯、天真地笃信，只要彼此真心相爱，就可以战胜一切，我忽略了人是世俗现实的人啊，人，的确很脆弱。在无形之中，我那令人怜爱不已的爱女，也成了决定我婚姻幸福的一个重要砝码。

你想娶我的决心渐渐被世俗的眼光和家庭的重重压力减弱了。我清楚地记得，那天你从多日来的“硝烟密布的抗战”中走出，人变得憔悴不堪，一脸的痛苦、无奈和茫然。你骂自己无能，然后，你向我发出了最后的“通牒”：在我女儿与你之间只能选择一位，让我放弃女儿的抚养权，将女儿交给我的前夫。

其实，要我放弃任何一方，都是非常残酷和痛苦的事，不知经历多少个不眠之夜，也不知多少泪水浸湿了枕巾，最终我选择三岁的爱女，将你放弃。分手的那一天，你故意潇洒地说，要我忘记你。我心里很清楚，即使尽力精简对你的怀念，你也像一个无穷小数，永远无法虚化为零。也许从一开始，我们的相遇就注定了是划过夏夜天际的流星，有着极美丽的璀璨，也有着极令人忧伤的短暂。放弃你并不等于我不爱你啊！你知道吗？自从与你相恋，真正的“滴水之恩，涌泉相报”；真正的“才下眉头，又上心头”；真正的“清风玉露一相逢，便胜却人间无数”。你不经意的眼神就够我品咂一个星期，你的一声寻常叹息，也会像巫山一样重重地压在我的心头，使我心痛得夜不能寐。你还记得吗？那些个日子，你我一同上班、一同下班、一同接孩子、一同去市场、一同下厨房、一同品尝不够档次却十分香甜的家常便饭、一同欣赏幽默有趣的电视剧、一同面红脖子粗地争论文学作品中的某个热点问题、一同散步、一同在烛光中相拥共舞、一同缠绵共枕……亲爱的你啊，我真的不能因为深爱你而放弃我的爱女，虽然是将爱女给她父亲，但我是一个母亲，女儿才三岁还不到能够独立生活、独立思考的年龄。第一次婚姻的失败，我与女儿的天空都不完美，如今，如果我为了追求自己的幸福而弃下她，无疑又在她幼小的心灵蒙上一层阴影，我不忍心伤害她，我要把破碎和残留给自己，把仅有的幸福和完美留给我的女儿，毕竟，生下她就意味着要担负起一生无悔的责任啊！

两年过去了，女儿时常还惦记你这位叔叔，常问起何时你再带她去玩，我总是泪盈双睫地搪塞：你出差了……我承认自己是一个十足的傻女子，尽管你已离去，但我仍然在希望和等待着，相信你会在某一天踏着晨露回到我和爱女当中快乐地嬉戏，我如西西弗一样日复一日地向山上推动那无望的巨石，真的，我多么想你能陪伴我，直到永永远远。哪怕天涯海角，哪怕你一无所有，我都愿意！可你退缩在现实的背后独自远行……

如今，你结婚了，在你的身边终于有一个嘘寒问暖的女人，我除了祝福，别无所求。

今天是情人节，我没法不去怀念与你相爱的点滴美好，我发现自己总是从情绪的热度中，骤然进入现实的凉意，也正是这种不断的淬火才使我日益坚定，于是，我开始学会了让细细的盐调节生活的浓度。我愿意陪着我的女儿在爱中渐渐长大，直到永远……

看了小杏写的文字，我被深深地打动了。我明白了为什么小杏不轻易去恋爱，她是觉得心已掏空，只想清静地生活，坚强地带大了女儿。一晃十余年，虽然同在一个城市，小杏竟然没有碰到过他一次，当然，她不想相遇。

有人说，用一生的时间去忘记一个人是件幸福的事，尽管这幸福是伤痕与伤疤集结而成。那么，是否可以说，用一生的时间爱一个人是件不幸的事呢？尽管这不幸也可能是欢笑泪水或疤痕累累。而在忘记不忘记、爱与不爱之间又存在过多少动人的故事？也许思恋，贯穿其中吧。

我长时间陷入沉默中，我不知如何劝小杏，语言有时显得多余和苍白。我只能在心中为她默默祝福，祝小杏与美好爱情再次相遇！

错爱

如果，将女人比喻为花，我想每个女子都是一种独特的花。她们也许是牡丹、玫瑰、莲花、菊花、梨花和桃花等等。在我眼中，她一如桃花，巧的是她的小名就叫阿桃，是我初中的同学，正如唐人崔护所吟咏的“人面桃花相映红”。没错，当年只有她拥有“面如桃花”的美丽。

阿桃大我3岁，娇小玲珑，我却高高大大的，站在她面前，好像一个傻大姐。仿佛我才学会把鼻涕擦净，阿桃已出落成大美女了。她不喜欢枯燥的数理化，对艺术却十分痴迷，画画、唱歌和乐器样样精通。

阿桃有所不知，那时，我是多么喜欢看她，总觉得她是当演员的料，人长得美，气质又好，虽然有些孤傲，但如花香静静地芬芳着周边的人。当年，我最喜欢的两个电影女演员：姜黎黎和张金玲，阿桃与她们有着形似和神似。

自古都有“红颜薄命”之说，阿桃也未有幸逃过这一劫。

初中毕业，18岁的她顶替去世的父亲的工职，小小年纪就到厂里的招待所工作了。当时的她不知愁滋味，每天哼着小曲，开开心心地上班，她觉得连空气都透着甜味。阿桃特别喜欢唱歌，乐感好，很有天赋，任何一首歌只要在她耳边响过一遍，她张口就能唱，音准得令人惊讶和佩服。我想，如果命运不让她遇上A，相信她的生活会过得平静和幸福。

有一天早上，上班的阿桃发现有一男子，摆出歌唱家的架势，站在招待所附近的一片芦苇荡边练声，“鹅鹅鹅鹅鹅……异异异异异……”连续几天早上都在练声，声音磁性，很有男人味。阿桃定睛一看，男子A身材修长面容清秀，他是一位业务员。心中顿时对他产生了好感。每天下午，阿桃还能清楚地听到从A房间飘来一曲曲美妙动听的笛子演奏。阿桃对A的好印象又升了一级。后来两人你来我往，成了无话不谈的好朋友。阿桃得知A比自己大5岁，心中有一个梦想——报考音乐学院。A踌躇满志地说，不会轻易放弃追求理想的。

在那个年代，男女交往不能太密，否则谣言四起。A对阿桃的青春貌美垂涎三尺，他不顾一切对阿桃进行大胆追求。毕竟阿桃也是情窦初开，对A又情有独钟，所以情不自禁且无可救药坠入爱河。

正当阿桃畅想着和A的美好未来时，A身怀六甲的妻子找到阿桃的单位大闹哭诉，说阿桃是第三者。阿桃顿时傻眼了，自交往起，A从来就没有提起过他是已婚男人，而且就要当爸爸了。一瞬间，闲言碎语如一把把尖锐的刀子向她无情地掷来。她痛苦得几乎要疯了，人一下子瘦了十几斤，弱不禁风的。她想找A评理，可自从他老婆来单位闹过后，他就再也没露面，如人间蒸发。其实一开始，阿桃就被A无情地欺骗了，她是受伤害的人。但是，单位领导丝毫不同情她，最后无辜的阿桃被厂里开除了。家中的老母亲受不了这个打击，病倒住院了。

极度受伤的阿桃硬撑着虚弱的身子，坐上长途大巴离开令她伤心的家乡，决定去广州打工。单纯的阿桃以为这次出发，自己一定是朝着幸福的方向奔去，谁知在大巴上，夺目漂亮的她又被一个中年男人B盯上，一路上，B对这个小姑娘给予无微不至的关心和照顾。单纯的阿桃将B当作好心的大哥哥，并将心中的委屈一股脑对他全部倾诉。B信誓旦旦说今后一定会尽力帮助她，愿意带着阿桃一起做生意。就这样，阿桃稀里糊涂与B过着四处奔波的生活，并顺理成章同居了。平时B对阿桃倒也温柔相待，只是同居一年了，B从来不提结婚的事，后来阿桃意外怀孕，B实话相告，他有家室，有两个年幼的女儿，他老婆不能再生育了，所以他很想有一个儿子。阿桃听完几乎瘫倒在地，后悔的眼泪止不住地流。她想去流产。B就吓唬单纯的阿桃，说女人怀孕了就不能去流产，否则今后一辈子就不能再生育。然后他百般温柔地恳求阿桃生下孩子，说如果是儿子他马上就离婚娶她。此时的阿桃心里非常害怕，更不敢回家乡，也无颜见母亲。就这样，在B的连哄带吓中，阿桃最后将孩子留了下来。每天她照样挺着大肚子四处奔波做着小本生意。

春节前夕，B骗她说回家办点事，很快就会回来，将怀孕的阿桃一个人留在广州的出租房。B留下的钱不多，眼看交不起房租，为了躲房东催逼，大年三十的上午，阿桃拖着4个多月的身孕，漫无目的地在大街上游荡，最后走到一个偌大的公交车的停车场，徘徊良久，直到天黑，机灵的她从车窗爬进一辆大巴车上度过一宿。蜷缩在车内的她透过车窗望向天空，五颜六色的礼花在天空绽放，热火朝天的过年喜气似乎与她无关。此时，她感到蚀骨的孤独，特想家，更想念母亲，她终于忍不住号啕大哭起来了……

肚中的孩子，让她慢慢感受到一个做母亲的甜蜜和幸福；也因为肚中的孩子，她勇敢地跨过一个又一个难关，倔强的她终于顺利生下一个如她一样漂亮的女孩。B一见又是女孩，大大不悦，对阿桃母女冷淡极了。可怜的阿桃在月子里没有得到悉心照顾，营养不良，经常晕倒在地。尽管这样，阿桃平时在家一边带孩子，一边接一些手工活干。有一天，B突然不辞而别。阿桃抱着孩子，几经周折找到了B的老家，她看到一个和她一样可怜的女人带着两个幼小的女孩在艰难地生活着，她在那里待了几天，始终不见B的踪影……

阿桃一想起自己这么多年来奔奔波波，换来这样的境遇，禁不住泪如雨下。她想到一死百了，但一看到嗷嗷待哺的女儿，女儿是无辜的，她决定要坚强活下去，并要把女儿抚养好。眼泪一擦，带着女儿回到家乡开始新的生活。此后，从来都是被动接受爱情的她，决定女儿没成年前绝不走进爱情。

阿桃果然说到做到，她独自抚养女儿，一晃年龄20的女儿已参加工作了。望着眼前亭亭玉立的乖女儿，她终于露出欣慰的笑容。

女儿虽说在外地上班，但心里常牵挂自己的母亲。她经常给妈妈发来温馨的信息。其中有一条信息："妈妈，我想告诉您——我很爱您！在我眼里，您是一位自强、自爱、自信、乐观的女人，在我的世界里，您是唯一的主角，我一直引以为傲，您给予我的早已足够，该是我孝敬您的时候了。妈妈，要知道您的平安是我最大的幸福！我能体会您的感受，相信我们还是会找到自己的定位，就像我们乘坐火车的时候找座位一样。所以妈妈您可以失望，但永远不要绝望，好吗？在女儿心里，您永远是最优秀的……爱您的源。”

阿桃把女儿的短信转给我看后，让我感动不已，泪水都溢出来，我为阿桃有这样的女儿感到欣慰。

再见到如今的阿桃时，我有一种惊喜，阿桃再也不是桃花，而是生命力极强的、芳香持久的菊花。那是上等的杭白菊，纯洁，淡雅。

真爱曾经来过

洁个子很高，1.74米，长得也很欧化，高鼻深目，有点混血儿的样子，眼睛很大，圆圆的脸庞，红润白皙的皮肤，梳齐耳短发，看上去很洋气。可她的做派则很中国、很古典。她说话的嗓音很好听。当她一个人在家时，特别爱唱歌，歌声散发出朦胧的温暖、期待和美好。

她的初恋令她难忘，白马王子是隔着一个走道相邻而坐，但并不同桌的男生，脸庞瘦削线条俊朗，很酷，很帅。但她与他之间却是“盈盈一水间，脉脉不得语”。

其实，这仅算暗恋，高中三年，洁和他都没说上几句话，迎面而过时，彼此点头笑过两次，可洁的心里已深深恋上了他，她觉得他清雅飘逸，玉树临风。他飞车骑上自行车时，那件学生蓝色上衣衣袂飘飘的情景叫人难忘。

她的白马王子如愿考上外地的大学，而她没考上，很快被一家银行招工上班。工作的忙碌，白马王子的身影渐渐远去、淡去。

没过多久，当地原始股票发行，她变得更繁忙。一次偶然的饭局，洁认识一个朋友的朋友，香港人。比她大5岁，1.83米，长得特别帅气、养眼。特别是当他一笑时，和她心中的那个白马王子有点神似。洁莫名对他有些好感，当香港男子一追求她，她完全没有拒绝，很快陷入热恋中。这位香港男友当然着迷股票，凡对方提出的要求，洁是竭尽全力支持。男友轻松赚了不少钱。相恋一年，正当洁幻想对方能向自己求婚时，这位男友的态度和当时股市下滑的状态持平。不久对洁不冷不热，后来，竟然一个多月待在香港，都不来深圳看她一眼。洁心里惶惑不安，不知道发生什么事呢。

她每天都心神不宁，焦急无助地找到当初介绍他俩认识的朋友。对方告诉她，洁的男友在香港其实有老婆和孩子。最初认识洁，不过为了炒股票更为便利。朋友以为洁一开始就知道这一切。他一脸无辜地说，当时他都不解，洁这么漂亮的女孩子怎么愿意做香港男人的情人？洁一听，胃气得一直绞痛。单纯可爱的洁一直奔着爱情去的，没想到初次恋爱就遇上感情骗子！此时的她，后悔不已。她对这个香港男人没有任何提防，从没怀疑对方是有家室的已婚男人。

此后，她告诫自己，不做外貌协会的会员，凡有帅气的追求者，她统统不赴约。她武断地认为，婚姻要幸福，就找比自己更矮、更丑的，相信对方就会更宝贝自己。

我们也曾多次安慰她，不要一朝被蛇咬，十年怕井绳；不要一棍子打死一大片；不是所有的帅哥都是坏人；等等。道理说了一箩筐。洁坚持认定帅男人靠不住。都三十出头了，还没谈恋爱，几乎封闭自己。

洁的父亲在她高中毕业那年病故了，她和母亲住在一起。失恋的疗伤期，她的母亲正好给她哥哥带小孩去了。一栋四层楼的房子只留下她一个人，她有些害怕，就将其中的一层出租给一对兄妹俩。他们是江苏人，在深圳做一些小本生意，哥哥阿力性格温和，妹妹阿云活泼。妹妹嘴巴特别甜，见到洁很亲热地唤她“洁姐姐”。有时洁加班晚了，阿云专门为洁煮上一碗糯糯甜甜的汤圆。洁觉得很有家庭温暖。兄妹俩都长得白净，哥哥比洁小8岁，个子不高，只到洁的颈脖处，差不多矮她一个头。但他细心又能干，家中所有的电器修理都在行，别小看他不高大，但力气很大，扛着煤气罐上四楼，中途不歇气的。久而久之，洁把他们兄妹俩当成自己的弟妹看待。

夏日的一天晚上，洁加班很晚才回家，她住的地方不在市中心，有些偏远。走在路上，她仍心悸不安，果然，走在拐弯的巷口，一个社会上的混混挡住了她，并对她进行调戏，她边呼救边与对方扭打起来，洁不小心摔倒在地上，膝盖擦掉一大块皮。就在她险要被强奸的时候，这时阿力冲了出来，捡起地上的大砖头向那个混混砸去，混混抱着受伤流血的头仓皇而逃。阿力马上扶起受惊吓的洁，然后背起她往家奔去。回到家，洁一直在委屈地哭泣，阿力细心给洁清洗伤口，并温柔地安慰她受惊吓的心。要不是阿力及时赶到，后果不堪设想。原来阿力看时间都子夜一点了，洁还没回家，他很不放心，便不由自主来到路口等她，没想到正巧遇上这件事。洁的内心非常感谢眼前这位阿力小弟。从此，每天晚上，阿力都会主动到路口接洁，不管刮风下雨，仿佛他成了洁最放心的保镖。

因为日久生情，姐弟恋在不知不觉中发生了。虽然外表他们是那样的不般配。但洁很陶醉在阿力的疼爱和呵护中，而阿力对她也是那样的专情和依恋。但好景不长，洁的母亲偶尔回家，敏锐的老人家一下子感觉有些不对劲，当得到证实后，她老人家差点气晕，坚决不同意他们谈恋爱。觉得女儿一定是受骗上当啦，认为阿力癞蛤蟆想吃天鹅肉，他那么矮，又是一个穷打工的，想高攀自家女儿。此时的洁处于热恋中，她反驳母亲，阿力虽然条件一般，也不帅气，但能给她一份踏实的幸福。洁根本不听母亲劝告，反而和阿力更加亲密，不久，洁怀孕了，她很想结婚，狠心的母亲悄悄地将她的身份证和户口本全部藏起来。洁不想流产，倔强的她硬是将孩子生了下来，她天真地认为，母亲看到生米煮成熟饭后就会同意他们的婚事。

儿子如期出生，能干的阿力和妹妹悉心照顾洁坐月子，小小年纪的阿力会给孩子洗澡、剪发。那段日子，洁认为那是她人生中最幸福的时刻。孩子快两岁了，洁的母亲仍然看不惯这个打工仔阿力，百般阻挠他们结婚，并以死相逼，洁不想让寡母太过伤心和操心。她忍痛和阿力分手，决定自己一个人带大儿子。阿力十分痛苦，但他深爱洁和孩子，于是，他和妹妹选择远离深圳回到家乡，一别就是20年。

洁在一位亲戚的帮忙下有过一段跨国婚姻，其实是假结婚，不久，又办理离婚手续，这一切的折腾，无非是让儿子能顺利上户口读书。儿子6年级的时候，洁和银行的同事B结婚了，B也是离异的，有一个女儿，他比洁大5岁。个子特矮，站在一起，只到洁的肩膀。B又矮又胖，满脸横肉，牙齿上下错落不齐，因为抽烟很凶，早变成锈黄。平时，朋友们聚会时，他算是一个中心人物，人长得并不帅气，但很幽默，让在场的所有人都乐呵呵的。但他一不说话，脸垮下来的时候，很阴沉，旁人看了都能感到几分凶气。这样的机会，外人不常感受到，他一般是回到家中才会“阴云密布”。

当初，洁之所以答应B的求婚，是因为她想有踏实感，误以为长得丑的人，才会心地善良，对爱情忠诚。可是事与愿违，婚姻仍然没有远行。和B在一起6年，洁看够了他的脸色，尤其是她的儿子看到他在家，也如老鼠见了猫一样躲。最让洁不能接受的是，B喝了酒，或者打麻将输了钱，总会出手打洁一顿。打完以后，又下跪，又写保证书。可是，没过两天，洁觉得B炒的菜有些清淡，去厨房倒点酱油，他就拉下脸骂她不识好歹，还东挑西拣的。洁刚想解释一下，没说上两句，一个大耳光就打上来了。好在高中的儿子住校没在家中。她哭着奔出家门，这才发现自己穿着睡衣和拖鞋。很深的夜色，风大，还下着小雨，风吹得脸和眼迷茫一片。她，不知道该往哪里去，这个家，是不想再回去，脸上还有生痛的感觉，头更是晕痛。自从，洁和B结婚后，高大的她脸上时常挂彩，她一直哑忍着。因为儿子马上要高考，一考完，她马上到法院起诉，几经周折，洁终于成功离婚了，拿到判决书，她长长地舒了一口气，脸上泛起久违的笑意。

洁不打算再婚了，用她的话说，真爱曾经来过，而婚姻让她受够了。现在，儿子在外地读大学，50岁的她，退休了，在家养养花、遛遛狗。每天过得清静、知足。

有时揽镜一看，洁仍不由感叹，时间真是美人的脸，禁不起揉搓拿捏，便独自荒芜凄凉起来，更多的时间叠在一起，这，就成了岁月。

文科女与理科男的幸福婚姻

在一些寂寥的夜晚，楚英常常静静地躺着，倾听庞大的黑暗里天籁的私语。也常常沿着心灵的隧道，重返时光的故里，重温那早已装订的岁月。

与明雁相识的那天起，楚英就清楚他们志趣、性格都不相同。在明雁的眼中，楚英太优秀了，是高山，而他则是低谷。楚英洞悉万物，他却是双眼迷离。面对事情，明雁患得患失，楚英却能安之若素。聪明的楚英还发觉，一旦离别，她就感受不到他的温度。

明雁比楚英大七八岁，他们交往了一段时间后，楚英仍找不到很爱对方的感觉，只是当时她觉得漂泊累了。曾经的她为了心灵的自由执拗地去流浪，流浪的日子有欢乐，有痛苦，尽管她很努力把自己武装成一个坚强的女孩，可一曲《我想有个家》竟然令她潸然泪下。

明雁是一个理科男，他永远弄不明白，这个25岁的女孩怎么听个音乐都能泪流满面。文科生楚英发现和理科男聊天真是乏味和费劲，比如说有一次面对一件事情，她感叹："人世间，有时候，求人办事比登天还难！"明雁马上和她辩论："不对不对，那登天要难得多，不然谁都可以随便登上去啦。"完全不在一个聊天的频率，这样的例子举不胜举。楚英基本陷入无语。她放弃与他有更多的精神交流，只是简单说一下天气、事物、日用品等。大家相处倒也平淡安稳。明雁不善言辞，但心细如发，让楚英时常感受到大哥哥给予的爱和温暖。

记得，那是隆冬的一个深夜，楚英忽然上吐下泻。明雁心急如焚地扶着她迎着刺骨的寒风走到医院。一整夜，她躺在病床上打吊针，而他紧紧地握住她的手。

第二天，回到家里，他马不停蹄跑到图书馆去觅医书，得知白扁豆对治疗痢疾有特效，于是，寒风中明雁骑着摩托车到郊外买回白扁豆。当他在夜色中回到家时，楚英睡着了。他不辞辛苦用刀细心地将一颗颗小小的白扁豆剖开，煲上。不知过了多久，楚英被一股煳味呛醒，是白扁豆烧煳了。她看到沙发上熟睡的明雁，突然发现他的右膝盖擦烂了一大块皮，她吓坏了。原来明雁着急赶回来，途中摔了一跤，好在只是右膝擦破皮。楚英抱着他的腿哇哇大哭起来。他憨憨地笑了笑说："傻丫头，我没事啊……"她清楚地记得，当时她是含着幸福的泪水吃下这碗烧煳的扁豆粥，吃得很慢，很香，觉得特别甜。

楚英是个任性的女孩，在恋爱的日子里，有一回她差一点失去这位踏实的憨"哥哥"。因一件小事她与明雁怄气几天，便固执地提出分手。

细雨霏霏中，他默默撑着伞送她上车。然后递给她一封信后，很忧郁和无奈地转身走了。

坐在车上，楚英展开信："英，实在抱歉，今后我不能再照顾你了。我总结几点注意事项，但愿对你的身体有帮助。第一，早晨起床后不能喝凉开水，伤胃；第二，冬瓜、凉瓜你不宜多吃，大寒；第三，多吃点红枣、莲子……"这就是对她关怀备至、丝丝入扣的他。还没看完信，泪水早模糊了她的双眼。第二天，当明雁再次问候她时，她已泣不成声。不久，明雁一求婚，她就满口答应了。

婚后的生活是平凡而琐碎，实际而庸常，明雁以他天性中的一丝不苟和严谨，规矩和整理了一个寻常家庭的殷实和安详。尽管明雁从不轻易对楚英说"我爱你"之类的情话，也不会为对方做出什么浪漫的举动，比如送花，或是一同看电影。但他的安静和稳当给楚英生命以踏实，他事无巨细的操持使她享用着生活的体贴。

多少年来，楚英慢慢习惯了在老公的鼾声萦绕中入睡或想心事，任一双健壮的手臂轻轻地绕过脖颈。

偶尔，楚英出差外地时，她依然感觉自己像一只首次迁徙的夜鸟，暗中前往它所不能了解的终点。车窗玻璃映出她有些恍惚的脸，不安分的心总在跳跃。但她始终懂得取舍，懂得珍惜。楚英十分清醒地明白，明雁才是她愿意执手到老的另一半。她愿意在爱的伞下，做一个简单而快乐的女人。

附录

妈妈，我爱您笔下的人物

张健培

妈妈又要出新书了，《柳黄霜白时的背影》是妈妈出版的第五本集子。做儿子的我肯定是第一个送花祝贺的人，我是妈妈的粉丝，永远的欣赏者。

在我眼中，妈妈是世界上最美丽的女子。打我记事起，妈妈高挑的身材，走起路来，一根又大又粗又黑的辫子在腰间摇摆，真正的摇曳生姿。小时候，我喜欢采路边的野花送给妈妈，她欣然地接过来扎在辫子上，煞是好看。

巧得很，我和妈妈的生日都在6月，按星座说，我们都是双子座。特点：动如脱兔，静如处子。我想用在妈妈身上再恰当不过。如果外出旅行，就可以看出放松时的她外向开朗，爱笑也爱哭；如果写作或者画画，她可以躲在书房中，甚至一待一整天。

如果非要我给妈妈贴标签，那应该是双重的：温柔又严厉，随意又认真。

记得，在小学，每次写关于母爱话题的作文时，我就会不厌其烦地写我小时候出水痘的事：5岁那年的某一天，我从脸到脚，几乎全身都出满了水痘，痒痛难忍。如果抓破脸上的一个小水泡，就有破相的危险。感谢妈妈彻夜不眠地看护我，轻轻抓住我想抓痒痒的手，一连好几天，直到我痊愈。

如今，一晃我都是20岁的小伙子了。20年来，是妈妈的付出和陪伴，影响了我，也汇成了今天的我。

偶尔，妈妈被邀参加我们学校的活动，同学看到我们站在一起，他们都笑着问，这是你漂亮的姐姐吧？妈妈不好意思羞红了脸，我心里倒是乐开了花，这说明我妈妈生得多么美丽多么年轻啊！

年少时，妈妈常常带我出去旅行，或者看电影。长大后的我不再像小时候那样黏着妈妈，我要找自己的朋友玩。有时，感到冷落了妈妈，心里还是有些内疚的。好在，妈妈并不在意，有时开玩笑说上几句抱怨的话，但只要给她买点小礼物哄哄她，她竟然还会如小孩子一样尖叫起来，显得那么开心。在我成长的过程中，妈妈操了好多心。尤其在我读高中时，没少气得她掉眼泪。现在回想起来，真是后悔，觉得自己当年太不懂事了。

从小学起，我就变得不怎么让妈妈省心了。我十分顽皮，时常在学校闯些小祸，妈妈时不时收到老师的投诉电话。有一天下午，正下着雨，我又被老师叫到办公室接受课后“教育”，妈妈也被叫到学校，老师要她配合来教训我。说心里话，当看到妈妈时，第一个想法不是害怕，而是深深地内疚和难过。妈妈并没有大发雷霆数落我，只是耐心地给我讲一些道理。具体内容因时间久远，变得模糊了，但我却忘不了那天妈妈严厉而温柔的目光。

初中，我就开始成为寄宿生了，每周见父母一次，加上当时的我还算听话和努力，成绩属于中等偏上，我们彼此相安无事。一次，我偶然听到妈妈和她朋友电话聊天，内容是对方也正在读初中的孩子处于青春叛逆期，很令大人头疼。我听到妈妈耐心劝解对方后，十分窃喜自己的幸运，因为此时她的儿子还算懂事。只是，妈妈高兴得太早，她做梦也没想到，她儿子的叛逆期却在高中出现。

高中三年，无疑需要努力冲刺。可我一跨入高中，对学习就提不起神了，特别懈怠。好几次模拟考试都不如意，我很失落，变得更加烦躁不安。因为成绩不理想，自己始终没法自信起来。这时，美好而难忘的“早恋”不合时宜地出现，但没几个月又夭折了，这让我落入情绪的谷底。青春叛逆期的我内心好像住了一头无法制服的困兽，它狂躁、不安、烦闷及莫名的忧愁，每天令我困扰，无法自拔。我对家人的关心不耐烦，对老师的教育很厌烦，很少跟外人交流谈心，只是一股脑闷头写那永远写不完的试题。妈妈看到眼中，急在心里，她并没有批评我，只是鼓励我不要放弃，与我一起寻找摆脱当前状态的方法。她接送我补课几年，风雨无阻。

当时，不懂事的我特别着迷手机游戏。学校是不允许学生带手机到校，家长更支持学校的规定。但，瘾重的我，总想办法和妈妈玩“老鼠躲猫的游戏”。每次周末返校前，我将新手机恭恭敬敬交到妈妈的手上，然后在妈妈放心的目光中去上学。其实，我将手机卡悄悄取出来，然后放在之前的旧手机上带到了学校，依然可以尽情玩游戏，而妈妈却蒙在鼓中。不过，姜还是老的辣。第二周，我照常那样做，一上公交车，我的手机竟然响了，一看是妈妈打的，犹豫一下，还是老实接了，妈妈在电话那头很委屈地大叫道："你就这样欺负你妈妈？知道她对电子产品白痴吧？你真是费尽心思呀！下周你就带手机去吧，不用这么辛苦骗我……"原来，待我上学后，妈妈拿着我自觉上交的新手机，左看右瞧半天也不知如何开机，我了解妈妈在这方面特别弱项，料她不会识破我的诡计。没想到聪明的妈妈竟然试着打我手机看是不是关机？这一试，我彻底露馅啦！事后，我向妈妈道歉，她说是原谅，其实很久都在提这个"手机事件"，让我既难堪又警醒。看来我这个小"双子座"是"斗"不过妈妈这个大"双子座"的。

做儿子的我很清楚，妈妈其实是很有个性。她爱憎分明且对自己要求很高。有时，外出旅行，路见不平时，她一个小女子竟敢上前和大男人去劝架，惊得旁人一身冷汗。自从妈妈有了信仰后，她变得更加有爱心、耐心和智慧了。

高考前两个月的下午，我忘了带宿舍钥匙，心很急。我们的宿舍之门早被同学们蹂躏得不行，好几次我看到其他同学一踹，门就开了。这回，我也照样猛踢一脚，门倒是开了，而锁的零件竟哗啦啦地洒在地上。而这一幕恰巧被生活管理老师逮个正着，于是我被学校处罚走读一周。

家住福田区，学校在龙岗区。开车也要一个多小时。学校老师通知我的妈妈，让我当晚就开始走读，并要求我不能耽搁第二天8点的早读。我忐忑不安地回到家中，毕竟高考在即，仍然有些担心妈妈着急上火，我做好一切准备接受训斥。

没想到，晚上妈妈早早把美味的晚餐准备好，一句责备的话都没说，只是一个劲地劝我多吃点，我悄悄观察她的神色很宁静。吃完后，提醒我写完作业早点休息。第二天6：30，我们准时出发，妈妈亲自开车送我去学校。

我憋了一个晚上的道歉，终于在去学校的路上对妈妈说出口。妈妈听后，竟然哈哈笑了，我先一愣，细听确定这不是装的。妈妈边开车边笑着地对我说："培儿，没错，踢门是我们不对，但已经发生了，我觉得再发火也没用啊！我相信你知错了。对比一下，损失当然有：一要赔偿损坏的公物，二是路途遥远，我们不能睡懒觉。但我们得到的更多：一是通过这件事，让你尽早吸取教训，懂得'冲动是魔鬼'的道理；二是最近你们学习压力大，妈妈这下有机会给儿子煮营养晚餐；三是你马上就要读大学了，今后妈妈陪你的时间会越来越少。现在，我要好好珍惜这一路和你聊天的机会。瞧，三大于二，是不是我们得到的更多，妈妈为什么还要难过呢？"听妈妈这样说后，我好惭愧，鼻子一酸，眼睛就热了。

就这样，妈妈乐乐呵呵送我上学一周。

这就是我亲爱的妈妈，她竟然可以让犯错的儿子在和风细雨中，感受到被爱和教育。平时，她每日总是短信鼓励，给我加油，让我天天感到母亲的温暖陪伴。我在她的爱中，感到无限的温暖。如果我的生活是宇宙，生活中遇到的人是那些各色各样的行星，而母亲一定是为我而转，是最温暖最明亮的那颗。

妈妈原在央企负责政工宣传，现在从事报社编辑工作，她的工作一直很忙，但她在业余时间喜欢写作，10年前就出了第一本书，以后差不多每两年就出一部书。她下班之后还要做饭，干家务，照顾家人，陪伴我补课，写作的时间都是一点一滴挤出来的，我真的很佩服她。妈妈写作时特别专注，稿子完成后还要一遍遍认真修改。在她身上我感受最深的是一种执着，只要她认定的事，从不轻言放弃。现在她除了写作，还迷上了绘画，人家都说她绘画天分很高。

妈妈还是个好女儿，十分孝顺我的外公外婆；妈妈特别重情义，谁帮助过她，她总是念念不忘，并叮嘱我一定要有一颗感恩的心。从小到大，我总觉得妈妈的房间内仿佛有着巨大的气场。她是我学习的榜样，在我的人生中她是一个推动我鼓励我前进的引擎，有引擎的车才可以发挥出自己的价值。我很幸福，为有这样的妈妈，骄傲！如果有人问我，世界上我最佩服的人是谁，我一定毫不犹豫地告诉他：我的妈妈！

《柳黄霜白时的背影》是妈妈写人物的书，她感恩一切给予她微笑的人，她表达了对父母、对师长、对朋友的真挚的爱，传达的都是正能量，我很感动。我想，读这部书的人也会如我一样地感动！

妈妈，我爱您！也爱您笔下的人物！我要向您笔下的人物致敬！

2015年6月初于长城盛世家园

后记

时常遇到新朋友问我，为什么要写作？辛苦又不赚钱，远不如炒股票。我想借一句话回答：因为“无穷的远方，无穷的人群”，他们，都与你有关。

我明白，除了极少数的天才，写作者的日子常常有些孤独，甚至把自己逼得焦灼不宁心力交瘁，苦恼多于喜悦。选择文学实际上就是选择了寂寞，你必须耐得住寂寞。还有你必须是虔诚的，文学在你心里处在至高无上的地位。你默默耕耘，也许有收获，也许收获甚微，但我认为只要自己喜欢，过程也是一种收获。

是的，不管人生如何，我始终感谢：今生有书相伴，有文字暖心实在太幸福了。读书、写作、画画、听歌、品茗及旅行是我最深最美的享受。

我承认，自从儿子走进我的生命，那颗曾经驿动的心不知不觉就踏实起来，曾经受过的委屈，曾经叹过的无奈，曾经不知天高地厚的年少轻狂，随着我逐渐远去的青春也渐渐淡去，沉淀下来的是一种从容、一种宁静。

说心里话，在文学这条路上，我诚惶诚恐地踽踽前行，时而气壮如牛，时而胆小如鼠；时而踌躇满志，时而犹豫彷徨；时而沾沾自喜，时而自惭形秽。自忖自己，对文字，充其量只能算个痴人。曾经出版的那几部集子，记录了我踉踉跄跄的成长。我感恩前行的道路上有一个个良师益友扶助我、支持我！

所以，我要感谢出现在我生命中的亲人们、朋友们，是他们陪同我一起朝着梦想走去。我愿意用谦卑而感恩的心用文字记录他们——在这本集子中，有恩重如山的父母；有情意深厚的手足；有关爱我提升我的老师；有见证我成长全力扶持我的朋友……他们的故事时常让我感动泪流并肃然起敬。没错，人到中年有足够的往事可资可忆，而往事是人生永不消逝的精神财富。

细心的读者可能会发现，我在女友们身上用墨较多，那是因为人和同性之间的交往往往最随意，或者最紧密。俗话说得好：亲情是一生牵挂，爱情是刻骨铭心，友情是清心明目。我的女友们有的多情，有的善感，有的细心，有的敏感，有的坚强，有的勇敢，但她们共同的特点是独立、自信、自爱，送人甘霖、送人和风，我从她们身上汲取了很多营养。没错，人生需要师长、教练，她们（他们）就像路标，指引我前行；也是生活的榜样，让我有了追赶的目标。能有这些朋友们与我为伴，给予我正能量，这是何等的幸运！还有那些已在天堂安息的朋友，那些曾经交往的日月，让我记得他们一辈子！

每次写完一则故事，我都会用目光再次仔细抚摸着那些文字，描摹一个个朋友时，我总是不自觉地运用一些美好的形容词，其实他们本身就是糖，我只是为之包上漂亮的糖纸，我愿意让他们更加闪亮和温馨。

我知道，我缺少写出好作品的能力，但我的文字是真诚的。我珍惜生命中邂逅的每一个朋友，每一个帮助过我的人，我会将这些名字藏在我心里最重要的位置，为她保温、保鲜。通过文字，我要让所有的人都明白那是我的财富、我的骄傲……

感谢我的同事、才华横溢的女诗人何鸣，在百忙之中为我写序，她曼妙轻盈的文字，给我浅陋的小集子增添了一抹春色，散发着袅袅的幽香。

感谢我的同事、冰雪聪明的美女刘晓莹，在炎炎夏日中不辞辛苦地为我拍照，留下瞬间的永恒和美丽。

感谢质朴宽厚的蔡秀文大姐依然为我的文章逐篇把关，她一针见血的指点，让我收获多多，并且为我的书第二次作序。

感谢多才多艺的莎莎老师时时鼓励我，催促我，让我下班后还能乐颠颠地坐在电脑前敲打心灵的文字，并如期把稿子交给出版社。

感谢亲爱的培儿在繁忙的学习之余，特为妈妈写下一篇文章，让我感到无限的惊喜……

感谢远方的朋友菲少，在我写作陷入疲惫低谷时，每天细心准点送上一份温馨问候，并风趣幽默地给我来上一段精彩的绕口令，逗我开心，让我继续愉悦地写下去。

感谢所有与我这本集子相遇的朋友们，我向你们表示我深深的感恩和谢意！

蓝予

2015年6月底于深圳清心阁